6
クラスで
2番目に可愛い
女の子と
友だちになった
たかた [イラスト] 日向あずり

「関君、頑張れ〜！」

「関、夕ちんの前で恥ずかしいトコ見せんなよ〜」

✦天海夕 ── あまみ ゆう
誰もが認めるクラスNo.1美少女。

海とは小学校からの親友。

✦新田新奈 ── にった にな
友達思いで、歯に衣着せぬ正直者。

彼氏募集中。

✦関望——せき のぞむ
野球部ではピッチャーを務める
真樹の友達。
✦朝凪海——あさなぎ うみ
成績優秀で人当たりもよく、
男子からは『クラスで2番目に
可愛い女の子』と呼ばれている。
「望、行けっ」
✦前原真樹——まえはら まき
転校続きで友だちの作り方を知らぬまま
高校生になるも、趣味が合う海と意気投合。
晴れて恋人同士になった。

中村

✦みんなで海水浴！

「先輩、僕と一緒に出ましょう」
「は、はあ……!?」
✦中村澪 ── なかむら みお
新二年生で海と同じ11組の生徒。
学年1位の学業成績を誇る
秀才だが、変わり者。
JYOTO 城東
✦滝沢総司 ── たきざわそうじ
澪の中学時代からの後輩にして、
新生徒会副会長の一年生。

まったくその気がなかったのか、
意表をつかれた中村さんの頬が
ほんのりと赤く染まる。
すんなり俺と海で決まるかと
思われた直後の『待った』に、
周囲の視線が一気に俺たちへと集まる。
JYOTO
城東

あまみ

わくわく

わくわく

Asanagi

夕、急にどした？　何か悪いものでも食べた？

んふふ〜、もう、海ったらわかってるくせに〜

Maehara

?

関

……もうすぐ誕生日だよな、天海さん

あたりっ！　関君、覚えててくれたんだ

うん。まあ、一応は

ニナ

一応？　片時も忘れたことなんてなかったくせに

ち、ちゃんとお前らのも覚えてるよ。真樹は8月、お前は10月

は？　私のも知ってんの？　キモっ

おまえなあ……

まあまあ二人とも……でも、そっか、俺ももうすぐ誕生日か

……誕生日かあ

真樹、しっかりしろ〜。今年はちゃんと私たちで祝ってあげるから

??　真樹君、どうかしたの？　誕生日に何かあった？

……むしろ何もなかったんじゃない？

クラスで２番目に可愛い女の子と友だちになった6

たかた

角川スニーカー文庫

24151

CONTENTS

I became friends
with the second cutest girl
in the class.

目次

design work ✦ AFTERGLOW

illustration ✦ 日向あずり

CONTENTS

※※※

なぜ彼の周りを、あれだけの多くの人たちが囲んでいるのか、最近はそのことばかりをぼんやりと考えている。

まず、僕と彼にそれほど大きな違いがあるとは思えない。

身長に体格、それに容姿。違いは眼鏡をかけているかそうでないかぐらいか。

……学業成績は少しだけ差がついているけれど、それほど大きな差があるわけではない。

その点は僕だって頑張っている。

文化祭の実行委員として頑張っていた一年の秋以降、彼が自分なりに変わろうと努力していたのはわかる。

……わかるのだけれど。

去年までの彼はずっと一人ぼっちで、クラスであまり目立たない存在だった僕以上に可哀想《かわいそう》に見えた。孤独であることには慣れていたのだろうけど、明るく賑《にぎ》やかな場所に憧れがないわけではなかったのは、彼の横顔を見ていればなんとなくわかる。

それについては、僕も同じ気持ちだったから。

僕から話しかけてみようと思ったのは、そんな理由からだった。

——おはよう、前原《まえはら》君。

――あ、う、うん。おはよう。えと、○○君。

僕に対してぎこちない笑みを見せつつそう返してくれた彼を見て、親近感がわいた。

僕と彼は似ていると、その時に思った。体格や容姿といった外側の話ではない、性格や人間性といった内側の部分で。

そこから少しずつ、彼と会話する機会が増えていった。

言っておくが、僕と彼は『友達』ではない。あくまでただのクラスメイトであり、顔を合わせて、たまに気が向けば一言二言交わす程度の間柄だ。彼のほうは僕ともう少し話したそうにしていたけれど、一応、僕にも付き合いというものがある。

僕にあって、そして彼にないもの。

友達。

似ている僕たち二人の中で、一つだけあった大きな差。

正直に言わせてもらうと、彼と話している時、ちょっとだけ優越感を感じている自分がいた。僕がいるおかげで、かろうじて彼はクラスの一員でいられるのだ、と。

たまにそんな思いがよぎる自分のことが情けないけれど、そう思うとやけに安心している自分がいることに気付く。

僕はまだマシなほう。大丈夫、自分より下に彼がいるのだから。

……そんなちっぽけなプライドすら、ただの幻想であることに気付かず。

二年生になった夏のある日のこと、いつもつるんでいるメンバーと通学路を歩きながら、僕は少し先にいる一際目立つ五人の男女グループのことを眺めていた。

「えっへへ〜、今日から七月、待ちに待った七月〜♪」

「相変わらずクソ暑いのに、夕《ゆう》ちんは元気だね〜。まあ、気持ちはわからなくもないケドさ」

「でしょ〜？　ね、海《うみ》もわかるよね？」

「うん。期末テストに夏の補習期間と目白押しだからね」

「あ〜ん！　なんとか忘れようとしてるのに、現実に引き戻さないで〜！」

「夏休みもいいけど、ちゃんと現実も見ないとね？　特にアンタたち、赤点常連衆」

「む〜、この前の中間はギリギリセーフだったもん！」

「……まあ、本当にマジのギリギリ、だったけどな。俺たち」

「せ、関君《せき》……で、でもでもっ、セーフはセーフだから」

男子二人に女子三人のなんとも羨ましい人数構成だが、その中で一際目を引くのは、夏の日差しを反射してきらきらと輝く金髪の少女を含めた女の子三人。

天海《あまみ》さん、朝凪《あさなぎ》さん、新田《にった》さん。彼女らとは一年生の時に同じクラスだったが、はっきり言って他とは雰囲気が違った。よく言えば賑やか、悪く言えば五月蠅《うるさ》いと感じることもあるグループもある中、彼女たち三人は『明るい』。一年間クラスメイトでありながらついぞ話す機会がなかった僕だけど、遠くから見ているだけでなんとなく『まあ、今日も頑張ろうかな』と思わせてくれる。

……彼女たち三人『だけ』、であるならば。

――ったくよう、羨ましいもんだな。青春しやがって。

――本当にな。あまりに眩《まぶ》しくて燃えカスになりそうだよ。

僕のすぐ前で、コソコソと嫉妬する仲間たちの会話が耳に入る。口に出すと余計惨めになるのは彼らだって理解しているはずだが、陰口を叩《たた》いている内は気が紛れるので、なかなかやめられない。

そして僕も彼らと同じ穴のムジナだが、今は会話の相手がいないので黙っている。僕らは男のみの三人組だが、大体前の二人で話すので、僕は会話にあぶれることが多いのだ。

「よう、大山《おおやま》」

「………………」

「大山、聞いてんのか？」

「！　あ、ごめん、ちょっとぼーっとしてて」

「ったく、お前って相変わらずしょうがねえヤツだな」

しょうがないのは君だって同じだろう、と言いたくなるが、それを指摘するとすぐにへそを曲げるので黙っておくことにする。

何かあるたびにすぐ陰口を叩くような連中によるジメジメとした場所だが、ここにしか居場所がないので仕方がない。

こんな場所でも、追い出されると一人になってしまう。

それは、さすがに困る。

ヘラヘラと前の二人に媚《こび》を売るように笑って、僕はもう一度視線を戻した。

五人の集団の、そのさらに中心で穏やかな笑みを見せている『彼』に向けて。

そして、僕の頭の中はこれまでと同じ思いが浮かんでいる。

……なぜ、彼なのだろう。

プロローグ

カキーン！　という快音が青く晴れ渡る空に響く。

七月に入って最初の日曜日、俺たちはとある地方球場へと足を運んでいた。

目的はもちろん、現在、試合に出場している友人の望《のぞむ》の応援のためだ。夏の全国大会出場をかけた、地方予選の第一回戦——スタンド席から応援している俺たち四人の前に、背番号10をつけた望がマウンドに上がった。エースナンバーの１ではないけれど、このチームの実質的なエースは二年生の彼だ。

「関《せき》君、頑張れ〜！　かっとばせ〜！」

「夕《ゆう》、ウチの高校はこれから守備だから。かっとばすのはこの回をきちんと抑えてから。さっきの攻撃は惜しかったけど」

「はっ、そうだった。でも、とにかく皆頑張れ〜！」

「関、夕ちんの前で恥ずかしいトコ見せんなよ〜」

スタンドから黄色い声援が送られるが、望は目の前の打者に集中しているのか、こちらの応援に一切反応を見せず、真剣な顔で投球フォームに入った。

「望、行けっ」

俺が声援を送るとほぼ同時に、望は第一球を投じた。

気持ちのいい音をキャッチャーミットが鳴らして、まずはストライク。

野球のことはあまり詳しくない素人同然の俺でもわかるぐらい、明らかに球の勢いが違うストレート。バッティングセンターでたまに打つボールがいかにへなちょこだったかがわかる。

　相当速いボールだったのか、相手側の応援席からも『おおっ』という声が漏れている。

「望って、やっぱりすごいんだな。……俺たちといる時はオチ担当みたいになってるけど」

　実際に試合に出ている望のことを見るのは初めてだが、マウンドに立つ彼のことは素直に格好《かっこ》いいと思う。長身かつ筋肉質で、投球する姿も様になっている。

　野球ばかりやっていたのと、恋愛的には奥手な性格もあり、恋人などは今まで一度も出来なかったそうだが、彼のことが好きな人は、校内を探せばきっといるだろう。

　……天海《あまみ》さんが『そうじゃない』だけで。

「真樹《まき》、どうしたの？　何か考え事？」

「海《うみ》……うん、恋愛ってなかなか順調にはいかないもんだなあって。望、あれだけ凄《すご》いヤツなのに」

「まあ、それはばっかりはね。関が頑張ってるのはわかるけど、私たちの姫はそれ以上に強敵だから」

「……確かに」

俺たちのすぐ近くで望に明るい声援を送る天海さんだが、今のところ、天海さんは望のことを『ただの友達』としか見ていない。いや、これまでの経緯を考えるとそれでも十分頑張ったほうだが、それも俺や海、新田《にった》さんがいたからで、望一人ではこうはならなかっただろう。

今のところ、天海さんには異性として気になる人は誰もいない（らしい）。素敵、格好いいと思う人がいないわけではないけれど、それはあくまで尊敬や憧れのようなもので、恋愛感情とはまた違うのだという。

親友の海ですら知らない、天海さんの初恋は、いったいいつになったら訪れるのだろう。

まあ、天海さんや他の人のことを心配するより、まず俺がやるべきは目の前の女の子のことをいかに幸せにできるかだが。

「あ、あのさ、海」

「ん？　なあに？」

「その……いや、やっぱりいいや」

「む、なにそれ。そんな急に引っ込められたら、こっちだって気になっちゃうじゃん」

「そうなんだけど、ここで言うべきことじゃないというか、やっぱり家に戻って二人きりの時のがいいかなっていうか……」

「真　樹　く　ん　？」

「……はい」

ということで、季節が冬だろうが夏だろうが、俺たち二人は相変わらず……いや、前よりも確実にちょっとだけ仲良くなった。男女としての一線を越えるのはまだ少し先のことになるだろうけれど、それでも、お互いのことを想《おも》い合う気持ちは、これまでで一番だと確信している。

「海、じゃあ言うけど、その前に、」

「……うん？」

「……海の横でヒソヒソ話してる二人が気になってしょうがないんですけど」

俺の指摘に、海のすぐ隣に座る新田さんと天海さんが、ぎくりと体を硬直させた。

「あ、アタイらのことは気にせず、二人はどうぞお好きに。ね、天海サン」

「そ、そうどすね新田どん」

「アンタたち微妙に日本語がおかしくなってない？　……ほら、今日は関の応援なんだから、さっさと持ち場に戻る」

「……朝凪《あさなぎ》にはそれ言われたくないんですケド。とにかく、アンタたち二人もさっさとヤルことヤッたら応援に戻りなよ。今日の目的はデートじゃなくて、友達の応援、なんだから」

「新田さん、相変わらず言い方がひどくないですかね……」

望が頑張ってアウトカウントを重ねる中、応援そっちのけでつい大好きな彼女とイチャつく俺……客観的に見て良くないので、家に帰るまではなるべく自重しておこう。

とにかく、今日も今日とて、彼女に対して素直な気持ちをぶつける。

「海」

「うん」

「今日も、その、すごく可愛《かわい》いよ」

「もう一声」

「追加ですか？　えっと、えっと……」

「あはは、冗談だよ。でも、ありがとね、真樹。……えへへ」

本格的な夏の到来はこれからだが、一足先に俺たちのほうはある意味絶好調だった。

1. 夏に向けて

　夏休みが近づいてきたという実感でついつい浮かれ気分になる学生たちも多いかと思うが、高校生にもなってくると、さすがに小学生のようにはしゃいでばかりもいられない。

　高二の夏というと、人によっては『大学受験』の四文字を意識し始める時期だ。実際、ウチのクラスでもちらほらと『夏期講習どうする？』という話が聞こえてきたりもする。

　ということで、俺も少しずつ先のことを考えていかなければならない。

　大学へ進学することは決まっているけれど……それ以外で唯一決めていることと言えば、恋人である海《うみ》とのこれからの生活ぐらいだろうか。再来年の春に一緒の大学に入学して、願わくばそこから同棲《どうせい》を始めて、それから後は——海と一緒にやりたいことは山ほど浮かんでくるのに、それ以外のこととなると途端にピンと来なくなる。

　海と生活を共にできるのなら、仕事の内容については問わないというスタンスなのは変わらないけれど、もう少し自分自身の興味にも目を向けていかなければならないか。

　……まあ、今は先のことよりも、すぐ目の前に迫っている期末テストだが。

「ぶ～……ねえ海、今日は何の日か、親友ならもちろん知ってるよね？」

「うん、もちろん。休み明けから始まる期末テストのための勉強会の日でしょ？　いい点とれるよう頑張らなきゃね」

「そうだね。……じゃなくてっ、今日は私のお誕生日っ！　七月七日の七夕、年に一度、織姫様と彦星様《ひこぼし》が一緒の時間を過ごせるロマンチックな日、なんだよっ。……それなのに、どうして私は数学の教科書を開いて睡魔と戦わなきゃいけないんだ〜……」

「戦うのは睡魔じゃなくて、目の前の問題でしょ。ほら、これが終わったらちゃんとお誕生日会やってあげるから、それまでは頑張ろ？　はい、後４ページ」

「ぐえ……ま、まきくぅん……」

「……そんな目で見られましても」

ウルウルとした瞳で俺のほうに助けを求める天海《あまみ》さんを、俺はやんわりと拒否する。

天海さんが自分でアピールした通り、本日、七月七日は天海さんの誕生日だ。いつもは俺の家でやっている勉強会だが、今日に限っては会場を天海家のリビングに移して、大きなテーブルを囲んで五人で試験対策に励んでいる。

天海さんには気の毒ではあるけれど、もう少しだけ我慢して頑張ってほしいところだ。

「真樹《まき》、すまん。ここの英文ってどう訳すんだ？　長文すぎて訳わかんねえんだけど」

「ん？　ああ、うん。ここはここの that が後ろにつながってるから……ほら、この順番に訳してあげるとわかりやすいかも」

「おお、そういうことか。サンキュ」

勉強会も兼ねて、ということで今日の誕生日会は望《のぞむ》も参加している。

夏の大会期間中という野球部にとっては大切な時期なので、もし順調に勝ち進んでいれば、望は天海家のリビングではなく、球場のマウンドで引き続き予選を戦っていたはずだったのだが……。

「関《せき》、今日はいつにもまして頑張ってんじゃん。一回戦負けでヤル気が有り余ってるカンジかい？」

「……おい新田《にった》ぁ、お前、せっかく人が悔しさを紛らわそうと頑張ってんのに余計なことを……はぁ」

「の、望、元気出して。負けちゃったけど、この前の試合、めちゃくちゃ惜しかったじゃん。望は誰よりも頑張ってたし……ねえ皆？」

「うん、真樹君の言う通りだよっ。この前の対戦相手って、確か県内でもすごく野球の強いトコだったんでしょ？　負けちゃったけど、最後までどっちが勝つかわかんなかったし、ねえ海？」

「うん。相手ベンチのほうもちらっと見たけど、関が思いのほか凄くて焦ってたみたいだし、やるだけのことはやったんじゃない？」

「ありがとう皆……でも、やっぱり負けたのはめっちゃ悔しい」

「ドンマイ、関」

「新田だけなんか軽いんだよなあ……まあ、お前ってだいたいそんな感じだけど」

先日応援に行った試合の結果だが、０対１で残念ながら敗退してしまった。

結果としては一回戦敗退だが、素人の俺から見ても、望は特に頑張っていたと思う。相手の強豪校相手に途中まで『０』を並べ、打者としてもヒットを打って、チームを盛り立てていた。

だが、炎天下での試合終盤、こちら側のミスから１点をもぎ取られると、後はそのまましっかりと抑えられてゲームセット。

勝つチャンスもあったかもしれないが、そこをものにできるかどうかが、きっと強いチームとの力の差になるのだろう。

早々に負けたこともあって、夏休みは望とも遊べる時間がとれるということで、個人的には嬉《うれ》しい気持ちもあるけれど……全国大会出場を本気で目標にしていた望の気持ちもわかるので、それはそれで複雑な心境だ。

「――あらあら、どうしたの？　皆して辛気臭い顔しちゃって。せっかくの娘の誕生日にそんなジメジメされたら、おばさんも困っちゃうわよ」

「あ、お母さんお帰り。ケーキ、ちゃんと買ってきてくれた？」

「ええ。注文通りばっちりの出来栄えだったから、期待してなさい」

五人の中で唯一の部活生である望のことを慰めていると、ちょうど買い物帰りの絵里《えり》さんがリビングに入ってくる。こうして天海さんの家のリビングに皆で集まるのは海の誕生日会以来のことなので、絵里さんも心なしか張り切っているように見える。

ケーキのほか、大きな塊のお肉や果物など……今回も申し訳ないぐらいのご馳走《ちそう》になってしまいそうだ。

「えっと、関君に関しては初めまして、でよかったわよね？　私はここの皆と一緒に試合見させてもらってたから、なんだか初対面って感じがしないけど」

「お、おっす。関望って言います。その、ゆ……天海さんにはいつも仲良くしてもらって」

「あら、そのまま夕《ゆう》って言ってもらっていいのに。じゃあ、私のことは絵里って呼んでね。娘は……まあ、適当でいいから」

「お、お母さんっ！　もう、勉強中なんだから邪魔しないでっ」

「はいはい。お菓子、ここに置いておくから、お腹《なか》が空《す》いたら適当につまんでね。お料理もすぐに作るから」

そう言って、絵里さんはキッチンのほうへと引っ込んでいく。

「ごめんね関君、お母さんったら、この前の試合で関君のこと気にいっちゃったみたいで、家に連れてこいってずっとうるさかったから」

「へえ、そうだったんだ。迷惑じゃないなら、まあ、よかったけど」

「う、うん」

「「…………」」

「な、なんだよお前ら。文句があるんなら聞くぞ？」

「俺は特に、何も」

「真樹に同じ」

「異議な～し」

天海さんと望を見ていると、やはりお互いに露骨なよそよそしさを感じる。

振った振られたという関係がそうさせているのはわかるけれど……もう少しだけ『友達』感を出してもいいのではとも思うが。

「ともかく、絵里さんも帰ってきちゃったからさっさと勉強片付けるよ。真樹、夕は私がマンツーマンで見るから、後の二人のことお願い」

「了解。じゃ、あと一時間以内には終わらせようか。新田さん、望、そういうことだから、あともう少し頑張ろう」

「おう」

「あ～い」

いつものように、海と二人で手分けして三人の勉強を見ていく。

自分の分もやりつつなので大変じゃないと言えば嘘《うそ》になるけれど、自分の教えたことを、三人がきちんと身に付けていく過程を側《そば》で見るのは決して嫌いではない。

まあ、この五人で一緒にいられるのなら、基本的には何でも楽しいのだ。

「……真樹、終わったぜ」

「委員長、私も」

「あ、はい。……うん、大丈夫。海、そっちは？」

「まあ、なんとか及第点ってとこ」

「はぅぅぅ……」

天海さんもなんとか鬼教官の海から合格をもらえたということで、体から一気に力が抜けたように机の上にだらりと突っ伏した。

俺だとつい甘やかしてしまいがちだが、海はこういう時でも心を鬼に出来るので、もしかしたら教職などが向いているのかもしれない。

……八木沢《やぎさわ》先生が毎日のように愚痴っているのを聞く限り、公務員とはいえ、教師は決して楽な仕事ではないだろうが。

ひとまず今日の勉強会でやるべきことは全て済んだので、あとはお待ちかねのお誕生日会だ。

リビングに広げていた教科書や筆記用具の類を片付け、テーブルやその周辺を綺麗《きれい》に掃除し終わったところで、絵里さんがケーキを持ってきた。

天海さんのキャラクターを象徴するような向日葵《ひまわり》を模した砂糖菓子と、色とりどりのフルーツが沢山のせられたホールケーキ。

中央の板状のチョコには、ホワイトチョコレートで『夕、17歳のお誕生日おめでとう』と書かれてあった。

「うわあ、すごく可愛いケーキ……お母さん、ありがとう」

「どういたしまして。プレゼントももちろん用意してるけど、その前に、ほら、さっさと蠟燭《ろうそく》の火を消しちゃいなさい」

「うんっ。……えへへ、皆、その前にいつものアレお願いしてもいい？」

「「「「了解」」」」

定番のハッピーバースデーの歌声がリビングに響き渡る。海の時にも当然やったことなので二回目ではあるけれど、こうして歌うのはなんだかむずがゆくて恥ずかしい。

……まあ、それでもやっぱり楽しいのだけれど。

「ふーっ…………………、よし、ひと息で消してやったぞっ」

「随分と長ーいひと息だったけどね。でも、とりあえずおめでとう、夕」

「うん、ありがとう海っ、それに皆もっ！」

皆に祝福されて、天海さんは満面の笑みを浮かべる。ほんの僅か、彼女の目尻に光るものが見えたけれど、これもきっとただの嬉《うれ》し涙《なみだ》ではないだろう。

周りの人たちが知らないだけで、天海さんも俺たちと同じように、色々なことに悩んだりしているのだ。勉強のこともそうだし、人間関係にだって。

他人よりも目立つ分、いらぬ所で嫉妬や好奇の目を向けられることはこれからもあるだろうが、そういう時こそ、周りにいる俺たちが助けてあげたいと思う。

俺同様、目を細めて天海さんのことを見つめる海や望、新田さんも同じ気持ちを持っているはずだ。

「よしっ、それじゃあ次はお楽しみのプレゼント——といきたいところだけど、そろそろ皆もお腹空いてきただろうし、先に料理食べちゃいましょうか」

「賛成っ、さっきまで海の目の前で勉強頑張ってたから、私もうお腹ぺこぺこで」

「なんだか妙に引っ掛かる言い方するじゃん……とりあえず、お腹が空いているのは私も同じだけど。言うこと聞かないわがままなお姫様のせいで」

「もう、それ海のほうが絶対に露骨じゃん！」

いつもの掛け合いで和やかな雰囲気がリビングを包む中、俺たちはテーブルに並べられた絵里さんの料理をどんどんと平らげていく。海の誕生日会に出た時とはまた全然違うものばかりだが、そのどれもがとても美味《おい》しい。比較するのもなんだが、料理の腕は海の母親である空《そら》さんと肩を並べるレベルだろう。

その時、ふと、最近は母さんの料理をほとんど食べていないことを思い出す。仕事が忙しいこともありいつの間にか前原《まえはら》家の炊事は俺が担当することがほとんどだが、偶《たま》に気が向いて作ってくれる母の味も、俺は決して嫌いではない。

……そういえば、少し前までは俺の誕生日になると、このぐらい張り切っていた時期もあったっけ。

そんなことを考えて人知れずしんみりとしていると、俺の頬《ほお》をやさしくつんつんとつついてくる感触が。

「真樹、どした？　わかりやすく考え事してますって顔だけど」

「え、そうなの？　私にはいつもの委員長顔に見えたけど」

「委員長顔て……いや、ちょっと昔のこと思い出しちゃって。この場で言うと催促みたいになっちゃって申し訳ないけど、俺も来月十七歳になるからさ」

「あ！　そうだ、そうだよっ！　そういえば、真樹君のお誕生日って八月六日だったよね？　ちょうど海の誕生日をそれぞれ二倍した数だから、すごく覚えやすいな〜って思ってたんだ」

「人の彼氏の誕生日を歴史の年号みたいな覚え方しないの。……でも、そういえば真樹もそろそろだったよね」

「朝凪《あさなぎ》ってば、そんなコト言って、本当は首を長くして指折り数えてたんじゃないの〜？　実は年初から念入りに誕生日の計画を立ててたとか」

「あるか、そんなの。……バレンタインデーが終わったぐらいから、どうしようかなってちょこちょこ考えてたけど」

「……なあ朝凪、それを人は『念入りに』って言うんじゃねえか？」

バレンタインデーからなのでおよそ半年前だが、そういうところも海らしくて可愛《かわい》い、と内心でバカップルらしさを見せつけてみる。

直前に控える期末テストや夏休みでついつい忘れていたが、海にとってみれば、友達になってから初めての、そして恋人になってからも初めての俺の誕生日だ。

俺も海ほどではなかったけれど、ホワイトデーが終わって春休みを迎えたあたりからなんとなく落ち着かない日々を送っていたことを思い出す。プレゼント選びをどうするか、そして、彼女にどんなお祝いの言葉をかけるべきか――頰をわずかに赤らめた海が自らの襟足を指でくるくるといじっているのを見て、海もあの時の俺と同じ道を今まさに通っている最中なのだと感じる。

「ねえ、せっかくだし、真樹君のお誕生日も皆でお祝いしようよ。ちょうどその日は登校日だし、それが終わってから皆で遊んで、それから今日みたいに私の家でケーキ食べるの。ねえお母さん、それでいいよね？」

「また急にお願いしてくれるわねえ……なんて、私のほうは特に問題ないわよ。お盆休みは隼人《はやと》さんの実家にお邪魔しなきゃだけど、八月はそれぐらいで後は基本暇だし」

「やったっ。皆も今のところ予定とかはないよね？」

「私はヒマだからいいよ。委員長のお祝いってのが微妙だけど、家にいるよりかは大分マシだろうし」

「俺は多分部活だけど、夕方からなら問題ないぜ」

天海さん、新田さん、望はＯＫ。そして場所についても絵里さんの快諾によって問題はない、か。

俺は訊《き》くまでもないとして、後は――。

「海、皆はこう言ってくれてるけど、どうする？」

「いいんじゃない？　私のときもそうだったし、いつもみたいに全員でパーッとやっちゃえば。というか、こういう厚意は素直に受けておかないと。……それとも、真樹は私と二人きりで夜明けまで過ごしたかったり？」

「うわ、委員長それはいくらなんでもスケベすぎん？　アンタらがバカップルなのは今に始まったことじゃないけど、女の子が多いんだから、そういう発言はなるべく自重してもらわないと」

「またさらっと俺の発言が捏造《ねつぞう》されてる……」

先月の旅行（里帰り？）以来、ますます海の色々なところに興味津々になっているのは今さら否定しないが、その話は今は措《お》いておくとして、海の言った通り、皆が祝ってくれるのであればその気持ちを下手に遠慮して無下にするようなことはしたくない。

天海さんや絵里さんの性格を考えると、今日のようにまた盛大に祝ってくれたりするのだろうか……それはそれで申し訳ない気もするけれど。

「特に皆が問題ないって言ってくれるんだったら……ちょっと気が早い気がしますけど、今のところはお言葉に甘えさせてもらう方向で」

「それじゃ、決まりだねっ。えへへ、来月は何もないから貰《もら》い物《もの》の素麺《そうめん》ばかりかなと思ってたけど、真樹君の誕生日だから期待できるかも」

「あら、素麺だって美味しいじゃない。じゃあ、当日は夕だけ素麺料理ね」

「げげ……お、お母さん、えと、えっと……えへへ、今日もお母さんは綺麗だね？」

「夕ちん、ご機嫌取りがヘタだね～」

新田さんのツッコミに、この場にいる全員が吹き出した。

去年の俺にはきっと想像も出来なかっただろう、それまでずっと一人ぼっちだった俺の周りにこんなに沢山の人がいてくれるようになるとは。

一年前と、今。どちらがいいと感じるかは人それぞれだろうが、寂しがり屋の俺には、やはり誰かが隣にいてくれるほうが合っている。

恥ずかしくて口には出さないけれど、俺はここにいる皆のことが大好きだ。

もちろん、その中でも海がダントツなのは変わらないけれど――。

……また、ごく自然にバカなことを考えてしまった。

賑《にぎ》やかな空気の中、幸せな気持ちで心とお腹《なか》を満たした俺たちは、いよいよお誕生日会のメインとも言える、本日の主役への贈り物タイムへ。

トップバッターの絵里さんからは、天海さんが前から欲しがっていたのだというブランドの帽子が贈られる。女性もののアパレルブランドに明るくないので詳しくはわからないけれど、海によると『それなりに』お値段の張るブランドということで、俺は詳しいことを考えるのをやめた。

プレゼントは金額ではなく気持ちなのだ。そして、天海さんはあくまで『友達』なので、あまり張り切りすぎて出費しても、優しい天海さんを申し訳ない気持ちにさせてしまう。

「……望、もしかしてだけど、なんか緊張してる？」

「…………………」

「望」

「‼　え、な、なん？」

「……望、なんていうか、とりあえず深呼吸しようか」

望もなんだかんだで不器用なので、何かあればフォローしたほうがいいか。

男友達のフォローなんてする日が、まさかこの俺に来るなんて。人生、ちょっとしたことで案外劇的に変わったりするのかもしれない。

「夕ちん、おめでと。はい、これ」

「ありがと、ニナち。ニナちはいっつもセンスがいいから尊敬しちゃうな〜」

「そう？　夕ちんは何でも似合うから、チョイスに悩まなくて助かってる」

とは言いつつ、決して適当に選んでいるわけでもないので、新田さんのこういう所は見習うべき所でもある。特に望は。

「あ、天海さん、えっと、一応俺からも。……本当はもっと違うものをあげたかったんだけど、試合に勝てなかったから」

「勝利をプレゼントってやつ？　関、それはちょっとキモいかも」

「い、いいだろ別に。プレゼントなら皆からもらうだろうし、ならそっちのほうが部活バカの俺らしいかなって考えて」

「そ、そうだったんだ。でも、この前の関君、すごく格好良《かっこ》かったよ？　だから、そんなに気を落とさないで。ね？」

「そ、そうだよな。新田、お前もたまには天海さんのこういう所を見習えよ」

「んだとお?」

こういう場だとこんなふうに喧嘩《けんか》しがちな望と新田さんだが、そこまで犬猿の仲というか、険悪な空気は感じられないので、傍《はた》から見ていると割とお似合いのような気もする。

……ただ、二人ともお互いのことが全くタイプではないそうで。

「二人とも落ち着いて……あ、そうだ。天海さん、俺たちからはコレ」

「本当は別々に選んでもよかったんだけど、二人でお金を出し合ったほうが選択肢も多くなるかと思って。……誕生日おめでとう、夕」

「わあ、ありがとう海、それに真樹君も。すごくおっきい袋だね。開けてもいい?」

「「どうぞ」」

プレゼントの入った袋を嬉しそうに開けて中身を取り出すと、そこには不愛想な顔をしたクマのぬいぐるみが。

「あ、これって……」

「うん。この前私の誕生日にくれたヤツあったでしょ? それと同じタイプにしてみました」

「海の部屋にあるのとは違って、こっちのほうはリボンがついてるけど」

「本当、リボンがお洒落《しやれ》でとっても可愛い。今日から早速お部屋に飾らなきゃ。……えへへ、海とお揃《そろ》いだから、すごく嬉しいな」

事前に海と二人でプレゼント探し(兼デート)をしている時に偶然見つけて『これがい

いんじゃないか』と盛り上がり、半ば勢いで買ったものだが、天海さんの反応を見る限り喜んでくれたようで何よりだ。

ちなみにこのクマのぬいぐるみ、天海さんが購入後に一定の層から人気が出たらしく、前回天海さんが購入した時に比べて値段が１・５倍ほどになっていたのはここだけの話である。

流行って、なんだか難しい。

「ねえねえ海、このぬいぐるみさん、お名前どうしようか？　私がプレゼントした子は、どんな名前つけてる？」

「え？　いや、お迎えしてもう大分経《た》つけど、そんなこと考えたこともなかったよ？　ほ、ほら、他にもサメのぬいぐるみとかあるけど、それも別に名無しのままだし」

「夕ちん、朝凪にあんまり意地悪なこと訊いちゃダメだよ？　朝凪にだって、人には言えない恥ずかしいコトの一つや二つあるんだから」

「ふぇ？　私は別にそんなつもり……あ！　ああ、そっか。そうだよね。えへへ、ごめんね海、変なこと訊いちゃって。今の話はなかったことにしていいから」

「……二人とも、なんか盛大な勘違いをしていらっしゃいませんか？　ねえ、真樹？」

「う、うん。そう、っすね。はい」

実は新田さんと天海さんの考えは当たらずとも遠からずといったところなのだが……これ以上は本人の名誉のために秘密にしておく。

……海が一人で部屋にいる時、俺の顔に似ている（らしい）クマのぬいぐるみを見て俺の名前をしきりに呼んで可愛がっていたという空さんからの極秘情報なんか、俺は知らないし聞いたこともない。そういうことだ。

「海のプライベートなことは措いておくとして、ひとまずはこの子の名前だね。ねえ、皆はどういう名前がいいと思う？」

「イインチョウ」

「……マ、マキコ」

いや、その答えはちょっと待って欲しい。

「新田さんはまあ通常営業だからいいとして、望まで乗っかる？」

「いや、だってこのぬいぐるみ、見れば見るほど顔が委員長に似てるし」

「まあ、言われてみればなんとなくって感じはするな」

「そ、そうっすかね……？」

天海さんがそう言い張り始めて随分と定着してしまったが、俺にはいまいちピンと来ない。

確かに人より不愛想な顔をしている自覚はあるけれど……皆にそう言われると、自分の感覚に自信がなくなってくる。

不愛想な中にもどことなく可愛げがある、というのは俺個人の目から見ても感じるから、そこまで悪い気はしないけれど。

「プチ大喜利大会開催中のとこ悪いけど、一応この子は女の子？　っていう設定だって店員さんは言ってたから。あと、人の彼氏の名前で遊ぶのはなるべく遠慮して」

「そうだよ二人とも。女の子なんだから、そんな男の子みたいな名前……あ、でもマキコちゃんは女の子の名前っぽい……？」

「天海さん、お願いだから雰囲気にのまれないで」

　このままだと取り返しのつかないことになりそうな気がするので、そうならないよう俺が必死に頑張る。

　後、皆の前では決して言えないけれど、俺の名前はすでに海が使っているのでダメだ。いや、それはそれで変な話ではあるが。

「とりあえず、名前に関しては保留でいいんじゃない？　ウチにいるロッキーだって、名前を決めるのに一週間はかかったし。夕は産んで一秒ですぐに浮かんだけど」

「お母さん、それって私のこと褒めてる？　ディスってる？」

「まあ、それだけわかりやすい日に生まれてくれてよかったってことじゃない？　私も結構簡単に決まったらしいよ？　大地《だいち》に空で、アニキが陸《りく》なら、次は海しかないだろうって」

「へえ、朝凪ってそんな感じだったんだ。私はそういうの興味ないから由来なんて聞いたことないけど。委員長は？」

「俺は父さんが樹《いつき》で母さんが真咲《まさき》だから、それぞれの名前をとって真樹にした、って。……こう聞くと、人の名前にもそれぞれの由来があって面白いかもね」

絵里さんが良い所で助けに入ってくれたことで、なんとか名前の件は流れてくれたようで、ひとまず安心といったところか。

この後天海さんがどうするかはわからないけれど、せっかく俺と海の二人で選んだのだから、出来れば持ち主である彼女に大事にされるような名前をつけてもらえればと思う。

……まあ、イインチョウとかマキコ以外であれば、俺はそれでいい。


さて、楽しい時間を過ごさせてもらった天海さんの誕生日会が終わり、ここからはお待ちかね（？）の期末テスト期間だ。

他の人のことはわからないけれど、来年、進学クラスへの昇級を考えている俺にとっては、今学期の期末テストはいつも以上に重要である。

一日目、二日目、三日目と、それぞれの教科で海からのアドバイスを忠実に守って慎重に問題を解いていった。

「――よし、多分これで問題ないはず……」

期末テストの最終日、最後の問題までしっかりと見直したところで解答時間終了のチャイムが校内に鳴り響いた。

結果のほうは翌日以降のお楽しみだが、ひとまず今はお疲れ様といったところか。

緊張感から解放された俺は、力が抜けたようにだらりと机の上に突っ伏す。

期末テストが終われば、あとは終業式までひとまず何もやることはない。待望の夏休みはもうすぐそこに来ていた。

「――さて、と。皆テストお疲れ様。今日はもう授業ないし、さっさと帰って勉強疲れをリフレッシュしてね……と言いたいところだけど、今日はちょっとだけ話さなきゃならないからもう少しだけ我慢してね」

「はい！　八木沢先生、それってもしかして体育祭のことですか？」

「おお、さすが天海さん、いい所に気付くね。そうそう、夏休み明けの九月頭にある、残暑厳しい炎天下で行われるタノシイタノシイ一大イベントだよ。……ったく、クソがよ」

先生の低くくぐもった呟《つぶや》きは聞かなかったことにして、こちらに関しても忘れてはいけないイベントが近づいてきている。

我が高校の体育祭は、昨年行われた文化祭と交互に行われる、秋における大きな学校行事の一つだ。なぜ文化祭と同じ時期ではなくわざわざ残暑の厳しい九月に行われるのか訊《き》きたいところだが、そう決まっている以上、生徒たちも学校の意向に従うしかない。

体育祭をやるということは、文化祭と同じく準備期間が必要ということだ。赤、青、白、黄色と四つに分かれて競い合うのでその組分けが第一と、その後は組ごとに代表者や副代表者、応援団長その他と、大所帯になる組の仲間たちをまとめる人たちを決めなければならない。

隔年開催ということで、文化祭と同じくかなり気合を入れて大々的にやることは俺も知っているので、そうなれば準備期間や各種目の練習時間にかなりの時間を割くことが必要になってくる。

……もちろん、本来は夏休みである期間だって犠牲にすることに。

「組分けに関しては先生たちのほうで決めるんだけど……誰か、二年生グループの代表をやりたいって人はいない？　もちろん、協力してくれたらその分のお礼は弾むけど――」

シーンと静まり返る教室を見渡した後、八木沢先生は小さく嘆息する。

「――いないよね、やっぱり。まあ、私も学生時代はそうだったですケドも」

先生がやりたくないんだから、出来れば生徒たちだってやりたくはないだろう。

体育祭で代表者を務めれば目立つし、皆からも頼られるのでやりがいはきっとあるのだろうが、その代償として夏休みのほとんどを体育祭のために捧《ささ》げなければならないのは、俺たち生徒にとっても難しい選択である。

応援団などに選出された場合などを除くと、代表者ではない一般生徒が本格的に体育祭の練習を始めるのはお盆休み明けからというのがウチの高校の通例らしい。

各種目の日程や全体での応援練習など、いつ何をやるかはその時にすでに決まってなければならないから――当然、その前に何をするかを話し合う必要があるわけで。

最近は各組とも小道具を積極的に使うなど、所謂《いわゆる》『映え』を狙った応援などを数多く仕込んだりするらしいので、それに比例して犠牲になる時間も増えていく。

仮に内申点の面で有利に働くにしても、出来ればやりたくないというのが、クラスメイト達の本音だろう。

もちろん、それは俺だってそうだ。

「とはいえ、誰か一人には必ずやってもらわないといけないんだよね～……学年ごとのリーダーもそうだし、あとはクラスごとのまとめ役も必要だから」

年齢も若く、まだ生徒たちとの感性が近い八木沢先生も苦しいお願いなのは理解しているのだろう。それは申し訳なさそうな表情からもなんとなく見て取れる。

ふと、先生の視線が、天海さんのほうへ向いているのに気付いた。

先生自身も天海さんにやって欲しいと思っているわけではないだろうが、自然に彼女のほうへ期待してしまう気持ちはわかる。

まず、能力的な面から言って天海さんほど適任な人はいない。クラスマッチの時に見せた経験者顔負けのパフォーマンスからもわかる通り、天海さんの運動神経は天性のものがある。

そして何より、その持ち前の明るさだろう。金髪碧眼《へきがん》というわかりやすい容姿に注目が行きがちだが、彼女の一番の魅力はそこから一歩踏み込んだ内面にある。

俺や海など、近くにいる人間にしか実感はないだろうが、彼女の元気や天然ボケに助けられたことは幾度となくある。

勉強がどうにも苦手だったり、時には感情のままに突っ走ったりと、決して完璧な人間ではないけれど、そのおかげで『自分たちもしっかりしなきゃ』と思わせてくれる。なので、天海さんが代表になってくれれば、確実にクラスの士気は上がっていくだろう。

……でも、だからと言って俺は天海さんのことを推薦したくはない。

天海さんの気持ちが、置いてけぼりになっていると思ったからだ。

席替えが終わって、俺から少し離れた窓際の席にいる天海さんの様子を見る。

「……んだよ天海、ウザいから触んな」

「渚《なぎさ》ちゃん……でも、なんかそうしたくって」

ちょうど天海さんの前に座ってる荒江《あらえ》さんとのやり取りが、わずかに耳に入ってくる。

やはり、なんとなく彼女も『いつもの』雰囲気を感じているようだ。

まだ誰も『天海さんをクラス代表に』とは言っていない。期待するような視線も。

だが、やはり皆どこか期待している。

太陽のように明るい笑顔とテンションで、

『はーい！　私、私やります！』

と言ってくれることを。

また空気になるのか、と俺は呆《あき》れる。

もし天海さんがやるのだとしたら、きっと天海さんは頑張るのだろう。やるからには全力を尽くす。それが天海夕という女の子だ。

だが、それは天海さんの本当の意思ではない。

天海さんだって皆と同じ。せっかくの夏休みだから、皆と楽しく遊びたいのに。

……なるほど、こういうことか。

何かある度、天海さんや海はこういったものといつも戦っていた。

そんな二人に、俺は心の中で改めて尊敬の念を抱く。

「……あ、あのっ！」

「？　前原君、どうかした？　もしかして、立候補してくれるとか……」

「いえ、俺の能力じゃ皆に迷惑をかけちゃいそうですから……そうじゃなくて、とりあえず仮でもいいのでくじ引きとかで決めたらどうかなって。このままだと埒《らち》が明かないですし」

きっとほとんどのクラスメイトが『なんでお前がそんなこと言うんだよ』と思っただろうが、しかし、それについての反論も起きない。

天海さんがこの時点で立候補しないという事実がある以上、クラスメイトも無責任に推薦できないことはわかっている。だから、やはりいつものように運を天に任せるしかないのだ。

俺の提案に異議がないことを確認すると、先生が小さく頷《うなず》いた。

「よしっ、それじゃあ時間もないことだし、前原君の言う通りいつものヤツいっときますか。ごめん、誰か一枚ルーズリーフくれない？　それでさっさと――」

「――私、やってもいいけど」

しかし、先生が言い終わる前に、天海さんと同じ窓際の席からそんな声が上がった。

「え？」

「先生、聞こえなかった？　私、やってもいいけどって今言ったんスけど、代表」

「！　あ、いや、ちゃんと聞こえてたよ。あなたの声、意外に良く通るし。でも、まさかあなたが立候補するとは思わなくて」

先生を含めたクラスメイト達の視線の先にいたのは天海さん——ではなく、天海さんの前の席でいつものように機嫌の悪い表情を浮かべる荒江さんだった。

「渚ちゃん、急にどうしたの？　何か悪いものでも食べた？」

「今日は朝から水しか飲んでねえよ。……んだよ、天海、文句があるならお前がやってくれてもいいんだぜコッチは」

「そういうわけじゃないけど……」

しかし、天海さんと同じく俺も、そしてこの場にいるほとんど全員が驚いたことだろう。

あの、荒江さんが。

二年進級時の始業式初日から無断欠席、二日目には悪びれることもなく遅刻し、その後のクラスマッチでは天海さん他チームメイトに多大な迷惑をかけて、それ以降もクラス活動に決して協力的とは言えなかった彼女が。

朝から水しか飲んでないと言っていたが、その水に何か問題があったんじゃないかと失礼ながら問いたくなってしまうほどの積極性である。

「ったくよ、黙って見てりゃ、担任も周りの奴《やつ》らもイライラさせやがって。こっちはテスト終わりでさっさと帰りたいってのにちまちまとくじ引きなんて……代表決めりゃ帰っていいんだろ？　じゃ、私はこれで」

「あ、待って……！　代表のほかに、男女で一名ずつバックボード担当と応援の小道具担当とかも決めなきゃいけないから……」

「そっすか。んじゃ、バックボードは天海と、小道具は……じゃ、山下《やました》でいいや。お前らがやれ。男子のほうはどうでもいいから、大好きなくじ引きとやらで勝手に決めてろ。ちなみに文句は受け付けない。どうせ私が言わなきゃ何にも決めれらない腰抜けだからな」

　相変わらずの口の悪さだが、まさにその通りなので誰も言い返すことができない。

　クラスメイトたちの方をちらりと見て反論がないことを確認すると、荒江さんはいつもの気だるい調子に戻って教室を出ていった。

「まったくあの子はどうしてこう……えっと、ほぼ荒江さんの独断で決まっちゃったけど、天海さんと山下さんは大丈夫？」

「あ、はい。それぐらいなら私は別に……ヤマちゃんは？」

「私もいーよ。まあ、荒江さんだけに任せるのも気が引けるし」

　荒江さんのちょうど前（山下さん）と後ろ（天海さん）にいる女子二人が指名されたわけだが、適当に指名したわけでもないことはわかる。

　去年の文化祭でもモザイクアートの原案を担当したことからもわかるように、天海さんは絵が上手《うま》く、手芸部に所属しているという山下さんも小道具づくりには向いているだろう。

……もちろん、この二人が最近よく荒江さんの話し相手になっているのも理由の一つではあるだろうが。ちなみに山下さんは、先のクラスマッチで天海さんと一緒のチームで頑張ってくれたメンバーの一人だったりする。

天海さんのことをウザがっているように見えて、実は荒江さんも寂しがり屋だったりするのだ。面と向かっては絶対に言えないし、もし口を滑らせたらと思うと恐ろしいが。

「とにかく女子メンバーのほうは決まったし、男子メンバーのほうもさくっと決めちゃうか。……えっと、前原君、言い出しっぺということで、仕切りのほうをお願いしてもいいかしら？」

「……そうですよね。わかってます」

この空気だと俺がこのまま天海さんか山下さんのどちらかとペアになってしまいそうだが、そうはならないのがくじ引きというものである。

先生が用意した小さな紙片に『バックボード』『小道具』とそれぞれ一つずつ書いて、空き箱の中に入れて軽くシャッフルする。

人前に出るのは相変わらず苦手だが、それでも少しずつ度胸はついてきた。

「えっと……で、では、入り口側の列の人から順番に引きに来てください」

俺の指示で、男子たちが我先にといった勢いでくじを引きに来る。

夏休みを犠牲にしてしまうとはいえ、バックボード担当として天海さんとペアになる利点はとてつもなく大きい、と男子たちは思い込んでいるのだろう。

新田さんから聞いた話によると、文化祭とは比べ物にならないほど、体育祭の準備は担当ペアが一緒に過ごす時間が長く、体育祭終了後、気付いたときにはペア同士でカップルが成立している確率が高い——のだという。

話の真偽はともかく、天海さんとの距離を近づける機会を得た人は——。

「俺は……どっちもハズレかな」

去年のことが頭にあるのか、もしかしたら今回も俺か……と思いきやそうではなく、俺の次にくじを引いた男子だった。

「……前原君、あの、これ」

「！　あ、それです。じゃあ、今回の体育祭は大山君《おおやま》にバックボードを担当してもらいます。天海さんと一緒に」

今か今かと自分の番を待っていた男子たちからため息が漏れるのが聞こえたが、それはともかく、今回のくじは大山君が持っていった。

一部の人にとっては喉から手が出るほど欲しかったかもしれない『当たり』だったが、どうやら彼にとっては違ったらしく。

「……はあ、面倒な役が回ってきちゃったな」

「ごめん、大山君。でも、一応恨みっこなしだから」

「わかってるよ。去年は前原君がそうだったわけで、今回は僕の番ってだけだから」

黒いフレームの眼鏡の位置を直しながら、大山君は肩を落として言う。

それほど話す仲ではなかったものの、俺と彼はなんとなく共通してる部分もあるので、彼も俺と同様、夏休みのほうを優先したかったのだろう。

新田さんが言うように、もちろん、体育祭に積極的に参加することに対するメリットもあるのだろう。だが、皆が普通に夏休みで遊んでいる中、自分だけいつものように制服に着替えて登校し、暑い中校外で作業に勤《いそ》しむというのは、やはり辛《つら》いものがある。

いい経験になる、という声もあるけれど、果たしてそれは本当に皆にとって『いい経験』になるのだろうか。

俺は運が良かっただけで、他の皆が同じようになるとは限らないわけで。

一瞬だけ『やっぱり俺が代わろうか』と言いたくなったが、恨みっこなしと言った手前、なんだか変に同情をしているように見えるし、大山君のプライドを傷つけてしまいそうで難しい。

「大山君、大変だろうけど一緒に頑張ろうね。もし絵が苦手でも、他にもメンバーはいるんだし、皆でフォローし合えば平気だから」

「あ～……うん、そうだね。……あはは」

俺と大山君の間に流れる微妙に重たい空気を察してか、いつもの調子で天海さんが話しかけてくれるけれど、それに対して、大山君はそんな天海さんから微妙に視線を逸《そ》らして後ずさりする。

こうして近くで顔を合わせて話すのは久しぶりのことだが、一年の時と較《くら》べて、今の大山君は随分と小さく見えた。

体格的には俺とほぼ同じぐらいのはずだが……天海さんを前に恐縮でもしているのか、普段から俯《うつむ》きがちで猫背気味の姿勢がさらに悪化している。

「前原くーん、天海さんのペアはともかく、そろそろ私の相方も確定させて欲しいな。私も正直誰でもいいから」

「あ、ごめん。……じゃあ、残りの人は速やかに引きに来てください」

山下さんの一声でほどなくくじ引きが再開され、クラス代表一名と、それからバックボード担当と応援の小道具担当の男女ペアが決定する。

その他、応援団などのメンバーは、組分け決定後に希望者を募るということで、ひとまずこれで今日やるべきことは終了した形だ。

おそらくもう校内にはいないであろう荒江さんに大分遅れて、ようやく俺たちも下校できることに。

自分の席に戻って帰り支度をしていると、天海さんが話しかけてきた。

「真樹君」

「天海さん……なんて言ったらいいかわからないけど、その、大変だね」

「大丈夫。夏休みは少しだけ減っちゃうかもだけど、その分空いた日にたっぷりしっかり遊べばいいだけだし。……真樹君、申し訳ないけど、海と一緒に覚悟しておいてね？」

「なんか顔が怖いんだけど……」

もちろん海と一緒に付き合わせてもらうけれど、パワフルな天海さんのことを考えると、俺の体力が果たして最後までもってくれるか心配である。

……これは充実した夏休みになりそうだ。

「今日も海と一緒に帰るんでしょ？　私もお供させてもらっていい？」

「俺は別にいいけど……海のクラスはもう終わってるみたいだし、迎えに行こうか」

「えへへ、了解ですっ」

天海さんを伴って教室を出る際、ちらりとクラス内に残っている人を確認してみるが、直前まで席にいたはずの大山君は、いつの間にか姿を消していて。

明らかにやりたくなさそうな雰囲気だったので気の毒ではあるけれど、結果は結果なので受け入れてもらうしかない。

「……真樹君、もしかして大山君のことが心配？」

「あ、うん。性格的にサボったりすることはないと思うけど……」

「大丈夫。そこらへんは私の方でフォローして、大山君が孤立しないように気を付けるから」

「天海さん、随分やる気だね」

「うん。さっきも少しヤマちゃん……山下さんとも話したけど、私たち二年生は、今回の体育祭が高校生活最初で最後になっちゃうでしょ？　なら、張り切ってやってみようって」

「そっか。まあ、そういう考えもあるよね」

俺は今回一般参加という立場だが、やるからには真剣にやって、できることなら優勝を目指して練習から励んでいければと思う。

そして、隣に海がいてくれれば、さらに強く印象に残る思い出となってくれるだろう。

組分けはこれから話し合いで決まるそうだが、海のいる11組と同じチームになってほしいと切実に願う。

「それより、海はまだ教室にいるんだね？　海が先に終わってる場合だと、最近はいつもドアのすぐ前に陣取って真樹君のこと待ってるのに」

「だね。でも、海にも付き合いはあるから」

進級してからおよそ三か月半というところだが、海のほうは順調にクラスの中に溶け込んで、相変わらず中村《なかむら》さんたちクラスマッチ時のメンバーと仲良くやっているらしい。

海からもよく四人の話を聞くのだが、その時に見せる海の楽しそうな笑顔がまた可愛《かわい》くて……それはともかく、喧嘩《けんか》やいざこざなどなく、問題なく学校生活を過ごせているのは彼氏としても一安心だ。

半開きとなっているドアから11組の室内を覗《のぞ》いて、中に入っても問題ないことを確認する。よく中村さんが俺のことを引っ張って教室内に連れ込むため、すでに11組の一部の面々にとって俺の顔はお馴染《なじ》みになりつつあるが、やはり自分から入っていくのはまだ少し緊張する。

　教室に入ると、俺たちに気付いた背の小さい女子——七野《しちの》さんがひょこひょことした足取りで近づいてきた。

「およ？　前原氏、どした？　後ろに天海ちゃんまで引きつれて」

「どうも。えっと、海のことを迎えに来たんだけど……」

「ああ、なるほど。おーい、海ちゃん。前原氏が早く一緒に帰ってイチャイチャしようって〜！」

「そこまでは言ってないんですけど……」

　七野さんが言う通り、海とそういうことをしたい気持ちがないわけではないが、皆して俺の気持ちをいささか誇張して代弁しすぎのような。

　軽音楽部ではベース担当（らしい）だが、ボーカル顔負けの良く響く声が海の耳に届くと、俺の可愛い彼女の頰《ほお》がほんのりと赤く染まる。

「も、もう美玖《みく》ちゃんってば余計なこと……ご、ごめん中村さん、真樹のこと待たせちゃ悪いから、この話はまた明日以降ってことで」

「ん、了解。私のほうでも他にやる気があって頑張ってくれそうな素質のあるヤツを探してみるよ、涼子《りょうこ》とか涼子とか涼子とか」

「あはは、それはあんまり期待できなそうだ」

　隣にいた中村さんから離れた海がこちらにやってくるものの、いつもより表情が硬いような気がする。

「海、私も一緒に帰っていい？」

「夕……うん、もちろん。ちょうど今日あった教科分のテストの出来栄えに関しても訊《き》きたかったことだし」

「あ、私、ちょうどお母さんから頼まれた用事を思い出し――」

「逃げられると思うなよ、親友？」

「あ〜ん！　お手柔らかにお願いします〜！」

　ここだけのやり取りを見ていると、特に普段と変わりない『いつもの』朝凪海に見えることだろうが。

「……海、中村さんとどんな話してたの？」

「ちょっとね。……ここじゃなんだから、真樹の家でお菓子でも食べながらゆっくり話そっか。夕も、一緒に聞いてもらっていい？」

「もちろん。……大丈夫、ちゃんと私も気付いてたから」

「お、それは頼もしいね」

　親友と恋人の二人に向けていつもの微笑《ほほえ》みを返した海の手をとって、俺たちは自宅へと場所を移すべく、すぐさま学校を後にする。

　恋人や友人たちとの騒がしくも賑《にぎ》やかな夏を過ごせるのだろうと思っていたけれど、どうやら今年の夏は少し予想外の方向へと進みそうな気が。

※※※

話は、真樹と夕が私のことを迎えに来る少し前に遡る。

期末テストの全日程が終わった直後、私は、中村さんたちいつもの四人グループとテストの出来栄えについてあれこれと話していた。今回の期末テストは個人的にも歯ごたえがある問題が数多く出題されていて、口々に『今回はちょっとヤバいかも』と言っていた。

ただ、中村さんに関しては『ん？　満点だが？』と余裕の表情を隠さない相変わらずさだったので笑ってしまった。私も頑張ったけれど、さすがに一位は今回も彼女で決まりだろう。

そんな時に、私たちのもとに一人の訪問者がやってきて。

「――朝凪さん、久しぶり。ウチの弟がいつも世話になってます」

「！　会長」

「智緒《ともお》先輩、ね。一応まだ生徒会長だけど、一学期の終わりと同時に会長じゃなくなるから」

元クラスメイト（で一応は友人枠）の関に似た雰囲気をもったその人は、我が高校の生徒会会長である関智緒先輩だった。こうして会長ときちんと顔を合わせて話すのは、おそらく去年のクリスマス以来だから、半年以上ぶりか。

最上級生になってますます威厳に磨きがかかっているような気がするが、まあ、以前とそんなに変わった印象はない。つまり、私の知っているいつもの智緒先輩だった。

「ちょっと早いですけど、今まで会長のお仕事お疲れさまでした。……それで、先輩はどうして私たちのクラスに？　遊びに来た……わけじゃないですよね、当たり前ですけど」

「ふふ、もちろん。正直に言わせてもらうとね、今日はスカウトに来させてもらったんだ」

「え？　スカウト……ってことは、生徒会メンバーの勧誘みたいなことですか？」

「合ってるけど、ちょっとだけ違うかな。今日は朝凪さんと、あとはそこでなぜかカバンからお煎餅を取り出している中村さん……あなたたち二人に用があって来たの」

「え？」

「むぐぐっ？」

智緒先輩が、私と中村さんに用事……話の流れから言うと生徒会関係で何かお願いがあって来たのだろうが、それなら生徒会顧問を務めているというウチのクラス担任を通してお願いすればいいだけの話だ。

それをわざわざ、生徒会長自らお願いに来るということは、

「朝凪さん、中村さん。生徒会の仕事に興味はない？　あなたたちのどちらかに、ウチの生徒会の会長職を引き継いで欲しいと思ってる」

やはり、こういう重要な話になってくるわけで。

「お恥ずかしい話だけど、二学期には発足しなきゃいけない新生徒会で、生徒会長だけ決まってなくて。副会長以下の役職は決まってるんだけど、ちょっとしたイレギュラーが起

こっちゃって……そこらへん、少し話させてもらっても？」

「……中村さん、どうする？」

「いいんじゃない？　スカウトを受けるかどうかはまた別の話だし、私に至っては小腹が空《す》いて煎餅なんて食べようとするぐらいヒマだったから。朝凪ちゃんも彼氏君のＨＲが終わるまではヒマだろ？」

「う……そうだけど」

スマホに目を落とすと、真樹からは『ごめん、体育祭の件で少し予定が押してる』とのメッセージが。

ということで、流れ的に智緒先輩の話を聞くしかなさそうだ。突然のことで、まだ内心では動揺が抑えきれていないけれど。


話を要約すると、先月の時点で新生徒会のメンバーはすでに内定しており、二学期明けからの本格的な発足に向け、前会長（となる予定）の智緒先輩たち旧生徒会のメンバーで引き継ぎ作業を行っていたそうだ。

しかし、入学したての一年生のメンバーも加わり、まずは新生徒会最初の仕事となる秋の体育祭へ向けて、智緒先輩のサポートを受けつつ水面下で活動を開始していた最中《さなか》……新生徒会長となるはずだった二年生の生徒（ウチのクラスではない）が、家庭の事情により、九月をめどに海外へ引っ越すことになってしまったという。

決まったことを覆すことは難しいと判断し、ひとまずは現在所属している生徒会メンバーでやりくりできないかと考えたものの、現メンバーからはあまりよりよい返事をもらうことが出来ず――。

「――それで、私と中村さんのどちらかを誘いに来た、と」

「うん。担当顧問に相談したら、ちょうど成績優秀で、かつ特にこれといった部活動にも所属していない生徒ということでね」

「ふうん、なるほど。まったく迷惑な話だ」

「ちょっ……中村さん、相変わらずきっぱりと言うね」

「そりゃそうさ朝凪ちゃん。生徒会長の前だからというのはわかるけど、面倒なものは面倒だからね。急な話だとはいえ、いきなりなんのアポもなく来るのも失礼だし」

「ごめんなさい。一応、先生には今日来ることを伝えてくださいとはお願いしてたんだけど……」

智緒先輩の言葉に、私たち二人は無言で首を振った。

相変わらずあのタヌ……ともかく、面倒な役回りを押し付けてくれたものだ。

特に、学年でも上位五人の中に入る私たちを推薦するところが、いかにも何も考えてないように思える。

私個人の考えだが、生徒会活動に学業成績はそれほど必要ない。他の生徒に示しがつかないという理由で多少は求められることもあるだろうが、最も大事なのはやる気なのだ。

小・中学校時代にはまったく考えもしなかったことだが、去年の文化祭やクリスマスパーティの企画で智緒先輩が忙しそうにしていた姿を見ていると、やはり生徒会活動はできれば敬遠したいと思ったし、同じように考える人も多いのだろう。

ウチの高校に生徒会選挙というシステムがないことが、その良い証拠だった。募集したところで、選挙をするほど立候補者が集まらないのだ。

あまり比較はしたくないけれど、選挙シーズンの度に校内が騒がしく賑やかになる橘《たちばな》女子とは大違いである。

「アポイントを顧問任せにしていたことについてはひとまずごめんなさい。答えは今すぐ出さなくてもいいし、やりたくないなら断ってくれても構わないけど……でも、ほんの少し気が変わったとか、ウチの生徒会活動の話をもう少しだけ聞きたいと思ってくれたら、その時はすぐに私に連絡をちょうだい。いつでも歓迎するから」

そう言って、智緒先輩は姿勢を正し、お辞儀をするように深々と頭を下げた。

お願いする立場とはいえ、下級生である私たちの前で恥を忍んで。

「……先輩はすごいですね。もう辞めるのに、後輩のためにこんなに一生懸命に私たちに頭を下げて」

「もちろん、『なんで会長職なんかに立候補しちゃったんだろう』って何度も思ったわ。でも、やりがいは間違いなくあるし、私を慕ってくれる可愛い後輩だっているから。一年以上やってれば、そりゃ愛着ぐらいは湧くかな」

「それは……確かにそうですね」

生徒会への勧誘なんて、本来なら新メンバーや担当顧問に任せてもよいことなのだが、それをせず自らが積極的に動くのが、なんというか智緒先輩らしい。

普段あまり接点のない私と智緒先輩だけれど、そんな先輩に対して何も恩義を感じてないと言えば嘘《うそ》になる。

私と真樹が、それまでの『友だち』から『恋人』になるきっかけとなったクリスマスパーティでの出来事――あれがなければ、真樹と私はまだ『友だち』のままだったかもしれないし、二年生に進級して私たちの関係が違うものになっていたかもと考えると、何らかの形で恩を返すのも悪くないとは思うが。

「とにかく、今日のところはこれで失礼させてもらうわね。……それじゃあ二人とも、期末テスト、ひとまずお疲れ様でした」

そう言って、智緒先輩は私たち含めたクラス全員へ手を振りながら、穏やかな笑みのまま教室を後にする。

内心ではかなり切羽詰まって焦っている状況のはずだが、そんな様子を全くおくびにも出さず……智緒先輩の弟（らしい）である関とは大違いだ。

「はむぅん……にゃるほろ、あれひゃわがこうのせいひょかいひょう……」

「中村さん、お煎餅はいいから、ちゃんと食べてから口を動かそうね」

「んむ、かたひけない」

戸惑いを隠しきれなかった私とは対照的に、固そうなお煎餅をバリバリと食べ始めた中村さんは相変わらずのマイペースである。

私もこれぐらい図太く生きていければ、もう少し精神的に楽な学生生活を過ごせるかも……と一瞬思ったけれど、それはそれで余計な敵を作りそうだなと思い、それ以上考えるのをやめる。

私は私。今で十分幸せだから、きっとこのままでいいのだ。

真樹だって、きっとそう言ってくれるはず。

……そんなことを考えていると、無性に真樹の声が聞きたくなった。今日の話をすぐにでも話したかった。

去年の秋までの私と違って、大好きな人が出来てから、私は一人で色々と抱え込むことができなくなった。嫌なことがあればすぐに真樹に打ち明けて、ぎゅっと抱きしめてもらいつつ頭を撫《な》でてもらいながら二人で相談して。

甘えん坊だなあ、と私は心の中で苦笑する。

「ところで朝凪ちゃん、会長はああお願いしてるけど、どうする？　あの人のことだから、多分、なんとかして代わりを見つけてはくるんだろうけど」

「……もしくは、卒業ギリギリまで会長やるとかね」

「あ、それわかる。責任感強そうな目してたものね。……まあ、逆にそんなことさせちゃ絶対ダメだけど」

「うん。それは、さすがにね」

三年生は本格的な受験シーズンまであと半年だから、智緒先輩にはそちらのほうを考えてもらわなければならない。

……うん。やっぱりこれは一人では決められない。

真樹だけじゃない、夕や新奈《にな》の意見も聞きたいと思った。

※※※

学校行事にプライベートに、今年の夏はとびきり忙しくなりそうだなと思ったが、まさか智緒先輩からそんな用件を持ちこまれようとは。

智緒先輩というと、俺の頭の中で真っ先に思い浮かぶのは望だけれど、訊《き》いてみても、望も自分の部活のことで忙しかったのか、生徒会に関する話は知らなかったそうだ。

『(関) そんなことがあったのか。……まあ、姉貴のヤツ、人のことはよく詮索するくせに、自分のことはあまり言わねえから』

『(ニナ) それはアンタが頼りないからじゃない?』

『(関) 新田、お前なあ』

『(前原) まあまあ二人とも……とりあえず、相談に乗ってくれてありがとう。後は俺たちで話してみようと思うから』
『(関)　おう。俺ももう部活に戻らなきゃ』
『(ニナ)　私はヒマだけど、一夜漬けで眠いから今日はおやすみなさい』
『(あまみ)　ありがとね、二人とも！』
『(朝凪)　それじゃ、また明日』
『(ニナ)　うい〜』
『(関)　じゃあな』

望も加わり、すっかり賑《にぎ》やかになった五人専用のチャットルームを閉じる。

今回の件に関して言えばあくまで話を聞いてもらっただけにはなるけれど、それだけでも幾らか気分が楽になるのでとても助かっている。

これが所謂《いわゆる》『持つべきものは友』ということになるのだろうか。俺がそんな言葉を使うなんて、ひと昔前までは考えもしなかったけれど。

「ひとまず返事は保留って形だけど、今後のことを考えると一学期の終業式までには返事をしたほうがいいよな……海、先輩から他に何か聞いてない？」

「今のところは何も。でも、体育祭のことを考えると、できるだけ早いほうが助かるんじゃないかな？　新生徒会としての初仕事はそこからなわけだし」

海の話ではすでに水面下で準備を進めているようだから、なるべく早い段階で正式なメンバーを固めたいところだろう。

組分けから始まり、種目決めや会場設営の手配、体育祭を見に来る保護者・来賓への対応など、俺がちょっと考えるだけでもこれだけ浮かぶ。体育祭後の後始末など細かい雑用などを含めれば、文化祭と同等以上に大変な仕事になるだろう。

全校生徒を代表するというプレッシャーものしかかってくるおまけつきだ。

……想像するだけでも、俺には荷が重すぎる。

「海、どうするの？　話を聞く感じ、実はわりと悩んでたり……」

「まさか。智緒先輩が言う通り、やりきった時は達成感もあるだろうし、いい経験には間違いなくなるんだろうけど、貴重な高二の夏休みを潰してまで……って考えると、さすがにちょっとね。……去年の夏だったら、少しは揺れてたかもだけど」

「そうだったんだ。生徒会長の海……えへへ、ちょっとだけ見てみたいかも。ちなみに私は副会長で、海のことを元気一杯支えてあげちゃったり」

「それ私たちのポジション逆じゃない？　まあ、万年赤点ギリギリの人が生徒会長だなんて、一般生徒たちから心配されそうだけど」

「そうかも。あはは」

「笑いごとじゃありません」

この二人なら、そういう未来もきっとありえたのではないだろうか。

天海さんが全校生徒の代表となって、その脇を海たち含めた優秀な生徒会メンバーががっちりと支える……その光景があまりにもイメージしやすく、むしろ、小・中学とそういう機会がなかったことのほうが意外だ。

客観的に見て、智緒先輩が新生徒会長候補の一人として海に白羽の矢を立てるのは妥当だと思う。学業成績に関しては言うまでもなく優秀で、チームリーダーとしての素質も十分に備わっている。

恋人だからついつい贔屓目《ひいきめ》になりがちではあるけれど、学業にのみ突き抜けた中村さんや、類まれな存在感を持つ天海さんと較《くら》べても、海はまったく引けをとらない総合力がある。

もし、去年の夏であれば、俺もきっと無責任に海のことを推薦していたはずだ。

……そうなる未来は、結局訪れなかったけれど。

「あのね、真樹」

「うん」

「真樹は、私にどうして欲しい？」

「……あの、ちなみに『海の決断を尊重します』っていう答えは……」

「…………」

「あ、はい。わかりました。大丈夫です」

無言でニコニコ顔を返されて、俺はあっさりと引き下がった。

わかっている。こういう時はきちんと俺の希望を彼女に伝えればいいのだ。

……なんだかやけに隣でニマニマ顔を見せている天海さんが気になるけれど、友達の目を気にしているようではバカップルはやれない。

「もうわかってるだろうとは思うけど、俺はこの話は受けて欲しくない……かな。海の能力に疑いはないし、もしこの話を受けたとしても、俺は普通に智緒先輩以上にやってくれると信じてる」

「それはちょっと買《か》い被《かぶ》りすぎじゃない？　真樹にそう言ってもらえるのは光栄だし、すごく嬉《うれ》しいけど。……能力は問題ないけど、でも、やっぱり私にはやって欲しくない？」

「まあ、ね。今でさえ別クラスで一緒にいられない時間が多いのに、生徒会活動でもっと離れ離れになるなんて、そんなの、やっぱり考えたくないし」

今の状態でも十分では？　と天海さんたち友人組からは呆《あき》れられるだろうが、個人的にはもっともっと海との時間が欲しい。

朝になったら海が迎えにきて、授業中はお互いのことを考えながら、こっそりチャットルームで会話をし、放課後はまた一緒に帰り、夜になったらどちらかが眠くなるまで通話をし続け、そして、週末になれば同じ場所と空間でできるだけ長く、二人きりの時間を過ごす……今でもそこそこやれているとは思うけれど、もし海が生徒会に所属するようになれば、確実に放課後の時間が少なくなるし、休日も一人で過ごす時間が多くなるだろう。

「他の人から見たら、『好きな人との時間が減るから嫌だ』っていうのは単なるわがままにしか聞こえないだろうし、それを人は忙しいと言わないのは重々理解してるんだけど

「……でも、俺にとってはものすごく大切な時間だから」

これまでずっと一人ぼっちの学生生活を過ごしていた俺にとって、誰かと過ごす夏休みというのはこれが初めてで。

そして、まともに遊ぶことができるのは、高校生活では最後になってしまう。

智緒先輩が困っているのはわかっているし、助けになりたい気持ちがないわけではない。けれど、どちらかを選べと言われれば、やはり俺の選択肢は一つ。

「……というわけで、あの、海さん」

「うん」

「夏休みは、できるだけ俺と一緒に、エアコンの効いた部屋でゲームしたり、映画見たりしてぐうたら過ごしてください。……お願いします」

「……ん～」

「あれ？　俺、なんかマズいこと……いや、どう考えてもマズいこと言ってるか。ゴメン」

「本当だよ。ここまで堂々とわがままだといっそ清々《すがすが》しいぐらい。ね、夕？」

「あはは……まあ、気持ちはすっごくわかるけどね」

いつもなら俺の味方であるはずの二人からも苦笑を返されてしまうが、俺のことを見つめるその二人の顔は慈愛に満ちている。

「ふふっ……ねえ海、真樹君はこう言ってるけど、それを踏まえて智緒先輩にはどうお返事するの？　あ、もし良ければ私が考えてあげよっか？　智緒先輩も、それを聞いたら納得してくれるって感じのヤツ」

「夕に任せると『納得』より『呆れる』とか『幻滅』されそうな……まあ、私はそれでも構わないけどね」

俺たちの前では生徒会長就任に否定的な考えを示した海だけれど、心のどこかでは迷っていたところもあったのかもしれない。俺たちにとっても智緒先輩はよくお世話になった上級生の一人なわけで、俺に似てお人好《ひとよ》しの海の人柄を考えても、恩人の願いをあっさりと突っぱねるようなことはできないはずだ。

だから、これは俺のわがままでいい。

自分の都合で、彼女のことを自分の側《そば》にとどまらせたのだ。

こういうわがままは今後なるべくしないようにとは思うが、この夏だけは、自分の欲求に素直になろうと思う。

……もちろん、変な意味ではなく。

「よし、そうと決まれば、早速明日にでも返事しよっかな。真樹、明日の放課後だけど、私と一緒に生徒会室についてきてもらっていい？　私、真樹と一緒にいたい」

「それはもちろん。……後ろにいるだけでいい？」

「うん。せっかくのお願いをお断りするのは気が引けるけど、私の口からしっかり言わなきゃだから」

彼氏同伴で生徒会長のもとに返事に行く——自分で考えても中々のバカップルぶりだが、

智緒先輩にも『これがいつもの俺たちです』とお知らせするにはいい機会かもしれない。クリスマスパーティの際のお礼も、しっかりと出来ていなかったし。

「ありがとね、真樹。先輩にどう返していいか迷ってたけど、相談したおかげで頭の中が大分すっきりした気がするよ」

「む〜、ねえ海〜、私は？　私も相談に乗ったよ？　私のほうは相談っていうより賑やかし要員みたいになってたけど、それでも私頑張ったよ？」

「うんうん、よしよし。夕ちゃんも良く頑張りましたね。グッドボーイグッドボーイ」

「私ボーイじゃない……って、それロッキーにいつもやってるやつ！」

「あれ？　私はいつも夕にはこんな感じじゃなかったっけ？」

「ワンちゃん扱いは去年の自己紹介の時以来でしょっ！　む〜、海のイジワル〜」

「あはは、ゴメンゴメン。夕も、相談に乗ってくれてありがと。やっぱり夕に話すと、すっごく楽になるよ。ありがとね、私の親友」

「えへへ。こちらこそ、頼ってくれてありがとね。海、大好きっ！」

「あ、もう夕ってば……ペット扱いするなって言ったのはどこいっちゃったんだか。しょうがないんだから。……ふふっ」

結論が出てしまったのなら、後はもうまったりと夕方まで過ごすだけだ。

俺たちがやることは、春だろうが夏だろうが、季節はそこまで関係ない。他人の視線を気にせず、気の置けない仲間たちとエアコンの効いた部屋でお菓子やジュースをつまみながら少しだけだらしなく過ごす。

海が笑っていて、天海さんも笑っていて。そしてその様子を側で眺めている俺も穏やかな気持ちになる。

基本、それほど変わり映えしない光景だけれど、今の俺にはそれで十分なのだ。


期末テストの全日程終了の翌日。

一日の授業を終えた放課後、俺は海と二人で生徒会室へと向かっていた。去年の十二月にクリスマスパーティへの参加交渉に訪れて以来だが、前回と較べて緊張はほぼない。

「智緒先輩、もう生徒会室にいるって？」

「うん。いつでも大丈夫みたい。……今日は活動日だから、他のメンバーも揃《そろ》っちゃってるらしいけど」

「勢揃いかあ……まあ、さっさとお断りして退散するしかないね」

旧生徒会メンバーは智緒先輩を除いてすでに退いているそうなので、中にいるのは一年生も含めた新顔がほとんどだろう。

今日の話の内容を考えると、後輩の前で話すべきことではないのかもしれないが、こういう考えの一般生徒も我が校には存在しているのだということでご理解いただくしかない。

一応、校内では交際をおおっぴらにはしていないけれど、少しずつではあるが、俺たち二人の関係は周囲にも知られつつあった。

「真樹、心の準備は出来た？」

「うん。俺は後ろで待機してるだけだから特に緊張とかは……あ、室内で手は放して――」

「やだ」

「……そっすか」

ということで、手を繋《つな》いだまま俺たちは生徒会室のドアをノックする。

コンコンと二回、しっかりと叩《たた》くと、中から智緒先輩の声が返ってきた。

『はい』

「会長、二年の朝凪です」

「同じく、前原です」

『どうぞ。ちょっと散らかってて申し訳ないけど』

「「失礼します」」

ドアを開けて生徒会室に入ると、ちょうど仕事の真っ最中であるとの話の通り、机の上には多くの書類やファイル、作業用のノートPCなどが置かれていて、智緒先輩以外のメンバーが慌ただしい様子で作業に励んでいる。

ちらりと顔ぶれを確認するが、ネクタイ、もしくはリボンタイの色を確認する限り、やはりほとんどが一年生だ。書記、会計、庶務……副会長の席だけ今は空いているけれど、作業途中らしき形跡はあるので、おそらくお手洗いか何かで席を外しているのか。

「前原君、久しぶり。いつも弟のお世話してくれてものすごく助かっているわ」

「あ、いえ、こちらこそ、望には色々と助けてもらってばかりで……あの、去年のクリスマスの件は、本当にありがとうございました」

「ふふ、お構いなく。普段はボーっとしてる弟だけど、どうやら去年の思い付きだけは褒めてあげてもいいかも。……ね、朝凪さん？」

「そ、そうですね」

きゅっ、と俺の手を握りしめて、海は頰《ほお》をわずかに赤らめて俯《うつむ》く。

あの時のことが頭に浮かんでいるのだろうが、個人的にも、去年のことを思い出すと、未《いま》だに体がむずがゆくなってしまう。

お互いの想《おも》いが通じ合ったことが嬉しくて、それと同時に自分の素直な気持ちが相手に伝わって恥ずかしく、それでも恋人になれて幸せな気持ちでいっぱいになって——もう随分前のように感じるけれど、俺たちにとっては一生忘れることのない大切な思い出だ。

「連絡をもらった時点でなんとなく察してはいたけれど……やっぱり、受けてはもらえない感じかしら？」

「すいません。いい経験にはなるでしょうし、先の受験のことを考えてもメリットはあるんでしょうけど」

「そう。朝凪さんのほうはもしかしたら、って少しだけ期待してたけど、残念。もう一人のほうはまったく興味がなさそうだったから……会長選びの道のりは長くなりそうね」

そう肩をすくめて笑ってみせる智緒先輩だけれど、また振り出しに戻ってしまったわけで、その心情を推しはかると気の毒だが、こちらも俺たちで話し合って決めたことだから、その点、あまり揺れることがないようにしなければ。

「そういうわけなので、私たちはこれで……」

「！　ああ、ちょっと待って。せっかくこうして出向いてきてくれたんだし、こちらとしてもそれなりにおもてなしをしないと。ちょうど顧問の先生からお菓子の差し入れをいただいたばかりだし、お茶でも飲んでいかない？　あ、私が休憩にしたいだけで、できるだけ朝凪さんを引き留めたいとか、そういう気持ちはちょっとしかないから」

「一応あるんですね……」

このままさっさと帰宅しても良かったけれど、智緒先輩からの申し出ということで、ひとまずお言葉に甘えさせてもらうことに。とはいえ、長居は禁物な気がするので、十分ほどしたらすぐにお暇《いとま》させてもらおう。

会長自らお茶菓子の準備をしてくれた後、軽く新生徒会メンバーの紹介を受ける。

智緒先輩他、旧生徒会メンバーの三年生たちが集めた人たちということで、実務能力は言わずもがな、皆とても真面目で、話していてもやる気に満《み》ち溢《あふ》れているように見える。

「……しかし、こうして見ると、俺たち二年生の非協力的さが目立ちますね。二年生は、会長候補だった一人だけでしたっけ？」

「いや、実はもう一人だけ二年生の女子生徒が新副会長候補としていたんだけど、その子も同時期に辞めちゃって……そっちはタイミングよく希望者がいてくれたおかげで難なく引き継ぎできたけど」

「そうだったんですね。もしかして、その人も家庭の事情とか……」

「あ、ううん。そっちの子は自己都合。……ここだけの話だけど、彼ら一年生の頃からずっと内緒で付き合っていたみたいで、『彼がいないんだったら私も辞めます』って」

「……なるほど」

他人のことをとやかく言える立場ではないので適当に相槌《あいづち》を打つだけに留《とど》めるが、珍しくため息をつく先輩や新生徒会メンバーのことを見ていると、当時は相当な修羅場だったのではないかと推察できる。

今のメンバーには迷惑でしかない話だが、好きな人が出来ると、それだけ周りが見えなくなってしまう気持ちは、今の俺にはわかってしまう。

俺に置き換えると、海が突然遠くの場所に行って、短くても数年、下手したらそれ以上顔を合わせることができなくなってしまう……海がくれる温《ぬく》もりを心と肌で覚えてしまった俺には、それ以上に辛《つら》いことなどない。

……俺、ますます海なしでは生きられない体になってしまっているような。

「っと……そ、そういえば、その新副会長もまだ戻ってきてないですね。えっと、確か名前は滝沢《たきざわ》君でしたっけ？」

「うん、滝沢総司《そうじ》君ね。一年生の間ですごく噂《うわさ》になってた子で、このメンバーの中でも飛び抜けてやる気があって能力も非常に優秀でありがたいんだけど……あ、噂をすれば、戻ってきたみたいだよ」

遠くから聞こえてくる足音に気付いた会長が席を立つと、直後、爽やかな声とともに、一人の生徒が生徒会室に入ってきた。

「――失礼します。只今《ただいま》戻りました」

「お帰り、副会長。……お手洗いにしては、随分と長かったんじゃない？」

「あはは……申し訳ありませんでした。すぐに戻るつもりだったんですが、やむを得ない事情がありまして」

現れたのは、とても顔の整った長身の男子生徒である。色素の薄い茶色の髪と焦げ茶色の瞳が目を引く、筋金入りの面食い（自称）の新田さんが喜んで飛びつきそうな、ファッション雑誌の表紙を飾っていてもおかしくないような容姿だ。

そんな彼の視線が、すっと俺たち二人のほうへ。

「会長、あの、この方たちは……」

「少し前に話したと思うけど、そちらの女子生徒が朝凪さんで、隣の男子生徒が前原君。どっちも私の大切なお客様だよ。もちろん、二人とも君の先輩だから、粗相のないように」

「あ、それは失礼しました……朝凪先輩、前原先輩、はじめまして。九月から生徒会の副会長を務めさせていただきます、滝沢総司と言います。以後お見知りおきを」

「ご丁寧にどうも。二年の朝凪です」

「ま、前原です」

　第一印象は髪色や少し着崩した制服などで軽そうな印象を受けたが、言葉遣いや所作を含めて、他の生徒会メンバー同様、とても真面目な人柄を窺《うかが》わせる。

　噂になっている、と先程会長が言ったばかりだが、これは納得せざるを得ない。ウチの学年で言う、天海さんみたいな存在と表現すればいいだろうか。

「ところで副会長、さっき『やむを得ない事情』って言ってたけど、外に出ている間に何か問題でもあった？　あるなら、私の方ですぐに対応するけど」

「あ、いえ。クレームとかトラブルとかそういうことではないんですが……その、会長に一人ご紹介したい人がいまして。すぐ外で待ってもらっているのですが」

「え、そうなの？　それなら早く言ってもらえればよかったのに……話は後で聞くから、すぐに案内してあげて」

「了解しました。……では、一旦失礼して」

　俺たちに丁寧に頭を下げて席を立った滝沢君は、外で待たせているというもう一人のお客さんのもとへ。

『……先輩、お待たせしました。どうぞ中へ』

『あ、う、うん……私、こういうの初めてだから、なんだか緊張しちゃうな』

『大丈夫ですよ。いざとなれば俺がいますから。頼ってください、先輩』

『わ、わかってるよバカ……もう』

ドアの向こう側から聞こえてくる話し声や内容から推察するに、どうやら二年生の女子生徒らしい。

しかも、この声、どこかで聞いたような気が。

「失礼します。新しく生徒会に入ってくれる方をお連れしてきました。……先輩、どうぞ」

「あ、あのっ、この度訳あって新生徒会長に志願する、中村澪《みお》といいます。最初はまったく興味がなかったのですが、先日の生徒会長の熱心な勧誘で心を動かされたというか……」

「「……え？」」

「！　……あ、あ、あ、朝凪ちゃんに前原氏ぃっ⁉　な、なぜこんなところにぃっ！」

なんと滝沢君が連れてきた女子生徒の正体は、会長が海のほかに勧誘した『もう一人』の中村さんだったが……そのセリフ、そっくりそのまま彼女へとお返ししたい。

2. いざ、夏休み

「な、なんだよもう、朝凪《あさなぎ》ちゃんってば意外に意地悪だなあ。今日返事に行くってのなら、一言私にもことわってくれればよかったのに」

「え？　あの……私、中村《なかむら》さんにもちゃんと伝えたよ？」

「……え？」

きょとんとした顔で首を傾《かし》げた海《うみ》に、中村さんの表情が固まった。

「……マジ？」

「マジ」

「いつ？」

「朝のHR前だったかな。……ちなみに涼子《りようこ》さんとか美玖《みく》ちゃんたちも近くにいたから、一応、訊《き》いてみたら？」

「……えっと、」

こそこそと生徒会室の隅でスマホを操作し始める中村さんだが、いつもの彼女と較《くら》べてなんだか様子がおかしい。

変わり者だけど、常に飄々《ひょうひょう》として度胸があり、こういった緊張とは無縁な印象を抱いていたが。

「──涼子、涼子っ、今ちょうど生徒会室にいるんだけど、朝凪ちゃんと鉢合わせちゃって……え？　あ、なるほどね、はい。わざわざ電話してすいませんでした」

確認が済んだのか、ゆっくりと中村さんの首がこちらのほうへと向いて。

「……すいません、私が間違っておりました」

「はい、よろしい。……まあ、思い返してみると、今日の中村さんは朝からずっと変な調子だなとは思ってたけど。一日ボーっと外ばかり眺めて、私たちの話も聞いてるか聞いてないかわからない感じだったし」

「うぐ……まあ、その、なんだ、病気知らずの健康体の私にも年に一度ぐらいはそういう日があるというか……えっと、そうだ、女の子の──あ、いや、それは冗談で」

なんとかいつもの『中村澪《みお》』に戻ろうと取り繕ってはいるみたいだけれど、それがまた状況を悪化させている。

俯いている状態でもはっきりとわかるぐらい頬を赤らめて、しきりに隣にいる一人の男子生徒──滝沢《たきざわ》君の様子を気にしている。

二人の関係性など、まだはっきりとしたことはわからないが、少なくとも、中村さんの様子をおかしくさせている原因の一つは、一部で噂の男子生徒ということで間違いはないのだろう。

「生徒会長を志願してくれるっていうのは、スカウトした私としても大変喜ばしいことだけど……ひとまず状況を説明してくれると嬉《うれ》しいかな？　副会長さん」

　俺たちがいる手前、表面上は智緒《ともお》先輩もにこやかに笑ってはいるけれど、本来、中村さんをこの部屋に引っ張ってくる仕事は先輩の役割だから、会長としては複雑なところだろう。

　智緒先輩の言葉の意図するところを察したのか、姿勢を真っすぐに正した滝沢君は、真剣な表情ですぐさま頭を下げる。

「はい。……まず、会長に一言もなく澪せんぱ……中村さんに接触してしまったことは申し訳ありませんでした。新生徒会長の件は会長にお任せして、自分は自分のやるべき役割をきちんと果たす——と、言い聞かせていたのですが……その、久しぶりに中村さんと再会できたのが嬉しくて我慢できず……」

「澪先輩でいいよ、総司《そうじ》。ここにいる皆もうなんとなく察しているだろうから、もう隠しても意味はない」

「そ、そうですね。すいません、澪先輩」

「あはは。必要以上に謝るところは、あんまり変わってないなあ。ちょっと会わない間にビックリするぐらい背が伸びて、私が腰を抜かすレベルの男前になったのにさ。というか、まさかウチの高校に入学してるとは思わなかったよ。君ならもっと上のレベルを目指せただろうに」

「ここが一番家から近かったんですよ。あと、先輩もいますし」

「私がついでとは、キミも言うようになったなあ。入学してたなら、言ってくれてもよかったのに」

「黙っててすいません。でも、先輩のことビックリさせたくって、つい」

「おやおや、中一の時は豆粒くらいだったヤツが、今はもうすっかりウェイの者になって、私は悲しいやら寂しいやら」

「外見は変わりましたけど、中身はそう変わってないつもりですよ」

やり取りから察するに、おそらく二人は以前からの知り合いなのだろう。

そうすると、中学時代からの先輩後輩関係といったところか。

……それにしては仲が良すぎるような気もするけれど。

「昔話に花を咲かせているところ悪いけど、ひとまず本題に戻りましょうか。中村澪さん、念のために訊かせてもらうけど、さっきの言葉通り、新生徒会長の話は受けてくれるってことでいいのね？」

「ええ。正直、今もそこまで気乗りはしませんけど……でも、どの道誰かに役割が回ってくるのなら、能力的には学年ダントツ一位、先日の期末テストでも堂々全教科満点（予定）の、この中村しかいないでしょうということでね。あ、もちろんもう一人の候補だった朝凪ちゃんにお任せしてもよかったんですが、生憎《あいにく》彼女の夏の予定は彼一色で埋まっておりまして。あ、もちろんいやらしい意味はありませんよ？　あくまで健全な意味で」

「健全なもの以外に一体どんなものが……」

中村さんの余計な下ネタ発言（ぎりぎり未遂）は聞かなかったことにして、調子を取り戻した中村さんの口はいつも以上に滑らかだ。海から聞いた話だが、中村さんは特に機嫌がいい時、自分のことを『私』ではなく『中村』と言うそうで。

「あはは、やっぱりいつもの澪先輩だ。……嬉しいなあ」

滝沢君も、そんな彼女の姿を見て感慨深げに微笑《ほほえ》んでいる。

とはいえ、中村さんがクセの強いキャラクターであることは間違いなく、滝沢君以外の他の生徒会メンバーの反応は様々だが、ともかくこれで最低限のメンバーは揃《そろ》ったことに。

そして、智緒先輩もこれで心おきなく受験に集中できるはずだ。

「……海、俺たちの用件は済んだし、そろそろ行こうか？」

「あ、うん。では智緒先輩、私たちはこれで。ご協力できずに申し訳ありませんが、陰ながら応援しています」

「ありがとう、朝凪さん。あと前原《まえはら》君も、弟とこれからも仲良くしてあげてね」

「はい、もちろん」

智緒先輩以下、生徒会メンバーに挨拶をして、俺たちは席を立つ。

結局智緒先輩にはしっかりとしたお礼は出来ずに終わってしまったが、また別の機会にお返しできないかは考えておこう。もちろん、望《のぞむ》にもしっかりと協力してもらう形で。

「朝凪ちゃん、来週からの夏休み、前原氏と存分に楽しんでおいで」

「うん。ありがとう、中村さん。困ったことがあったら何でも言ってね。他の皆と一緒に、出来る範囲でサポートするから」

「どうも。まあ、私と総司がいればまず問題はないだろうけど」

「澪先輩は相変わらずですね。……俺たち、何気に生徒会活動は初めてなんですけど」

「あはは……まあ、その時はその時ってことで」

二人のやり取りを聞いていると、これからの体育祭に向けて若干不穏な空気になることが予感されそうだが……まあ、実務能力に関しては問題ないだろうから、智緒先輩たち旧生徒会メンバーのサポートがあれば問題ないだろう。

なので、俺と海は今まで通り、目の前のことを一つずつクリアしていくだけだ。

……ということで、まずは今回の期末テストでやらかしを起こしてしまった『友人の一人』についてだ。

一学期の通常授業が全て終了し、残すは三連休明けの終業式のみとなった週末の放課後。いつもなら海と二人きりで自宅でまったりする時間帯ではあるけれど、今日の俺たちは高校の最寄り駅近くにあるファミレスでテーブルを囲んでいた。

俺と海、天海《あまみ》さん、新田《にった》さん、そして今日は久しぶりに望も参加している。夏休みを直前に控えて、五人で何をするか話し合うつもり……だったのだけれど。

「うう……みんな、私がおバカさんなせいで本当にごめんなさい……」

我が校の生徒たちでにぎわっている店内だが、ムードメーカーの天海さんがしゅんと肩を落としているのもあり、俺たちのテーブルのみ雰囲気がやや暗い。

その原因は、テーブルの前に広げられた国語（現代文・古文）と英語の答案用紙。

先日行われた期末テストのものだが、『天海夕《ゆう》』と書かれたすぐ隣には、赤いペンでそれぞれ『38点』『39点』と記載されている。

ウチの高校は40点未満が赤点と定められているため……つまり、天海さんは惜しくも赤点を取ってしまったわけである。

……二教科も。

「ま、まあまあ夕ちん、そんなに気を落としなさんなって。今回の期末は難しくしすぎて平均が例年よりも大分下回ったっぽいから、もしかしたら温情で補習ナシにしてくれるかもだし。その二つは特に」

「それでもニナちと関《せき》君はしっかり赤点回避してるじゃん……ごめんね真樹《まき》君、せっかく教えてくれたのに」

「いや、こちらこそ申し訳なかったというか」

今回の天海さんの成績だが、実は全教科平均で見るとそれほど悪いわけではない。海が教えた理数系の科目は皆が苦戦する中でもしっかりと結果を残せているし、その他、美術や音楽、保健体育なども軒並み高得点を記録している。

この前の勉強会でも、天海さんなりに真面目に頑張っていたし、むしろ赤点を取る可能性は望や新田さんのほうが高いのではと内心思っていたのだけれど。

俺はいつもと同じように教えたつもりだったが、天海さんの文系科目を担当した自分にも責任があるように感じる。

今回は、俺の教え方がまずかったのかも。

「誰が悪いとかはさておき、夕の夏休みはあともう少しだけお預けってことか。……それで、国語と英語の補習はいつやるって？」

「国語の補習は終業式終わりの午後とその翌日の１時限目に再テスト……と、英語は国語のすぐ後から補習授業で、その日の午後に再テストをやるみたい。そのテストで60点以上を取ったら帰っていいよ……と、ウチの担任の美紀《みき》ちゃんが」

「八木沢《やぎさわ》先生、でしょ？」

「はい。そうです……」

最初からわかっていたことだが、我が校では一学期の期末テストで赤点を取ってしまった生徒は、夏休み開始〜七月末ごろにかけて、教科ごとに補習を受けることが定められている。去年補習を受けたらしい望から聞いた話だが、補習後に行われる再テストで基準点（今回は60点）を取れれば問題ないけれど、ダメなら取れるまで『授業↓テスト↓授業↓テスト』のループが続き、場合によっては八月以降に持ち越すこともあるそうで。

生徒は当然として、先生の立場から考えても、出来れば一発でクリアしたい（させたい）に違いない。

「まあ、俺が受けた去年の経験から言うと、先生たちも『正直面倒くさい』とは言ってたから、授業さえしっかり聞いてれば大丈夫じゃないかと思うぜ」

「……授業をしっかりと」

「聞いていれば……か」

「あ～ん！　なんで海と真樹君二人してそんな顔で私のこと見るの～!?」

天海さんのことを最も近くで見ている俺たちだからこそ身をもって知っているが、天海さんの勉強嫌いははっきり言って筋金入りである。先の勉強会でも相変わらず俺たちがしっかりと監視していないとうたた寝モードに入るほどなのに、補習授業といえど『丸一日』、『集中して』、『しっかりと先生の話を聞く』のは中々難しいのではないだろうか。特に今年は補習に参加する生徒も多いそうなので、天海さんだけに注意を払うことも難しいだろうし。

体育祭の練習や準備が本格化する八月以降のことを考えると、七月は唯一何の予定もない、自由に予定を立ててもいい時期だ。

一人でゆっくり疲れを癒《いや》したり、気の合う仲間や大好きな恋人と思い切って海やプールなど、普段遊ばないような場所へ繰り出したり。

今回の補習の件、はっきりと言わせてもらえば、俺には直接関係のない話だ。天海さんが補習でも、俺と海の予定は何一つ変わらないわけで、二人で事前に決めた通りに夏を満喫すればいいだけだ。

だが、天海さんは俺にとっても大切な『友人』の一人で、海にとってはたった一人の『親友』と言っていい存在である。

天海さんも、海や俺たちと一緒に過ごす夏休みを楽しみにしていたし、そのために試験勉強だって頑張っていた。順調にいけばたった二日で終わる予定だけれど、天海さんが学校で頑張って黒板に向き合っている中、果たして本当に『自分たちには関係ない』と切って捨ててもいいのだろうか。

似た者同士の、筋金入りのお人《ひと》好《よ》しの俺と海が、それで素直に二人だけの時間を楽しめるのか。

答えは、おそらくノーだ。

友人皆と一緒に過ごして、その上で何の気兼ねもなく大好きな人とバカップルをする。

俺にとっても海にとっても、それが一番の理想だ。

なので、何かいい方法があればいいのだが……。

「とりあえず、今のところは夕ちんに頑張ってもらうしかないんじゃない？　私たち四人が夕ちんの側《そば》にいればいいんだろうケド……あ、私たちもこっそり参加して、夕ちんが居眠りしないよう監視するとか？」

「補習しなくていいのにわざわざ参加すんのか？　新田、それどんな冗談だよ」

「ちょっと言ってみただけじゃん。関、そんなだから女の子にモテないんだよ」

「あー、うっせうっせ」

夏休み中であっても校舎は開いているから、天海さんに付き添って一緒に学校に行くだけなら問題はないのだろうが、そこからさらに一緒に授業に参加するのは、他の参加者や先生たちの迷惑を考えると現実的では――。

いや、果たして本当にそうだろうか？

「あのさ望、去年ベースの話でいいから確認したいんだけど」

「おう、なんだ？」

「補習授業って、どのくらいの人数参加してた？」

「え～っと、俺が受けたのは数学だったけど、それでも十人～十五人ぐらいだったかな。もちろん中にはサボりとか、部活の都合で後回しにしてるやつもいたんだろうけど」

「……じゃあ、席自体はわりと空いてたんだ」

「「「……」」」

ぽつり、と一人呟《つぶや》いた俺の言葉に、四人の動きがピクリと固まった。

また真樹が（前原が）変なコトを言い出そうとしている……と俺の考えを良く知る四人は勘づいたのだろう。

……その通りだ。

「真樹、とりあえず、聞かせてもらいましょうか？」

「うん。ダメで元々なのは重々承知の上でだけど……俺たちも補習に参加できないかなって。参加人数次第だけど、教室のキャパだけ考えるといけるかなって」

ウチの高校は各学年とも一クラス三十人前後。毎年補習を受ける人数が多くなりがちな数学で十〜十五人なら、文系科目はかなり多く見積もっても二十人はいないだろう。

おそらく、席はいくらか空いている。四人ぐらいなら、問題ないはずだ。

俺も俺で夏休みはバイトのシフトが入っているが、一日二日なら変更は可能だ。

「やっぱり、そう来るよね。真樹らしいといえばすごくらしいけど……まあ、国語はともかく、八木沢先生なら話ぐらいは聞いてくれるかも」

「え、もしかして朝凪もやる気なん……？　言っとくけど、私はパスだよ？　夏休みに補習受けないように勉強頑張ったのに、結局参加じゃ意味なくなっちゃうし。関は？」

「俺は部活があるから……でも、真樹がやりたいってんなら、俺も一緒に説得ぐらいはしてやるよ。国語担当の先生なら、ちょうどウチの野球部の顧問やってくれてるし」

「……それぐらいなら、私も協力するけど」

望が部活で不在、新田さんが不参加なら、補習への参加はさらに減って俺と海のたった二人だけだ。

成績優秀者（しかも海は今回学年３位の成績）が一体何を血迷っているのかと、きっと話を聞いた先生たちは思うだろう。

だが、そういうことをやってしまうのが俺、前原真樹であり、そんな俺にいつでも寄り添ってくれる彼女が朝凪海という女の子なのだ。

改めて、海にはいつも感謝している。

「ってことで夕、なんだか私たちで勝手に盛り上がって決まっちゃったけど、いい？　余計なことしなくても大丈夫ってことなら、私たちは明日から予定通り夏休みに――」

「や、やだやだっ。お、お願い海、私と一緒に補習受けよ？　真樹君も、三人一緒ならきっと楽しいよ？」

「いや、補習は別に楽しくはない気が……」

とはいえ、一応学生の本分は勉学に励むことではあるので、これまでの復習という意味でも参加するのも悪くないか。

もし仮に天海さんと一緒に再テストを受けることになったとしても、俺と海ならぶっつけ本番でも満点近い点数を取れるはずだし、であれば、二人で協力して天海さんのことを見ることに集中できる。当然、油断は禁物だが。

我ながらおかしなことをやっている自覚はあるが、たまにはこういうのもいいだろう。

きっと、こういうのもいい思い出になってくれるはずだ。

「えへへっ、私の先生たち二人がいれば、補習もきっと楽勝だね。そうと決まれば、早い所紗那絵《さなえ》ちゃんと茉奈佳《まなか》ちゃんにも連絡しなきゃ。海、今年は二人とも一緒に遊べるよね？」

「紗那絵と茉奈佳は夏の大会があるみたいだから、日程次第だけどね。でも、遊べるなら久しぶりに別荘にお邪魔したいな。プライベートビーチだから、気にせず騒いで遊べるし、泳げるし」

「花火もできるしね。……ふふ、そう考えたら、ますます楽しみになってきちゃった。ねえ、他の皆も、もちろん一緒に来るよね？　ニナちも、それから真樹君と関君の二人も」

「え、夕ちん、いいの？　二取《にとり》さんたちのことはクラスマッチの時に一緒に練習したから知ってるけど、ぶっちゃけ私ら部外者だし」

「大丈夫！　ちょっと前に夏休みのことで連絡したんだけど、多少増えるぐらいなら全然問題ないって。引率も、二人の家のお手伝いさんたちが付き添ってくれるから、そこも気にしなくていいし」

「え、マジ？　……さすがガチのお嬢様たちじゃん」

お手伝いさん、別荘、プライベートビーチなど、庶民の俺からは想像しにくい言葉が飛び交っているが、人混みを気にせず海水浴を楽しめるのなら、それに越したことはない。

そして、大事な彼女の水着姿を多くの他人の目に晒《さら》さなくてもいい所が、特にいいと思う。

俺以外の男子だと望はいるが、望の視線はきっと別の方向に釘付《くぎづ》けになるだろうし。

……ちょうど、今のように。

「……なあ、真樹」

「望？」

「真樹、真樹、ありがとうな、マジでありがとう。この恩は、いつか絶対に返させてもらうからな」

「なんのことか俺にはさっぱりだけど、まあ、そこは望の自由にしてくれれば……あの、あんまり強く手を握られると痛いんですけど」

自由にしていいけれど、去年の冬のように勢い余って天海さんに告白するような暴走だけはしないよう、友達の俺がしっかりとストッパーになってあげられればと思う。

ともかく、来週から待ちに待った夏休みがスタートだ。

待ちに待った夏……俺にとって、そんなふうに思う夏は初めてのことだった。


校長の挨拶から始まり、夏の大会で好成績を収めた部活動の表彰や、これから大きな大会に臨む部活動の決意表明を兼ねた挨拶など、一学期の終業式は特に問題なく進んでいく。

「——明日から夏休みに入るわけだけど、休暇中でも我が校の一員であることを忘れず、くれぐれも節度を守った行動をとるように心がけてください。もう少しすれば体育祭に向けての練習も始まりますから、怪我《けが》や病気などもないように」

ステージ上では、ちょうど本日付で生徒会長の役を降りる智緒先輩が、俺たち一般生徒に向けて、長期休暇中の注意事項も兼ねた挨拶をしているところだ。

そして、先輩から少し離れたところで、緊張の面持ちで出番を待っている中村さんと滝沢君もいる。

九月から正式に発足となる新生徒会のうち、代表となる会長と副会長の二人だけは、今日の終業式で早めにお披露目《ひろめ》となるようで――。

「――以上で、『前』生徒会長の挨拶を締めさせていただきます。続いて、私たち旧生徒会から新しく仕事を引き継いでもらうことになる二人から、簡単ではありますが自己紹介をさせてください。……会長、副会長、あとはよろしくね」

こくり、とほぼ同時に頷《うなず》くと、まずは新生徒会長の中村さんが壇上に上がった。

「ねえ海、中村さん、大丈夫かな……いきなり変な下ネタぶっこんで会場をドン引きさせなきゃいいけど……」

「緊張してるから、多分大丈夫じゃない？　隣に滝沢君もいるし」

ちょうど運よく隣同士となった海と、中村さんの初仕事を見守る。

緊張している方が安心、というのがなんだかとても中村さんらしい……そんな俺たちをよそに小さく咳払《せきばら》いをした中村さんがマイクの前で口を開く。

「皆様、はじめまして。この度、関会長から新たに会長職を引き継ぐこととなった2年11組の中村澪です。生徒会活動に関わるのは初めてのことですが、まあ、肩肘張らずに頑張ろうと思います。とりあえず、まずは体育祭の開催時期をずらすことから。……先生方がいらっしゃる前でこんなこと言っちゃダメなんだろうけど、暑い時期に、貴重な夏休みまで犠牲にするのは明らかなク……おっと、失礼、つい口が滑ってしまいました」

体育祭に関しては皆が思っていることなので、話を聞いていた生徒たちからも共感の声が上がる。

緊張はしつつも、しっかりと皆に対して自分のキャラクターを印象付けて。

こういう所を見ると、そこはさすがにテスト成績学年トップというところか。当然、見えないところで練習もきちんとやったのだろう。

「――簡単ですが、私からの挨拶はこれで終わりということで。副会長、後は任せた」

パラパラと拍手が起こるなか、会長と入れ替わるようにして、次に副会長の滝沢君がみんなの前に立つが……その瞬間、一部の、主に女子たちのグループからざわめきが起こった。


――ねえ、あの子一年生だよね？　ちょっとさ、格好《かっこ》良くない？

――うん、ヤバい。え？　もしかして芸能人とか？

――背も高いし、何より顔が甘すぎ……。


中村さんの時は俯《うつむ》いて話もそこそこにしか聞いていなかった上級生たちが、一斉に滝沢君に釘付けになっている。

すでに一年生の女子たちの間ではかなりの噂《うわさ》となっていた滝沢君だが、これでほぼ全校生徒（※主に女子生徒）に知られる存在となるだろう。

ふと気になって、俺は7組の列に並んでいる新田さんの様子を確認してみる。細身のシルエットで背が高く、爽やかな雰囲気を持ち、そして言うまでもなく顔も整っていて、新田さんの好みが全て揃《そろ》っている。

となれば、当然、俺が考えていた通りの反応になってしまう。

「──、──、」

「……新奈《にな》のヤツ、めっちゃ口パクパクさせてるね」

「うん。本人も気付いているかわからないけど、今まで見たことないくらい顔も赤いし」

今まで一度も見たことがないようなうっとりとした表情で滝沢君を見つめている様子から察するに、本人も心の中では『ついに見つけた！』と内心ガッツポーズをしていることだろう。

ただ、滝沢君のこれまでの言動を考えると……新田さんの心に春が訪れるのは、まだまだ先の話になりそうだ。

壇上では滝沢君の話が続いているが、果たしてその中身をしっかり聞いている人はいったいどれほどいるのだろう。滝沢君本人は生徒会活動に熱心に取り組んでいて、今も全校生徒に対して、一年生ながら、しっかりとやる気をアピールしているのに。

彼のわかりやすく整っている容姿が注目されるのは仕方のないことかもしれないが、これが原因で一部の人からやっかみを持たれやすくなるのは残念だ。

自分たちだけはしっかりと彼の話を聞こうと、海と二人で真面目に耳を傾けていると、ふと、滝沢君と視線が合ったのに気づく。

（滝沢君、よかったよ）

俺は滝沢君に向かって、そう口を動かした。声自体が届くわけはないけれど、表情や仕草などで、少しでも今の気持ちを伝えられればと思う。もちろん、終業式が終わった後、直接伝えてあげたっていい。

こういう場で目立つことは決して悪いことではないのだろうけど……そのせいで本来聞いてもらいたいことが伝わらないというのは、個人的には辛《つら》い。

なにより、滝沢君が可哀想《かわいそう》だ。

ステージ脇で生徒たちの様子を見かねた先生の一人が強めに注意したのもあり、ようやく体育館内が静かになり始めた。

「――まだ入学して数か月とわずかではありますが、中村会長以下、他の生徒会メンバーや各委員会の皆様と協力して頑張っていきますので、ひとまずは温かい目で見守っていただければと思います」

滝沢君の挨拶が終わり、今は各委員会からの連絡事項などが伝えられているけれど、一部の人は相変わらず滝沢君のことを話題にしているようで、俺も海も、お互いに顔を見合わせて顔をしかめた。

こういうパターンは天海さんの件で経験済みではあるし、こうなることがある程度予測できても、やはりあまりいい気分はしない。

気になって、俺たちより少し前のほうで話を聞いているはずの天海さんを見てみると、

「ふわあ……お腹空《なかす》いた、渚《なぎさ》ちゃんごはん……」

「は？　ねえよ、んなモン。……おい山下《やました》、お前がなんとかしろ」

「え、私ぃ～？　もう、しょうがないなあ……ほら、天海さん、あともうちょっとだから頑張ろうね～」

終業式独特の静かな雰囲気が苦手なのか、不規則に首をかくんかくんと動かして、その前にいる荒江《あらえ》さんや真後ろの山下さんに支えられている。

多分、気持ちよくうたた寝していたのだろう。こちらは相変わらずのマイペースだった。

体育館で立って、座って、最後に校歌なども歌ったりして、およそ一時間。ようやく全てのプログラムを終えて、苦行から解放された俺たちは各々の教室へ。

残りはそれぞれのクラスでのＳＨＲで、それが終われば学生たちにとって無敵の時間ともいえる夏休みが始まる。

「――ハイ、皆席ついて～。さっさと夏休みといきたいところでしょうけど、体育祭の連絡事項が残っているから、あともう少し我慢するように」

八木沢先生から配られたプリントには、八月から始まる体育祭の準備についての概要が記されていた。練習の日程などは大方予想していた通りだが、俺がまず気になったのは組分けである。

（組分け　２年生）

赤組……4組、5組
白組……2組、3組、8組
黄組……1組、6組、9組
青組……7組、10組、11組

「――あ、やった！　海と一緒だ！」

俺が確認したのとほぼ同時に、天海さんからそんな声が上がる。恥ずかしいので天海さんほどストレートに感情表現はしないけれど、引き出しの中で小さくガッツポーズするぐらいには、俺も天海さんと同じ気持ちである。

そして、少ししてから気付いたのだが、新田さんとも何気に同じ組だ。4組の望とだけ分かれてしまったのは残念だけれど、学年で同組は三クラスまでという制約がある以上、そこはどうしようもない。

「あ、そうそう、組分けが決まったところで、あとは応援合戦に出る応援団のメンバーも決めなきゃなんだけど……男女問わず、やりたい人はいる？　こっちはあくまで希望制で、特に学年ごとに必ずメンバーを出す必要はないんだけど……」

「はい！　じゃあ、私たちやりますっ！　渚ちゃんと一緒にっ」

「あ？　おい天海、何勝手に話進めてんだ。私はまだ『やる』とは一言も言ってねえぞ」

「え？　でも、『どうせ忙しいのに変わりないから、正直私はどっちでもいい』って」

「そ、それはお前がしつこいから仕方なくだな……おい、山下」

「二人なら応援団用の長ランも似合うだろうから、別にいいんじゃない？　特に荒江さんなんかめっちゃモテそうだし。あ、私はちんちくりんだからパスで」

海と一緒の組で体育祭を戦えることが嬉《うれ》しかったのか、今回は真っ先に天海さんの手が上がった。そして荒江さんがまたしても半ば巻き込まれた形だが、特に強く拒否している様子もないので、後のフォローは山下さんに丸投げでいいだろう。

「二人ともいいの？　応援団についてはあくまで出場種目の一つって位置付けだから、一応、兼任も認められてはいるけど……練習、結構大変だって聞くよ？」

「多分、大丈夫です。勉強は苦手ですけど、こういう体を動かすのは大好きなので。渚ちゃんも、そのぐらい楽勝でしょ？　だよね？」

「……なにオマエ、私のこと煽《あお》ってんの？」

「別に〜？　でも、もし渚ちゃんが苦手だって言うなら、私が頑張って教えてあげよっかなって。あ、そこらへん不安だったら、やっぱり今回は辞退する？　私は渚ちゃんと一緒に頑張りたいけど、無理強いはしたくないし」

「……上等じゃん」

天海さんの教科書通りわかりやすい挑発にまんまと乗った荒江さんが、『荒江、天海』と二人分の名前を黒板に残していく。

いつもは気だるげで、男子女子問わず、誰に対しても塩対応（＋睨《にら》み）が基本の荒江さんだが、こと天海さんが絡んでくると、あっという間に理性が飛んだように突っかかっていく。

傍《はた》から見ているとまたいつ喧嘩《けんか》に発展しないかとヒヤヒヤものだが、きっとあれが二人にとってしっくりとくる関係性なのだろう。

たまに険悪な空気が漂っても、犬猿の仲というわけではなく、きちんとお互いのことを認め合っているような……これはこれで一つの形なのだと思う。

先日とは打って変わって順調に事が運びそうなので、俺は俺でいつものように海へとメッセージを送った。


『(前原) 海』

『(朝凪) うん』

『(朝凪) 一緒の組だったね。頑張ろうね』

『(前原) まあ、人並みには』

『(朝凪) 最終的なプログラムはこの後生徒会で決めるって中村さんが言ってたけど、どの種目に出場する？　やっぱり二人三脚かな？　男女ペアもあるでしょ、きっと』

『(前原) 多分ね。あ、そういえば海のクラスは応援団のほう、どうなった？　ウチのクラスは天海さんと荒江さんが張り切ってるけど』

『（朝凪）そうなんだ。どうせ夕が荒江さんのこと煽ったとか、そんな感じでしょ？』

『（前原）ご明察です』

『（朝凪）ふふ、やっぱり』

『（朝凪）ウチは進学クラスだからやる気はそこそこって感じだけど、一人も出さないのはさすがにマズいってことで、涼子さんがやってくれるって』

『（前原）早川《はやかわ》さんか。確かに納得かも』

『（前原）綱引きとかリレーとか、そこらへんの定番競技は決まってるだろうから、どうするかはこの後決めようか』

『（朝凪）……二人で？』

『（前原）いや、みんなで』

『（朝凪）……二人で？』

『（前原）そっちで答えないと次に進めないの？』

『（前原）まあ、海と二人きりでいられるのなら、俺はそっちのほうが嬉しいけど』

『（朝凪）えへへ』

『（前原）俺の彼女はお茶目《ちゃめ》さんだなあ』

『（前原）まあ、その前に俺たちは補習だけど』

『（朝凪）そうなんだよねえ。夕の付き添いって名目ではあるけど、自分たちで決めたことだからそっちも真面目にやらなきゃ』

一般生徒のほとんどはこれから夏休みだが、俺たちはこの後、早速、国語の補習が待ち受けている。ちなみに、補習の件は朝早く登校した際、国語担当の先生と英語担当の八木沢先生にお願いをして参加を快諾してもらったけれど、お願いした二人どころか職員室にいるほとんどの先生から奇異の目で見られたことは、ここでこっそりと付け加えておく。

……まあ、俺が先生の立場だったとしても、『なんだコイツら……』と困惑するが。

海とメッセージのやり取りを終えたときには、ひとまず現段階でやるべきことは全て終わったようだった。

最後に先生から『羽目を外しすぎないように』との念押しをいただき、いよいよ学校から解放されたクラスメイトたちは、晴れやかな表情で教室から我先にと出ていく。

「真樹君」

「天海さん。……えっと、俺たちはこれから7組に移動だっけ？」

「うん。ごめんね、私のせいで二人に付き合ってもらっちゃって」

「気にしないで。俺は海と一緒にいられれば、遊んでようが勉強してようがあんまり変わらないから」

「そっか。ふふ、相変わらずアツアツだねえ。……真樹君たちのこと見てると、私もそういうことしてみたいなって思っちゃう。仲良くしてるの羨ましいな、とか……変かな？」

「いや、いいんじゃない、別に。普通だと思うよ」

「ありがと、真樹君。と言っても、やっぱり相手のほうは全然だけどね」

天海さんだって皆と同じ高校生なのだから、そういう感情を抱くこともあるだろう。

特に天海さんは、俺と海がどういった経緯で恋人同士になり、そしてどうバカップルとして関係性が深まっていったのかを、最も近くで見守ってくれた人だ。

俺という恋人が出来てからの海の機嫌の良さと表情の柔らかさは、これまで長く海と付き合っている天海さんも良く知っているはずだから、『自分も同じように……』と憧れを持つのは悪いことではない。

もちろん、その前に好きな人を見つけることが大前提ではあるが。

世間話はそこそこにして教室を出た俺たちは、海と合流すべく11組の教室に入った。こちらもすでにＳＨＲは終わっていたらしく、俺たちのクラスと同じくほぼもぬけの殻といったところ。

「海、迎えに来たよ」

「うむ、ご苦労。……なんて、ごめんね真樹。最近はこっちに来てもらってばっかりで」

「いいよ。海も海で忙しくしてるんだろうなっていうのは、すぐ後ろの中村さん見てたらなんとなくわかるから」

「あはは、やっぱりバレてるか。……で、中村さん？　私たちそろそろ補習に行かなきゃだから、そろそろ制服を摑《つか》んでいる手を放してくれるとありがたいんだけど……」

「う～……全く出る必要のない補習に参加するなんて、キミらも大概変わり者だな。……

補習には行ってくれて構わないけど、せめて朝凪ちゃんの右腕一本だけ置いてってくれない？」

「それ、まったく意味ないと思うんだけど……」

生徒のほとんどが夏休みモードで浮かれている中、ただ一人、中村さんは自分の机で疲れた表情を浮かべている。

理由は聞くまでもなく、生徒会の仕事が原因だ。つい先日、智緒先輩から生徒会長職を引き継いだばかりの中村さんだが、初めの時の威勢はどこへやら、さっそくその多忙さにやられているらしい。

「くっ、この私がまさかこれほど切実に『猫の手も借りたい』と思うなんて……元から必要最小限の人数で仕事を回してたのは知っていたけど、やることが多すぎて頭がパンクしそうだ」

一般生徒の俺たちには見えにくいけれど、直近に開催される体育祭も含めて、水面下では大小含め、様々な行事の準備などが進んでいる。

去年の例を挙げると文化祭↓クリスマスパーティの流れになるのだろうが、他校との交流や出し物の話し合い、開催場所の会場の使用予約など、智緒先輩たち旧生徒会メンバーは同時進行でやっていたはずだ。

生徒会に何の関わりもない生徒たちにとってはたった一日で終わるイベントでも、裏方では数日前、場合によっては数か月前から準備を進めている。

ウチの高校の場合、年間に行われる学校行事のほとんどは生徒会主導で行われていると聞くから……きっと今ごろ生徒会室は書類の山で埋め尽くされていることだろう。

中村さん以外のメンバーも、きっと旧メンバーである智緒先輩たちの仕事ぶりに驚いているはずだ。

「くそぅ、こんなことなら軽い気持ちで『会長やります』だなんて言わなきゃ良かったかもしれん……そうなりゃ今ごろ家でアイスでも食べながらテレビをぼーっと見てゴロゴロ……いや、それはそれで女子高生としてどうなんだという気もするけれど」

「なら、私と同じように正直に断ればよかったのに。……生徒会の仕事、本当はそんなに興味ないんでしょ？」

「……うん。あ、この話はここにいる四人の秘密ってことで」

先日の生徒会室ではやる気に満《み》ち溢《あふ》れた（ように見えた）中村さんだったけれど、今のところはそこまでやりがいや楽しさを感じることは出来ていないらしい。

やる、と皆の前で宣言した以上、やむを得ない事情以外ではそう簡単に投げ出すことができないことはわかっているのだろうが、ではなぜ、中村さんはそれでも生徒会長をやろうと決断するに至ったのか。

「あ、ねえねえ中村さん、私は今日初めて見たんだけど、えっと、新しく副会長さんをやるっていう滝沢君？　かな？　すっごい格好《かっこ》いい子だったね。終業式の後、ニナち……えっと、私の友達のテンションが今までにないぐらい高くて」

「あ、新田ちゃんのことならわかるから、ニナちで大丈夫。……そう言えばあの子、自分で筋金入りの面食いだって公言してたものね。確かにそういう子には、ウチの総司はストライクゾーンど真ん中だろうさ」

俺は半分スルーしていたけれど、実はいつもの五人のグループトークについても終業式後は随分賑《にぎ》やかだった（主に新田さんが）。最近は以前ほど恋人探しに躍起になっておらず、個人的にも落ち着いた印象を受けていたが、新田さんのお眼鏡にかなう逸材の登場に、一時は忘れていた恋愛熱が再燃したそうで。

「もし良ければ、二人にも紹介してあげようか？　あの子も甘えん坊なところがあるから、同級生よりもちょっと年上ぐらいのほうが合ってるだろうし」

「え？　いいの？　後輩で、しかも男の子の友達ってなると誰もいないから、仲良くできたら私も嬉しいけど。ニナちも、きっとすっごく喜ぶだろうし」

「わかった。じゃあ、今日あたりにでもあの子に話しておくから、予定が合えば休みの日にでも遊びに行けばいい。前原氏と朝凪ちゃんも入れて大勢で行けば、あの子もきっと断らないと思うよ」

トントン拍子で話が進んでいく様子を海と二人で眺める俺だったが、中村さんは本当にそれでいいのだろうか。

もちろん、これをきっかけに滝沢君との繋《つな》がりが出来るというのなら、個人的にも歓迎すべきことだ。望以外で新しく同性の友人を作る、というのは俺も秘《ひそ》かに目標としていたことだし、彼なら先輩後輩関係なく、きっと俺とも仲良くしてくれるだろう。

そして、天海さんや新田さんとも。

しかし、彼女にだって、大切な後輩である滝沢君ともっと一緒の時間を過ごしたい気持ちもあるはず。

「……あ！　真樹、夕、そろそろ補習の時間だから、私たち行かないと。補習の初《しょ》っ端《ぱな》から遅刻だなんて、さすがにシャレにならないよ」

「え？　ありゃ本当。中村さん、ごめんね。出来れば私たちもお手伝いしたいんだけど……」

「おや天海ちゃん、いいのかい？　今の私に社交辞令は禁物だよ？　ちょっとでも隙を見せたら、あっという間に穴の中に引きずり込んじゃう女なんだぜ、私は」

「こらこら、新生徒会長ともあろう人が、そんな物騒なこと言わないの。……どうしてもヤバい時は私と真樹で相談に乗ってあげるから、もうちょっとだけ頑張って」

「うい。んじゃあ、もし修羅場った時はよろしく。そしてごく自然に頭数に入れられちゃった前原氏も」

「あはは……まあ、中村さんにはお世話になってるので」

この流れだと、近いうちに雑用という形で生徒会活動にスポット参戦することになるかもしれない。

これはますます、七月を思う存分楽しまなければならない。

海との二人きりの時間は、特に。

終業式が終わった翌日の、夏休み第一日目。ほとんどの生徒たちはさっそく各々の長期休暇を満喫しているところだろうが、俺たちはというと、いつものように朝早く起きて登校し、いつもとは違う教室で補習を受けている。

補習二日目の今日は、この後すぐに行われる国語の再テストと、その後は英語の補習＋再テストが予定されている。

再テストを問題なくクリアすれば、それで俺たち（というか天海さん）も晴れて夏休みに突入だ。今のところ、再テストに関しては一発クリアすることを想定して予定を組んでしまっているので、ここでなんとしてでも天海さんには合格してもらわなければ。

「ん、ん〜……」

「夕、寝ちゃダメ。頑張って。再テストにきっちり合格して、私たちと皆で海に行くんでしょ？　紗那絵と茉奈佳も楽しみにしてるよ？」

「天海さん、ファイト」

「ん、ん〜……が、がんばる……」

天海さんの前に海、後ろに俺という配置で、古文や睡魔相手になんとか奮闘している天海さんのことをサポートする。サポートにかまけて先生の話がほとんど入ってきていないが、再テストの範囲自体は期末と全く同じなので、俺たちには大した問題ではない。

朝一から始まった補習授業が終わり、いよいよ再テストへ。

（……うん、これなら天海さんでも大丈夫そうだ）

配られた問題用紙を見ても、明らかに60点以上を取らせたがっているようなものばかりなので、きちんと教えられた通りのことが出来れば問題ない。

かりかりと調子よくシャーペンを走らせる天海さんを見る限り、まず一教科目はクリアとなりそうだ。

「ふえ～ん、やったよ、海ぃ～」

「おー、よしよし。偉いぞ夕、よく頑張った。その調子で英語もやっつけちゃおう」

「う、うい～……」

こくりと天海さんが頷《うなず》いた拍子に、しつこい寝癖が残っていたのか、頭の横からぴょこんと一筋、髪の毛があらぬ方向へと飛び出した。

「もう、夕ってば。朝きちんと髪の毛セットしなかったの？」

「えへへ～、補習だけど、一応夏休みなことには変わりないから、実はちょっとだけ夜更かししちゃって」

「しょうがないなあ……真樹、ちょっと夕とお手洗いにいってくるから、先に行っててもらっていい？　英語の補習が始まる前にはちゃんと戻ってくるから」

「了解。八木沢先生にも一応そう伝えておくよ」

油断するな、とは言うものの、再テスト自体がそう難しいものではないので、俺たち以外の参加者も含めて、全体的にだらけた感じになってしまう。

いつもなら、午前中のこの時間はどこも多くの生徒たちで騒がしいはずだが、廊下も、中庭も、さらには学食前の広場ですら、しんと静まり返っている。

校内のどの場所を切り取っても、ここには『休日の学校』という光景しかない。なんだか不思議な気分だ。

一旦海たちと別れて、俺の方は一足先に英語の補習授業が行われる10組に向かう。

授業開始時間まではまだ少しあるので、窓越しに室内を覗《のぞ》くまでもなく、俺以外はまだ誰も来ていないようだ。

というか、それもそのはず、ドアを開けようとしてもぴくりとも動かない。

「……もしかして、先生まだ鍵開けてないのかな」

この時間なら事前に八木沢先生がドアを開けて準備をしてくれていると思っていたが、授業の用意が遅れているのか、はたまた単に気乗りがしないだけなのか……ともかく、開いていないのなら確認も兼ねて職員室に鍵を取りにいったほうが早い。加えて、蒸し暑い廊下でずっと立っているのも辛《つら》い。

参考書用の赤い下敷きをうちわ代わりに扇《あお》ぎながら、先生がいるであろう職員室へと続く廊下を歩く。

昼前の明るい時間帯にもかかわらず、一人ぼっちで歩く廊下はなんだかとても不安な気持ちにさせられる。自分の足音が反響し、跳ね返って、まるで後ろから誰かが追いかけてきているような感覚は、学校のような大きな建物特有のものだろう。

……これで、時間が真夜中だったりしたらと思うと。

「仮に海と二人きりだったとしても、肝試しだけはゴメンだな……」

予定だと七月末か八月頭のどこかで、二取さんと北条《ほうじよう》さんの家が共同所有しているという別荘地へ行くことになっているが、海の話によると、別荘のある山の頂上に神社があるとかなんとか――いや、これ以上考えるのはよしておこう。

これからのことに考えを巡らせつつ、俺は職員室の前へ。

「……ふう、よし」

深呼吸をしてから、俺は職員室のドアに手を掛ける。去年の文化祭以降、一人で職員室に訪れる機会は何度かあったけれど、向こう側に大勢の大人たちがいると思うと、入室するだけでもそれなりに勇気が必要だ。

「――失礼します。あの、八木沢先生」

「！　あ、ああ前原君、ごめんごめん。教室の鍵だよね？　私も行こうと思ってたんだけど、ちょっと急な電話があったもんで」

入口付近に座っている八木沢先生の机を見ると、授業で使用するであろう教科書やファイル、その他の書類で半分以上が埋まっている。電話の横には赤いペンで走り書きされたメモ用紙が散らばっており、補習授業を前にあたふたしている様子が見受けられた。

「はいこれ、教室の鍵。開始時間までには間に合うようにするから」

「わかりました。……夏休みなのに、忙しいんですね」

「そりゃ、私たちは生徒たちと違ってもう大人だからね。……じゃあ、もし遅刻したら後のことよろしく、優等生」

「いや、普通にイヤですけど……急用で遅れそうなことだけは伝えておきます」

どこかへと電話をかけようと受話器を取った八木沢先生に軽く会釈した後、俺は自分のクラスの鍵を持って、足早に出口へと向かう。

英語の補習時間まであと十分ほどだから、そろそろ海や天海さん、他の参加者たちも待っていることだろう。

もちろん、俺が鍵を取りに行っていることは海に連絡済みだ。

「失礼しました――っと、」

「！　っと……と」

早く海のところに戻ろうと素早い動きで部屋から出ようとした瞬間、俺の視界に突然、一人の男子生徒が飛び込んできた。

ちょうど俺と入れ違いで職員室に入ろうとしたのか、その拍子に軽くぶつかってしまう。

「あ、すいません」

「こちらこそ……って、前原君？」

「え？　……あ、誰かと思ったら大山《おおやま》君」

　俺の目の前にいたのは、クラスメイトの大山君だった。

　ここ最近は話す機会も減ってきていたが、よくよく考えてみると、この時間にこの場所で俺たちが顔を合わせるのは少々おかしい。

　俺は補習のために普通に登校しているけれど、クラスでも成績上位の部類に入る大山君は普通に夏休みのはずだ。

　もちろん、部活に入っているという話も聞いたことはない。

「大山君、どうしてここに？」

「僕のほうはちょっと用事があって……えっと、前原君こそどうしたの？」

「こっちは補習だよ。点数的にはもちろん受ける必要はないんだけど、ちょっと、友達の付き添いというか」

「友達……って、もしかして天海さん？」

「うん」

　事情を知らない大山君に、ここまでの経緯を軽く説明する。

　……やっぱり怪訝《けげん》な顔をされたけれど、なんとなくは理解してくれたようだ。

「そう、だったんだ。それなら僕の方が一足遅かったみたいだね」

「？　一足……ってことは大山君も先生から鍵をもらいに来たってこと？」

「そういうこと。……まあ、僕は補習には出ないけど」

「……出ないのに鍵を？」

「うん。まあ、職員室の前じゃなんだし、戻りながら話そうか」

大山君の言うことに従って、俺は海たちの待つであろう10組の教室へと戻る。

そういえば、こうして教室外で歩きながら彼と話すのは初めてかもしれない。教室内ではたまに会話するけれど、そこから一歩でも外に出ると、彼は俺の前からあっさりといなくなってしまうことが多かった。

「僕も今日は友達の付き添いで来たんだ。前からこの日は遊ぶって約束してたから、補習が終わったらそのままゲーセンにでも行こうかって」

「そっか。……て、さっきの話なんだけど？」

「それが、補習に出るヤツから『どうせお前はヒマなんだから取ってこい』って言われて。まあ、つるんでるとよくあることだよ」

「え……そう、なんだ」

俺の『友達』の中にはそういう訳の分からない命令をする人はいないけれど、グループによってはあったりすることなのだろうか。

……新田さんにすら（すら、は失礼か）、そんな頼まれ事をされた記憶など一切ない。もちろん、望にだって。

大山君は慣れた様子で苦笑を浮かべているが、果たして、それは本当の意味で『友達』と言えるのだろうか。

ふ～ん、と適当に相槌《あいづち》を打って会話を終わらせた俺たちは、その後、無言のまま英語の補習が行われる10組の教室へ。

　階段を上って廊下へ出ると、俺たちのことを見つけた海と天海さんが近づいてくる。

　天海さんの寝癖は、海のセットのおかげで、きちんと元の綺麗《きれい》な状態になっている。

「真樹、お疲れさま。先生は？」

「急用みたいで、今職員室で電話してる。時間にはなるべく間に合うようにするからって」

「あ、そうだったんだ。……えへへ、先生が急用だっていうなら、もうちょっとだけゆっくりしてくれてもいいカモ……あいたっ」

「夕、横着なことは考えないの」

「ふあ～い。えへへ」

　ぴしん、と明らかに手加減されたデコピンをもらって、天海さんがだらしなく頰《ほお》を緩ませて笑う。

　補習はもちろん無いに越したことはないのだろうが、それでも海と一緒の時間を過ごせて、天海さんは嬉《うれ》しそうだ。

　夏休みなので、当然、彼女たち二人で遊ぶこともあるだろうが、それでも去年や一昨年《おととし》に較《くら》べれば、その機会が少なくなることは確実だ。

　優しい天海さんは俺たちのわがままを笑顔で許してくれているけれど、本当はもっと海や皆と遊んだり、たくさんの思い出を共有したいと思っているはず。

　ほとんどの人から変わり者扱いされた補習への参加だったけど、今はこれでよかったと俺は信じている。

「……前原君、俺はお邪魔みたいだから、これで」

「あ、うん。えっと……次は登校日、かな」

「そうじゃない？　まあ、前原君は人気者だから、俺みたいなヤツと話す暇はあんまりなさそうだけど」

「……え？」

「……じゃ」

そう言って、大山君は急に避けるようにして、俺たち三人から離れていく。

突然のことなので俺も反応が遅れたが、なんだかとても嫌味《いやみ》なことを言われたような。

「ねえ海、大山君、どうしたのかな？　なんかいつもより暗い感じがしたけど」

「そう？　私は久しぶりだったから、違いはあんまり……真樹、どう？」

「俺もそこまで仲がいいわけじゃないから……でも、友達に何も言わずに行っちゃってよかったのかな？」

ふと気になって俺たち以外の補習参加者を確認してみるが、その中で、大山君のことを気にしている様子の生徒は一人もいない。いるのだろうが、誰かはわからない。

自分の都合で鍵を取りに行かせて、にもかかわらず労《ねぎら》いの言葉一つもない、大山君の『友達』……何度も言うが、それは果たして本当に『友達』なのだろうか。

その後、時間ギリギリに教室に駆けこんできた八木沢先生とともに、英語の補習授業が進められていく。補習授業のやり方は各教科の先生に一任されているのか、八木沢先生の授業は、先程の国語に較べると、随分と雰囲気がぬるい。

先生もなんとか一回の再テストで全員を合格にさせたいのか、

「ここの文のトコ、この後まるっと出題させてるから、重点的に覚えること。もちろん単語は変えてるけど、文章構成とかはほぼそのままだから」

板書に赤い丸を付けて強調しているほどだ。もちろん全部ではないだろうけど、おそらく、赤丸部分のみでも、合格点を取れるような出題となっているのだろう。

「う～、ねみゅい、おなかすいた……」

「夕、この後一旦お昼休憩入るはずだから、それまでは頑張ろ、ね？」

「天海さん、頑張って」

「ん、がんばります……」

そうやって、海と一緒に天海さんを励ましている俺だったが、早朝からの授業＋すでに理解していて話を聞く必要がなく退屈、ということもあり、俺の方もそろそろ瞼《まぶた》が重くなってくるころだ。

欠伸《あくび》を噛《か》み殺しつつ、なんとか補習授業の一コマ目を終えた俺たちは、教室を出て、いつもの昼休憩を過ごす場所へと向かう。

夏休みで人が少ないので、中庭や学食、体育館など、普段それほど足を運ばないところで過ごしてもいいのだろうが、やはり個人的にはいつもの場所が落ち着くし、それに、ちょうどいい塩梅《あんばい》に日陰になっているので、空調の効いた室内にいなくても、十分に過ごせる。

「わ、真樹君、今日のお弁当すっごく大きいね。もしかして、海と一緒に食べる用とか？」

「うん。夏休みだし、こういうのもどうかなって、昨日の夜に海と話して。張り切って作り過ぎちゃったから、天海さんもどうぞ」

「わあ、ありがとう！　それじゃあ、遠慮なくいただいちゃうねっ」

古びたベンチに腰掛けて、俺たち三人は大きなタッパーに入ったお弁当をつついていく。

小さな俵形のおにぎりに唐揚げ、少し甘い玉子焼きと、昨日の夜の晩御飯のおかずの残り、あとは彩りを考えて、空いた隙間にプチトマトやブロッコリーを入れたお弁当。

「ん～、久しぶりに食べるけど、私、やっぱり真樹君の玉子焼き好きだなあ。これだけでも十分におかずになるし」

「うん。ってか真樹、さらに料理の腕上がってない？」

「そうかな？　まあ、毎日やってれば自然とそうなるよ」

いつもの起床時間より一時間ほど早く起きたが、美味《おい》しそうに食べてくれている二人を見ていると、頑張った甲斐《かい》があったと嬉しくなる。

「あ、ねえねえ真樹君っ、せっかくだから、私の分も食べて。私のはお母さんが用意してくれたヤツだけど、どれがいい？」

「あ、うん。じゃあそこのホウレンソウのオムレツを」

「いいよ。はい、どうぞ」

そう言って天海さんが扇形に切られたオムレツを一つとって、お皿代わりにしているタッパーの蓋の上にちょこんと置く——ことはなく、そのまま俺の口の近くへと持ってきた。

「……あの、天海さん？」

「？　どうしたの真樹君、はい、どうぞ」

「あ、うん。それはそうなんだけど、その、自分で食べられるから」

「え？　……あっ」

そこでようやく天海さんも気付いたようだが、俺がそのまま天海さんから差し出されたオムレツを食べてしまうと、その時点で『あ〜ん』が成立してしまう。

天海さん的には、海と一緒に食事をする時と同じような感じでやってしまったのだろうが、友達同士ではあっても、やはり異性だと気にする部分はある。

もし相手が海だったら、なんてことはないいつもの風景なのだが。

俺の側《そば》でその様子をじっと見ている海の顔が、ちょっとだけ怖い。

「……夕、そういうのは私がやるから」

「ご、ごめんなさいっ！　そうだよね、真樹君には海がいるのに、もう、私ったらまたいつものノリで……あ、あはは」

オムレツを一旦元の場所に戻した天海さんは、わたわたと慌てた様子で顔を真っ赤にしている。

友達として関係が始まった当初は、初めての異性の友達ということで俺に対してはあまり距離感を詰めすぎないようにしていた（と思われる）天海さんだったが、引き続き同じクラスとなり、これまで以上に一対一で接する機会が多くなったことで、彼女の中で心理的な壁が薄くなりつつあるのを感じている。

それだけ天海さんが俺のことを信頼しつつあることは光栄だけれど、あまり距離が近づきすぎるのは良くない。

……海が嫉妬してしまうから。

「真樹」

「あ、はい」

「……あ～ん」

そう言って、海はタッパーの唐揚げをつまんで、俺の口の前に差し出してきた。

もちろん、食べさせてもらわなくても一人で大丈夫なのだが、ここは素直に、海の希望通りに一口で唐揚げを頬張《ほおば》る。

「…………」

「な、なんだよ海、無言で俺の顔じっと見て」

「感想は？」

「感想……って味の？」

「さあ、どうでしょう？」

天海さんが『あ～ん』した時点でわかっていたが、やはり海の機嫌は芳《かんば》しくないらしい。

こちらを立てれば、あちらが立たず……傍《はた》から見れば、天海さんと海という両手に花の状態で羨ましいことこの上ないのだろうが、個人的には複雑だ。

「自分で作ったから味はもちろんだけど、海に食べさせてもらうのも嬉しいよ。天海さんにがっつり観察されてるのは恥ずかしいけど」

「ふ～ん。はい、じゃあ次はこっち」

「ま、まだ続くんすか」

「もちろん、私が満足するまで。……いいよね？」

「はい」

ということで、そこから俺のお昼は、お弁当の中身が空っぽになるまで恋人による『あ～ん』攻撃が続くことに。

昼食を終え、ようやく海の機嫌が治まってくれたころには、朝から張り切って作りすぎてしまったのを、ちょっとだけ後悔した自分がいたり。

「ふう、ご馳走《ちそう》様でした……えっと、まだ三十分ぐらいお昼休み残ってるけど、二人ともどうする？　早めに教室に戻って、授業の準備でもしておく？」

「私はどっちでも。夕は？」

「……………」

「夕？　聞いてる？」

「……すう」

「天海さん、寝てるね」

「うん。まあ、今日は朝からずっと頑張ってたから」

　冷たいお茶を飲んでまったりしている間に眠くなってしまったのか、海にべったりと寄りかかっていた天海さんは、いつの間にかすやすやと寝息を立てている。

「仕方ないから、ギリギリまでここでお昼寝させてあげよっか。真樹も、眠いんだったら私に寄りかかっていいよ。時間になったら起こしてあげるから」

「いや、俺は大丈夫。……でも、ちょっとだけくっついてもいい？」

「ふふ、真樹の甘えん坊め。……ほら、おいで？」

「うん」

　腰を密着させるように海のすぐ側へと移動した俺は、手を海の上に重ねる。

　この時季に密着するのは暑苦しいけれど、それでも海と離れるぐらいならこうしてべったりしていたほうが俺はいい。

　多少変態的な考えになってしまうかもしれないが、俺は海のどんな匂いでも、汗でも、彼女のものだったら、なんでも大好きなのだ。

　俺も汗っかきの部類で、今も首筋にはうっすらと汗が浮き出ているが、海はそんな俺のことを気にする素振りもなく、こちらのほうに顔を寄せてきて、くんくんと匂いを嗅いでくる。

「真樹、汗臭い」

「ごめん、海。……あの、一旦ハンカチで拭くから離れていい？」

「やだ。このままがいい」

「海がそう言うなら、いいけど」

　吸い寄せられるようにして、俺たち二人はお互いの匂いを嗅ぎ合う。普段の俺たちなら学校でこんなことはしないけれど、あまりにも周囲が静かで、すぐ側の天海さんも起きる気配がないので、ちょっとだけならいいかと考えてしまう。

「海、ごめん、やっぱりちょっとだけ寝てもいい？」

「どうぞ。私も眠くなってきちゃったから、いっそのこと皆で寝ちゃうか。アラーム鳴らすようにしておけば、多分平気でしょ」

「……そのまま三人とも寝過ごして、先生から怒られたりして」

「あはは、その可能性ありそう。まあ、その時はその時ってことで」

「だな」

　そうして、俺と海はお互いの腰に手を回してさらに密着してから、ゆっくりと瞼を閉じていく。

　お昼後で満腹なのと、校舎の間から吹き抜けてくる風が意外に涼しくて、あっという間に眠気が襲ってくる。

「ん……」

「すう……」

「ふにゃあ……」

それぞれ違う寝息を立てながら、俺たち三人は束《つか》の間《ま》の休息に入る。

結局わずか十数分ほどの昼寝だったが、アラームが鳴って起きるころには、これまでの疲れはどこかへと吹き飛んでいた。

ちなみに天海さんは起きなかったので、俺たち二人で協力してなんとか教室まで運んだことを、ここでこっそり付け加えておく。

補習のほうは、俺と海の頑張り（？）によって、無事、再々テストという事態にもならず、晴れて天海さんも正式に夏休みへ突入することになった。

まあ、点数のほうはかなりギリギリだったけれど。

3. 海と花火の夜

無事に補習授業を終わらせた俺たちは、翌日、さっそく今後の予定について話し合うことにした。

俺、海《うみ》、天海《あまみ》さん、新田《にった》さん、望《のぞむ》。俺にとっては完全にお馴染《なじ》みの面子《メンツ》だ。

こういう場合、いつもなら高校近くのファミレスに集まるのが定石となっているが、今回、俺たちは別の場所に集まっていて。

隣にいる望が、圧倒された様子で俺の脇腹を軽くつついてくる。

「な、なあ真樹《まき》」

「どうしたの、望？」

「ここ、どこ？」

「どこって、さっきも話した通り二取《にとり》さんの家だけど」

「ホテルとか、そんなんじゃなく？」

「うん。この前俺たちが練習したバスケットコートもあるし、ここで間違いないはず……だよね、海？」

「当たり前でしょ。まあ、私も初めてここ来た時はびっくりしたけど」

「私も私も。なんかこう、想像してる通りのお金持ちさんのお屋敷って感じだよね」

以前クラスマッチの練習の際に使わせてもらったバスケットコートがあることからもわかる通り、今日は五人まとめて二取さんの家にご招待されていた。

週明けから予定している、別荘地での海水浴その他の打ち合わせと、その準備のためだ。もちろん、共同所有者のもう一人である北条《ほうじょう》さんも参加してくれている。

二取さんの自宅へ招かれるのは二度目だが、一度目は敷地の端っこにあるバスケットコートのみだったので、改めて屋敷の前に立つと、その大きさにただただ圧倒される。

二取さん（あとは北条さんもだが）の家は、昔からこの地域では資産家として有名だそうで、どこかの屋敷といっても差し支えない建物も、一部すでに建て替え等で新しくなっているが、屋根や離れの建物など、歴史を感じさせる雰囲気のあるものが沢山残っている。

由緒正しき家のお嬢様、といったところか。

「こんにちは、皆さん。お待ちしておりました。茉奈佳《まなか》ももう来ているので、お菓子でもいただきながら、ゆっくりお話ししましょう」

「どうも～」

二人の案内で奥にあるリビングルームへと通される。天海さんの家のリビングも広いと思ったが、ざっと見る限り、その二倍も三倍もありそうだ。

「えへへ、ありがとね紗那絵《さなえ》ちゃん、茉奈佳ちゃん。でも、本当によかったの？　二人がバスケの大会で参加できないのに、私たちだけで勝手に使っちゃったりして」

「気にしないで。せっかくの別荘なんだから、せめて一年に一回は使ってあげないと可哀想《かわいそう》だし。それに、夕《ゆう》ちゃんと海ちゃんが喜んでくれたら、私たちはそれで十分幸せだから」

「うん、そーそー。とはいえ、交換条件として別荘のお掃除をお願いする感じにはなっちゃうけど……」

「それぐらいならお安い御用よ。……紗那絵、茉奈佳、その……色々してくれて、本当にありがとう。感謝してる」

「海ちゃん……うん、どういたしまして。でも、このぐらいなら何でも言って。私も茉奈佳も、いつだって相談に乗るから」

「二人とも、今度また四人で遊ぼうね」

「うんっ、絶対、約束だよっ」

クラスマッチを機に本格的な交流が復活した小学校時代の友人四人組だが、この様子なら問題なさそうだ。

うっすらと瞳を潤ませて微笑《ほほえ》んでいる海を見て、俺はほっと胸を撫《な》でおろす。

「さ、私たちの世間話はともかく、さっそく本題に入りましょうか。前原《まえはら》さん、確認ですが、別荘の使用期間は週明けの月曜日と火曜日の夕方までの二日間で問題なかったですね？」

「あ、はい。一応今のところは……あの、何度も訊《き》くようで申し訳ないんですけど、俺た

ちのほうで引率の人を用意する必要はないんですよね？」

「はい。ウチと茉奈佳の家の者を一人ずつつけますので、ご心配なく。別荘地までは車での移動になりますが、それもこちらで手配しますから」

二取さんがそう言うと、ダイニングルームでお茶菓子の準備をしている使用人の女性の方が、俺たちに向かって軽く頭を下げる。

ということで、二取さん側の受け入れ態勢はばっちりのようだ。

「……ねえ夕ちん、至れり尽くせりって感じだけど、本当にいいのかな？　実は後でカニとかマグロの漁船とかにぶち込まれるとかない？」

「あはは、もうニナちってば。……私も海も最初はビックリしたし、遠慮したこともあったけど、紗那絵ちゃんたちにとってはこれが普通なんだって」

「そうそう。大事なお客様は全力でおもてなしするのが自分たちの流儀だから——って。ね、紗那絵、茉奈佳？」

「はい」

「そうだよ～」

おもてなしをさせろ、と言わんばかりの雰囲気を漂わせる二人に、海と天海さんの二人は苦笑している。

二人も遠慮はしているのだろうけど、それで止まる二人ではないから、もうあきらめているのだろう。

長い付き合いの二人でそうなのだから、それなら全力で俺たちも甘えるべきか。

代わりに別荘の掃除をやって欲しいとのことだが、むしろそれだけで良いのかと個人的には問いたいところである。

その後、初めて別荘を訪れることになる三人（俺、新田さん、望）のために、二取さんから軽く説明が入った。

二取家と北条家が共同で所有しているというその場所は、俺たちの住む街から、およそ車で二時間の、海岸沿いにある町の一角にある。別荘周辺は豊かな緑で囲まれ、プライベートビーチは入り江になっていることもあり、外からの侵入もないので、多少羽目を外しても周囲の迷惑にならないのが最大の利点だ。最近では砂浜でも禁止されるケースの多い花火遊びも、私有地ならなんら問題はない。

建物は三階建てで、それぞれの階に浴室・トイレも完備で、十分な広さの客間がいくつも用意されており、さらにはカラオケルームやビリヤードといった室内で遊べる設備も用意されていて――といった具合で、その説明だけでお腹《なか》いっぱいになりそうだ。

というか、一日で全てを遊びつくすことは不可能に近いだろう。

「ふふ、なんだか私も楽しくなってきました。日中は砂浜で目いっぱい遊んで、夜からはバーベキューでもしながら砂浜でバケツ一杯の花火で遊んで……ああもう、部活も大事なのはわかるけど、私も久しぶりに海ちゃんたちとパーッと遊べたらいいのに……」

「ほんとにね～……たまにはお休みしたいけど、そんなことキャプテンに言ったら怒られるどころじゃ済まないかも」

一年生だった去年ならともかく、二年生に進級し、部内でも主力となった二人には他部員の模範になる役割もあるだろうから、そう簡単に練習を休むわけにはいかないのだろう。

部活に励む高校生にとっては、とても悩ましい問題だ。

「部屋割りは……まあ、部屋数はあるのでご自由に決めてもらうとして、参加者はここの五人だけで問題ないですか？　宿泊中の食事や飲み物の準備もあるので、今の時点で参加人数は確定させておきたいのですが」

「あ、はい。今回は俺たち五人で確定ということで――」

「真樹、ごめん。……ちょっと待ってもらっていい？」

ある程度話がまとまり、後は細かい部分を詰めていく段階となったところで、珍しく海が小さく手を挙げる。

「はい、海ちゃん」

「紗那絵、茉奈佳、土壇場で申し訳ないんだけど、ここから参加人数を変更するのってありかな？　もちろん、増やす方向で、なんだけど」

「あ、うん。言ってくれれば、私たちは大丈夫だけど」

おもてなしする立場の二取さんたちは問題なさそうだけれど、彼女たちが気にしているのは、海以外の四人のことだ。

当然ながら、このタイミングで俺たち五人以外の参加者を入れるという話は、たった今海から聞いたばかりだ。

　俺がそうなのだから、天海さんたち他の三人もきっと同じのはずで。

「ごめんね、真樹。本当は先に相談すべきだったんだろうけど、参加するかどうかはまだ決まってないから……というか、誘うのもこれからだし」

「そ、そっか。減ろうが増えようが俺は構わないけど……誰を誘おうと思ってるの？」

「……中村《なかむら》さん」

「中村さんって……あの中村さん、だよね？」

「うん。あの」

　中村澪《みお》さん。海のクラスメイトで、かつ新生徒会長となったあの人のことだが、このタイミングで海が彼女のことを誘いたい、と希望してきたのは意外である。

　というのも、クラス内ではよく話している二人だが、放課後や休日に遊んでいるような話はあまり聞かない。仮にあるとしても、クラスマッチの練習など、何か特別な用事がある時だけだ。

　もちろん、中村さんを誘うことに対して、特に異議はない。中村さんなら俺たちにとってもすでにお馴染みの人だし、こういう機会で交流を図るのも悪くないだろう。クセのあるキャラクターではあるけれど、基本的にはいい人で間違いないし。

「中村さんかあ。いきなりだったからちょっとびっくりしちゃったけど、中村さんなら、私は全然平気……というよりむしろ大歓迎かも。中村さん、ちょっとヘンなところあるけど、お喋《しゃべ》りしててすっごく楽しくて退屈しないっていうか」

「私もいいよ。この五人だけでまったりすんのも悪くはないけど、一日二日ぐらいならワイワイ大勢で騒いだほうが楽しいし」

「新生徒会長だっけか？　俺は話したことないけど、この前の終業式の挨拶聞いた感じ面白そうだし、構わないぜ」

他の三人にも受け入れられているので、であれば、俺からは何も言うことはない。

……もちろん、海からもう少し詳しい事情を聞く必要はあるだろうが。

「わかりました。では、追加で参加する場合を想定して、一、二人分は余分に用意しておくようにしましょうか。もしその中村さんが参加しなかったとしても、持ち帰ればいいだけの話ですから」

「ありがとね、紗那絵。……このお礼は、後でちゃんとさせてもらうから」

「そう？　それじゃあ、私もどうして欲しいか考えておかなきゃ。貸し一つ、だね？　海ちゃん？」

「……うんっ」

貸しを作る、ということは、これからも彼女たちの関係は続くということだ。

借りを返して、勢い余って返しすぎた分はまた次回に持ち越して……そうやって、完全にチャラにしないまま、繋《つな》がりを保っていく。

それが良いやり方かはわからないが、少なくとも、俺たちはこれで上手《うま》くいっている。

だから、これでいい。

「あ、いいな～。私も海ちゃんに貸し作りたい～、ねえ紗那絵、ちょっと私にも肩代わりさせてよ～」

「え～、そうしてもいいけど、でもこれは私と海ちゃんの間だけのものだし」

「もう、茉奈佳ったら、話をややこしくしないの」

「む～、三人だけ楽しそうでズルい～。ねえねえ海、私は？　私もいっぱい海に貸し～」

「……夕、アナタはその前にこれまでの特大の借りを返してね？　初等部の頃から今まで、本当に色々あったなあ……ねえ？」

「う……が、がんばりましゅ……」

四人がまたいつの間にかイチャイチャとし始めて、高校からの友人枠である俺たちはすっかり蚊帳の外だが、たまには外から眺めるほうに回るのもいいだろう。

すっかり昔話に花を咲かせている四人のテンションが落ち着くのを待っていると、俺の隣の席に移動してきた新田さんが、ぽつりと呟《つぶや》いた。

「ねえ、委員長」

「え？」

「……いいよね、ああいうの」

「まあ、そうだね。幼馴染《おさななじみ》とかそういうの、俺にはいたことないから難しいけど。新田さんにはいるでしょ？」

「いないよ」

「そっか……って、え？」

新田さんがあまりにもさらりと言うものだからつい流しそうになったが、こちらも意外な返答が。

「なに、そんなに意外？　ねえ、関《せき》だって、そんなもんでしょ？」

「いや、俺も一応いるぜ。といっても、学校は別だから、最近は会ってないけど。新田、お前って引っ越し組だっけ？」

「いいや？　生まれた時からずっとこの街……まあ、そう考えると、やっぱり私も委員長とか人のことをとやかく言えないわけか。参ったね、これは」

あはは、と新田さんは小さく苦笑するが、幼馴染や親友的存在がいないのは、そんなにおかしなことなのだろうか。

俺から言わせてもらえば、まず友達を作るのだけでも難しいのだが。

「ごめんごめん。女子組の中で私だけ蚊帳の外だったから、つい黄昏《たそが》れちゃって。……さて、野郎二人とお話しなんてゴメンだから、私もあっちに交ざろっかな。ねえ、夕ち〜ん、私だけ除《の》け者はヒドイぞ〜」

軽く首を振っていつもの調子に戻ると、新田さんは天海さんに抱き着いて、なんなく四人の輪の中に入っていく。橘《たちばな》女子組の四人とはまだ友達歴の浅い新田さんだが、持ち前のコミュニケーション能力で、あっという間にその場に溶け込んでいっている。

……やはり、先程の話は冗談ではないのだろうか。

「……真樹、俺たちも何か話すか？　暇だし」

「……だね」

女子に負けじと俺と望の男子組も雑談しようかと思うものの、元々会話の守備範囲が一致しにくく、あっても女の子の前では話しにくい話題なので、結局途中で話が途切れてしまい、それ以降は用意されたお茶菓子を黙って味わうことになった。

海のおかげでなんとか『恋人』はできたけれど、『親友』のほうはまだまだ先の長い話になりそうだ。


そこから土日休みが明けた翌週、いよいよ待ちに待った海水浴当日。朝早い時間に二取さんの家に集まった俺たちは、それぞれの荷物を車に積み込んでいる最中だった。

「真樹、私たちの分はこれで全部だけど、忘れ物とかない？　ハンカチとか貴重品は手元に持った？」

「うん、大丈夫……あ、まだ乗り物酔いの薬飲んでなかったかも」

「やっぱり。そうだろうと思って、私のほうでも持ってきてるから。……ほら、どうぞ」

「ん、ありがとう海。準備いいね」

「ふふ、そこまで心配する必要はないんだろうけど、今日は紗那絵の家の車だし、一応ね。

あ、水筒にお水入れてるから、それ使って」

「うん」

出発前から早速軽いジャブとばかりにイチャついている俺たちだが、俺たちグループ間ではすでにお馴染《なじ》みとなっているので、天海さん以下は、特に俺たちの行動を揶揄《からか》ったり、様子を逐一観察するようなことはない。

「ふむ、荷物のほうは大体積み終わったようですね。海ちゃん、後は中村さんがまだ来てないようですけど……？」

「あ、うん。途中でちょっと道に迷ったみたいで……あ、来た来た。おーい、中村さん、こっちこっち」

海が手を振ると、それに気付いた中村さんがこちらへとやってくる。

今日はいつもの眼鏡をかけておらず一瞬気付かなかったものの、よく見ると意外に人懐っこい笑顔は、間違いなくあの中村さんである。

「いやいやすまんね皆の衆、急に誘ってもらったのに遅れてしまって」

「あ、中村さんだっ。生徒会のことはいったん忘れて、今日と明日は私たちといっぱい遊ぼうねっ！」

「そりゃあもう、お言葉に甘えてしゃぶり尽くさせてもらうさ。お金持ちの別荘で一泊二日なんて、庶民の私には滅多《めった》に経験できないからね。……なあ、総司《そうじ》？」

「澪先輩、俺も気持ちは同じですが、そういうのはもうちょっとオブラートに包むべきではないかと……」

　海のお願いで急遽《きゅうきょ》誘うことになった中村さんだったが、生徒会のほうも今週いっぱいは束《つか》の間《ま》の休日ということで、二つ返事で参加ＯＫとなった。

　そしてさらに、中村さんのすぐ後ろには、なんと副会長である滝沢《たきざわ》君も付き添いとして参加してくれており。

「……ちょっ、ちょっと、ちょっとちょっと委員長っ！　委員長ってば！」

「いたっ……に、新田さん、そんなに肘で小突かなくてもわかってるから。……無理かもしれないけど、ひとまず落ち着いてもらって」

「無理。は？　なんで滝沢君も一緒に来てんの？　やばいやばいって、いつメンで遊びにいくからって私、今日は余裕ですっぴんなんですケド～!?」

　慌てて手鏡で身だしなみを整え始める新田さんのことはともかく、滝沢君が付いてきたことは特に不思議なことではない。

　なぜなら、海は中村さんだけでなく、滝沢君もきちんと誘っていたからだ。もちろんそのことは皆にも連絡していたはずだが……新田さんは自分には特に関係ないからと、しっかりとメッセージを確認していなかったようで。

「先輩方、今日はわざわざ僕のことも誘っていただいて、本当にありがとうございます。今までこうやって大人数でお出かけなんて一度もなかったので、朝凪《あさなぎ》先輩からお話をいただいた時から、ずっと楽しみにしてて」

「そうなんだ。じゃあ、先輩として後輩にもしっかり楽しんでもらえるよう頑張んなきゃだ。あ、私は天海夕。よろしくね、滝沢君」

「はい、天海先輩。こちらこそ、今後ともよろしくお願いいたします」

ごく自然に爽やかな挨拶を交わす天海さんと滝沢君。

校内一の美少女だと囁《ささや》かれる女の子と、最近特に噂《うわさ》になっているイケメン新入生の二人の初めて邂逅《かいこう》で、まるでファッション雑誌の表紙かと勘違いしそうなほどの光景だが、それを見て、ただならぬ表情をしている男子が一人。

「…………」

「……え、望も？　あ、痛い痛い。だ、大丈夫だから。俺は望の味方だから」

新田さんと同じく俺に何かを訴えかけるような瞳で脇腹を小突いてくる望だが、あの二人を見ていると、どうしようもなく心がざわめいてしまう気持ちは理解できる。本人たちがどう思っているかはわからないけれど、そのぐらい、天海さんと滝沢君のコンビはお似合いのカップルっぽく映るのだ。

天海さんに振られて以降も、ずっと秘《ひそ》かに（バレバレだが）彼女のことを想《おも》い続けている望にとっては、強力すぎるライバル登場といったところだろう。

そして、そんな俺たちの様子を観察していたのか、俺たちのもとへ中村さんがニヤニヤとした笑みで近づいてくる。

「……ふふふ、どうだい、ウチの総司は格好《かっこ》いいだろう？　なあ、野球部エースの関クン」

「そっスね。ってか会長、そういうアンタはいいのかよ？　可愛《かわい》い後輩なのに、アイツ、このままじゃ天海さんのこと好きになっちまうかもしれないぜ？」

「ご心配どうも。でも、お気遣いは不要さ。あの子が誰に恋しようが私には関係のないことだし、口を出す権利もない。まあ、可愛い後輩には違いないから悪い女には引っ掛かって欲しくないけど、天海ちゃんなら何も問題はないしね。……ちょっと能天気でおバカさんっぽい感じがするのだけは玉《たま》に瑕《きず》だけど、それも総司なら受け入れてくれるだろう。昔からアイツは優しすぎるほどに優しいからね」

「……後輩のこと、随分と買ってるんだな」

「もちろんさ。あの子は私の自慢の後輩だからね。……それこそ豆粒みたいに小さかったころから、ずっと」

　個人的には中村さんも人のことを揶揄えるような表情はしていない気がするけれど、望と違い、中村さんは滝沢君のことをあくまで後輩として見るよう努めている感じもして。

　中学時代の滝沢君のことはわからないけれど、それと較《くら》べてかなり見違えたのなら、当然、異性として意識してもおかしなことはないと個人的には思うのだが。

　幼馴染だったり、先輩後輩だったりと、昔の関係性が足かせになって中々一歩を踏みだすことが出来ない——と、そんなところなのかもしれない。

　一通り挨拶を終えて全ての荷物を積み終えたところで、次は別荘へと向かう車に乗り込むことに。

中村さんと滝沢君の参加で計七人＋その分の荷物ということもあり、別荘へは二台に分かれて向かうことになっている。運転は先週お願いした通り、二取家と北条家の使用人さんがそれぞれ担当だ。

車はそれぞれ五人乗りなので、普通に考えると三人＋四人で分かれるのが自然だが……。

「ねえねえ皆はどっちの車に乗る？　私はせっかくだし、海と一緒に乗りたいな。ねえ海、それでいいでしょ？」

「いいよ。じゃあ、私と真樹と夕の三人と、残りの四人はもう一台のほうってことで。私が側《そば》にいてあげないと、真樹が乗り物酔いした時に心配だし」

「おや、朝凪ちゃんは過保護だねえ。私はせっかくだし、女の子四人でガールズトークとしゃれこみたいところだけど。男子たちも、そっちのほうが気を遣わなくていいだろうし。総司、君はどうだ？」

「僕はどちらでも……強いて言うなら、関先輩と前原先輩ともしっかりとお話ししたいとは思っていますが。お二方ともすごく尊敬しているので」

「お……そ、そういうことなら、俺もそれで構わないけど。な、なあ真樹？」

「望って、わりと単純な性格だよね……まあ、俺も満更ではないけどさ」

この場合、普通に考えれば女子組と男子組で分かれるほうが妥当なのだろうが、俺や海のカップルのように、特に仲の良い男女や友人同士がいたりすると話が違ってくる。

俺個人のみの都合だけ考えると、俺と海のカップル＋天海さんのほうがそれほど気を遣わず、乗り物酔いの際も安心だが、それで安易に決めてしまうと、他の四人の車内の雰囲気が心配になってくる。

　中村さんと滝沢君の中学時代からの先輩後輩コンビはいいとして、滝沢君の参加で瞳をぎらつかせている新田さんと、滝沢君のことを微妙に敵視していて、クセのある中村さんと微妙に合わない会話をしていた望……滝沢君が思った以上に先輩の俺たちを立ててくれるので、もし空気が悪くなっても彼がなんとかしてくれそうではあるが。

とはいえ、たった一人の後輩にそこまで気を遣わせてしまうのは、一応先輩の立場としては避けておきたいところ。

　いつもの五人だけなら、こういうこともわざわざ考える必要もないのだが……と、そんなことを考えていると、いつの間にか俺の背後に回っていた新田さんが背中をつんつんと軽くつついてきた。

「あ、あのさ委員長、ちょっといい？」

「？　新田さん、どうしたの」

「私も希望あるんだけど……どっちの車に乗るか」

「ああ、はいはい。……滝沢君と同乗したいんだよね？」

「いや、その逆……なんだけどさ」

「え？」

　その逆、ということはつまり滝沢君とは違う車に乗りたいということになる。

直前までのあのはしゃぎようから考えて、俺の知っている新田さんなら、どんな手を使ってでも同乗しようとするはずだが。

「なんで……って訊《き》いてもいい？　というか、一緒じゃなくて本当にいいの？」

「そりゃ一緒に乗りたいとも思ってるよ。今まで私が見た中で間違いなく一番の男の子だし、もし個人的にもお近づきになれたらと思うと嬉《うれ》しくてもう海水浴とかどうでもよくなるかも」

「えっと、そう思ってるんなら、なおさら一緒したほうがいいんじゃ……いたっ、もう新田さんってば、なんで脇腹つねるの」

海といい、新田さんといい、よく俺の脇腹を狙って攻撃するが、そんなに俺のそこは隙だらけなのだろうか。それはともかく、今はむくれ顔で俺のことを見る新田さんのことだ。

「委員長、アンタは乙女心ってやつがわかってない。それでも唯一の彼女持ちなの？」

「まあ、有難いことに交際は順調ですか……」

こと恋愛に関していうと、海は俺に対して素直に好意をぶつけてくれるので、あまり言葉の裏を読んだりせずに真正面から受け止めれば終始機嫌よく接してくれる。

一般的な乙女心は知らなくても、海の心は多少理解しているし、今も勉強している最中だから、それで十分なのだ。

「乙女心の続きだけど、私だって緊張ぐらいはするってことを言いたいの。好きな有名人とか、憧れの人が隣にいるのは嬉しいけど、『何を話したらいいのか』とか『失礼なこと言って嫌われたらどうしよう』とか色々考えちゃって、結局何も話せないまま終わる経験、委員長だってあるでしょ？　……いや、委員長のことだからないかもだけど、想像してみて」

「えぇ……まあ、わからなくはない、けど」

つまり、新田さんにとっての滝沢君はそのぐらい大事なカテゴリにいて、仲良くなるにしてももうちょっと慎重にやっていきたい、ということだろうか。同乗する車でがっつかず、その後の海水浴やバーベキューで距離を縮めていこうと考えているのかもしれない。

これまでのイメージから、新田さんは異性に対してもっと積極的にアタックすると思っていたので、俺の脇腹をこっそり攻撃してもじもじとしている彼女の姿は、とても意外に映った。

「とりあえず、私の希望はそういうことだから。委員長と朝凪、夕ちん、私の四人で、後は生徒会コンビと野球部の人の三人。それなら問題はないっしょ？」

「望のことはせめて関って呼んであげて」

ということで、現在までの希望を整理すると、

俺……海と一緒なら他は誰でも（状況によっては柔軟に対応）
海……俺と一緒（絶対）
天海さん……海と一緒（多分、出来れば）

新田さん……滝沢君とは別グループ
その他三人……今のところは特に要望なし（もしくは不明）

と、こんな感じだろうか。

本来の目的は海水浴やその他の遊びがメインになってくるけれど、移動時間が長い関係上、同乗の車内で誰と一緒に過ごすかどうかも、一泊二日のスタートを切る上で大切になってくるのだろうと思う。

希望を最大限まで考慮すれば新田さんの言う通りにしてもいいのだろうが、そうなると他三人が除《の》け者のような形になってしまわないか。

……俺も含めてだが、こうして考えると結構わがまま揃《ぞろ》いなのかもしれない。そして、望が一番大人だ。

「前原氏、準備も万端なことだし、そろそろ出発しようよ。メンバー分けに関してはリーダーの君に従うからさ。総司もそれでいいだろ？」

「はい。あの、前原先輩、僕のことはあまりお気になさらず、先輩のいいように決めていただければ大丈夫ですので」

「やっぱり俺がリーダーっぽくなってるのね……まあ、なんとなくわかってたけど」

いつまでも二取さん家《ち》の敷地内で過ごすのも良くないので、すぱっと決めてしまうか。

全員の希望をそのまま通すことはできないけれど、俺がしっかりと考えて出した結論なら、ここの皆もきっと納得してくれる。

「それじゃあ四人組のほうは俺と海に、後は中村さんと滝沢君。で、天海さんと新田さん、それと望はもう一つのほうに乗り込んで移動で。……とりあえず、それでいいかな？」

皆からは特に反論もなかったので、ひとまず受け入れてくれたとの認識でいいだろう。

俺が気を遣いすぎなのだろうが、大人数での外出で皆をまとめるのって、意外に大変だ。

「う～、残念。海と別々かあ」

「人数的にもしょうがないよ。夕、帰りは一緒の車に乗ってあげるから、それで我慢して」

「……約束だよ？」

「うん、約束。せっかくだし、指きりでもするか？」

「えへへ、じゃあ、せっかくだし」

天海さんにはいったん我慢してもらう形になったが、移動は帰りもあるので、その分は次の日にきちんとお返ししなければ。

「関、アンタは助手席ね。あ、夕ちんの隣に座りたいとかほざいたら窓から放り出すからそのつもりで」

「わかってるよ。……ってか、正直そっちのが俺も緊張しないでいいっていうか」

「？　関君、なにか言った？」

「あ、い、いやなんでも……」

あの三人なら放っておいても賑《にぎ》やかにやってくれるだろう。天海さんが側にいると途端に口数が少なくなる望だが、そこは新田さんがカバーしてくれるはず。

なので、問題があるとすればリーダー（らしい）の俺になるわけで。

「前原氏、クラスは別だけど、今日と明日は仲良くやろうぜ」

「先輩、改めてよろしくお願いします」

「あ、はい。そうっすね……あの、が、頑張ります……？」

「……真樹、二人とも優しいから、ひとまず落ち着いて深呼吸でもしよっか、ね？」

自分で決めたというのに、いざ交流の少ない中村さんや滝沢君と狭い車内で長時間一緒に過ごすとなると、途端にぼっち時代の人見知りが顔を出す。

今は隣に海がいるのでなんとか平静を装えてはいるけれど……将来のことを考えると、こういう所は徐々に克服していかなければならない。

俺のことを第一に考えてくれる海だけれど、そんな彼女が常に側にいてくれるとは限らないのだから。


大会出場のため泣く泣く参加を見送った二取さんと北条さんの二人に別れを告げて、俺たち七人を乗せた二台の車は、別荘地へ向けて安全運転で走り出した。

外観の時点で高級車のそれとはわかっていたけれど、いざシートに腰を落ち着かせてみると、今まで自分たちが乗っていた車とは何もかも違うことに気付く。

「――あ、真樹、ここのシートの横、冷蔵庫になってるよ。……あのすいません、この中に入っているお水とかジュースって、飲んでいいヤツだったりします？」

「――ほえ～、後部座席にもテレビが付いてて、サブスクも主要なものは網羅してるワケか……ほら総司、君も楽しめ。庶民の私たちが遠慮なんかしてたら後悔するぞ」

「いえ、俺は大丈夫なので澪先輩のご自由に……すいません前原先輩、ウチの会長がご迷惑を」

「いや、別に俺も似たようなもんだから……」

天海さん側のほうでも話題に上がっているようで、さきほどから五人のチャットルームには『こんなのあった！』と、車内に搭載されている設備の写真がたくさん並んでいる。天海さんたちのほうは天海さんか新田さんが必ず映り込んでいるのが、なんともあちら側らしい。

車に乗る直前までは『どうやって話を弾ませようか』と一人で勝手に心配になっていたが、それは杞憂《きゆう》に終わってくれそうだ。

「そういえば、私から誘っておいてなんだけど、生徒会の仕事のほうは平気？」

「忙しいよ？　でも、せっかくの夏休みなんだからたまには遊ばないと。とはいえ、夏は大抵ぼっちで過ごすことが多いから、こうして誘ってくれてありがたいよ」

「え、中村さん一人なの？　私、てっきり涼子《りょうこ》さんたちとも予定があるとばっかり……」

「帰宅部かつこれといった趣味のない私と違って、あの子らは割と忙しいからね。涼子は部活で、美玖《みく》は学校外で所属してるバンドのライブ、あと楓《かえで》は夏コミ。……だから、今の私に構ってくれるのは朝凪ちゃんぐらいってわけ」

学業だけでなく、部活に趣味にと、打ちこんでいる物が多くなれば必然的にそうなるものなのかもしれない。

むしろ、この時期でもいつもの五人で仲良く、しかも泊りで遊びに行こうという俺たちのほうが珍しいか。

こういう話を聞いていると、改めて自分が周回遅れなのだと感じる。友達と遊ぶのは楽しいけれど、やはりそういうのは小・中学校時代に全力でやっておくべきだったかも。

「えっと、滝沢君も、俺たちについてきて大丈夫だった？　俺は今まで一人ぼっちだった期間がほとんどだからわからないんだけど……ほら、中学時代の友達とかと久しぶりに会ったりとか」

「クラスメイトはそうみたいですね。高校生になると、今までずっと一緒だった友達も急に色んな場所に散らばっちゃいますから、たまに寂しくなる時もあるみたいですよ」

「みたい……滝沢君はそうじゃないの？」

「僕はそういうのは特に……むしろあまり近所へは出歩かないタイプなので」

「……そっか」

あまり掘り下げてはいけないような気がして、滝沢君とこの話題を膨らませるのはそこで終わりにする。

海や天海さんですら人間関係で悩みを抱えていたのだから、滝沢君にだって言いたくない過去や、出来れば秘密にしておきたいことはあるはずだ。

容姿が整っているから。人気があるから。そんなことは何も関係ない。

「あ、そうだ。今日は皆で海水浴って話だけど、朝凪ちゃんはもちろん前原氏のために水着を新調したんだよね？　エロいやつ」

「言い方。……というか、そういう中村さんはどうなの？　もちろん、泳がないから持ってきてないなんて、そんなズルいことは……」

「持ってきたよ。ほらこれ、スクール水着。しかも中学の時の」

「ええ……」

中村さんが取り出したのは、『中村』と胸のあたりに書かれた、いかにも学校指定っぽいデザインの水着である。

いかにも中村さんらしいチョイスだが、まさか中学時代のものを引っ張りだしてくるとは（ちなみにウチの高校は水泳の授業がないので、指定の水着がそもそも存在しない）。

体形が変わってないから、まだ使えるからという合理的な理由でのチョイスなのだろうが、これにはさすがの海も驚いているようで。

「んん？　なんだいなんだい、いいじゃないかスク水。機能的だし丈夫だし。なあ、前原氏もそう思うよな？」

「そこで俺に訊《き》かれましても……まあ、新調するにもお金はかかりますし、そこは個々の判断にお任せするというか。ね、ねえ滝沢君」

「えっ⁉　あ、は、はいっ。そう、ですね……あはは」

こっそりと俺の脇腹をつねってくる海の無言の圧に負けて、つい滝沢君に話を振ってしまったが、滝沢君の顔が思った以上に赤くなっているのに気づく。

やはり当初から考えている通り、滝沢君が中村さんのことを異性としてかなり意識しているのは間違いない。

もちろん、中村さんにも、きっと俺たちの前では見せない可愛《かわい》らしいところもあるのだろうが……今のところは滝沢君の気持ちのほうが強い感じなのかも。

しかし、好きな人が持ってきた水着のみで、これだけ顔を赤くして視線を逸《そ》らすとは。

またいつものお人好《ひとよ》しの癖が騒いでいるが、こういう後輩の片思いは応援してあげたくなってしまう。

……もしかしたら、海もそういう理由で二人のことを誘ったのかもしれない。

「ほら、私も見せたんだから、お返しに朝凪ちゃんのも見せてよ。対前原氏決戦用に準備してきたヤツ」

「だからそんな兵器みたいに……じゃ、じゃあ中村さんだけに、ちょっとだけね」

その瞬間、助手席に座っている滝沢君と、後部座席の窓側に座っていた俺は、とっさに高速道路を流れる景色を見ることに集中する。

おそらく今回、海が持ってきたのは先月購入したダークブルーの生地のビキニであることはなんとなく察しているけれど……時折中村さんの口から発せられる呟《つぶや》きが妙に気になってしまう。

「お、お〜……朝凪ちゃん、こんなことを言うのもなんだけど、こいつはなかなかのスケベですなあ」

「中村さん、なんか微妙にキャラ変わってない？　……い、いいでしょ別に。一応上から羽織る用のパーカーとかもあるし」

「で、前原氏と二人きりの時はそれを脱いで……なるほど、よくわかった。天海ちゃんたちのことは私と総司で引き受けるから、朝凪ちゃんは存分に前原氏とよろしくやってくれたまえよ」

「もう、澪先輩はまたそんなデリカシーの無いことを……あの、先輩方、生徒会長だからってあまり気にせず、失礼なこと言ったら口を縫い付けちゃっていいですから」

「……苦労してるね、副会長」

「まあ、それが仕事なので」

そう苦笑しつつも、やはり滝沢君は楽しんでいるように見える。

一般的にはおそらく好き嫌いの分かれる性格の中村さんだが、きっと滝沢君が好きなのは、そういう中村さんなのだ。

「ほおう？　しばらく会わない間に総司も随分生意気になったもんだ。せっかくの機会だし、この二日間で上下関係というものを教育し直してやろう」

「望むところですよ。俺もこの一年で成長したんだってところを、改めて先輩に教えて差し上げます」

「お、そうか。じゃあ早速この場でズボンとパンツをぬ——んぐぐ」

「中村さん？　いい加減にしようね？」

「……んむう」

さすがに移動の車内でハチャメチャな空気になるのはダメだと判断したのか、いつもは新田さんにしかやらないはずの海のアイアンクローが、中村さんにまともに炸裂《さくれつ》している。

この七人での一泊二日は退屈する暇もなさそうで何よりだが、その分だけ、終わった後にどっと疲れそうな予感が。


海のおかげでなんとかその場を収めつつ、俺たちを乗せた車は無事、目的である海沿いの別荘へとたどり着いた。

大勢で訪れても大丈夫なように、と設計された建物は、先程発《た》ったばかりの二取家の自宅と較《くら》べても遜色ないほどである。何台も駐車できそうな広々としたガレージに、建物の外にはプールやバスケットコート、室内にもトレーニング器具がいくつもあるフィットネスルームもあって……これは確かにお掃除のやりがいがありそうだ。

広々としたリビングにいったん全員分の荷物を置いて、俺たちは真っ先に砂浜のほうへと向かって行く。

別荘から出て、砂浜へと続く階段を降りることわずか数秒。

「……真樹、どう？」

「……すごい」

海と手を繋《つな》いでビーチへと降りた瞬間、俺は海の問いに一言だけ返す。

もっと色々な言葉で表現することもできたはずだが、すごいという言葉しか出てこなかった。

波による影響や土地の風化など、長い期間を掛けて自然に作り上げられた砂浜は、周囲から隠されるように緑で囲まれており、エメラルドグリーンに透き通った波の穏やかな海面が、真夏の太陽を反射してきらきらと輝いている。

一般的にイメージする海水浴場とは違い、それほど広い場所ではないけれど、数人で遊ぶ分には十分すぎるほどだ。

……あと、ところどころ休憩しやすそうな岩場もあって、二人で隠れてゆっくり出来そうなのもいい。もちろん、友達皆で来ている場だから、常識の範囲内で。

「ん～、潮風のいい香り……久しぶりに来たけど、やっぱりここはいいね。ねえ海っ、もうすぐお昼ご飯だけど、早速遊んじゃおうよ。私、実は我慢できなくて、先に服の下に水着着てきちゃったんだ」

久しぶりのプライベートビーチ＋海水浴でテンションが上がっているのか、天海さんが着ていたTシャツを突然脱ぎだした。

「！　ちょっ……夕、気持ちはわかるけど、着替えはいったん部屋に戻って……そこの男子たち、ジロジロ見てないで道具の準備っ」

「あ、はいっ……望、滝沢君」

「おう……ったく天海さん、それはさすがに心臓に悪いぜ」

「了解です」

天海さん同様、水着に着替えるためいったん部屋の中へと戻っていく女性陣を横目に、俺たちのほうは日除《ひよ》け用のパラソルや水分補給用のクーラーボックスの準備を進めていく。

砂浜の上で男三人さっさと水着に着替え、これからくる女子四人のためにせっせと拠点を整えていると、望が俺の肩を叩《たた》いて、ぽそりと呟いた。

「あのさ、真樹……初めからわかってたことだけど、天海さん……その、なんていうか、すごかったよな」

「まあ……天海さんって、スタイルいいからね」

俺もしっかり見たわけではないから詳しい解説まではできないけれど、体育の時間に男子たちがよく話しているように、確かに天海さんの『それ』は迫力があったように思う。

女性の魅力が容姿や体形だけで決まるわけではないけれど、俺たちぐらいの年齢だとどうしてもわかりやすいところに目が行きがちだから、望がそう思う気持ちはわからなくもない。

……今は余裕そうに話している俺だが、そんな俺でも、水着姿の海を目の前にしたら『それ』以外のことはあまり考えられなくなるわけで。

その後、引率として同行してくれた使用人の方々と一緒にお昼のバーベキューの用意も同時並行で進めながら待つこと十数分。

「──えへへっ、男子組の皆、お待たせ～！　こっちも色々準備してきたよ～」

惜しげもなく眩《まぶ》しい水着姿を披露する天海さんを先頭に、各々水着に着替えてきた女子組四人が俺たちのもとへ。砂浜で遊ぶ用のビーチボールに、サメ形の浮き輪や水鉄砲など、海水浴を楽しむ気満々の装備だった。

「真樹、お待たせ。準備、ご苦労様」

「うん。……海、今日はその、ちゃんと上に羽織ってきたんだね。確かラッシュガード、っていうんだっけ？」

「そうそれ。でも、この下はちゃんと『アレ』だから」

「あ、うん。『アレ』ね……」

先月の買い物時や、先日の旅行時にしっかりと見させてもらったけれど、水着姿の海は、何度見ても思わず気分が高揚してしまうほど嬉《うれ》しい。

天海さんを見ても特に何も感じなかったが、頬《ほお》をほんのり赤くした海を目の前にすると、途端にドキドキが止まらなくなって。

「おーい、そこのバカップル二人～、まだ真っ昼間だぞ～、そこんとこわかってんのか～」

「邪魔なヤカラのいない静かなビーチで、友人たちに隠れて岩陰や木陰で二人きりで……ふふ、なるほど、これが俗にいうアオ……」

「？　中村さん、アオ……なに？」

「夕、この人の言うコトを真に受けちゃダメ。とりあえず私と遊ぼう？　ほら、真樹もボケっとしてないで」

「うん。じゃあ、せっかくだしご一緒させてもらおうかな」

海に誘われる形で、俺はさっそく海水の中へ入っていく。泳ぎはさほど得意ではないのでそれほど沖には行かないけれど、浮き輪の上でぷかぷかとやっているだけでも十分気持ちがいい。

ラッシュガードの下にある海の素肌を想像して火照った頭を落ち着けるには、ちょうどいい冷たさの水温だった。

「おりゃおりゃっ、夕ちん、隙ありっ」

「うわっぷ……ニナちが遠慮なしなら、こっちだって。……どりゃ～！」

「んぎゃっ……天海ちゃん、私は味方じゃないか。とばっちりはやめてくれたまえよ～」

「滝沢君、よければ向こうの岩まで競争しようぜ。泳ぎは大丈夫だよな？」

「はい。後輩ですけど、やるからには全力を尽くさせていただきます」

女子は浅瀬で海水の掛け合い、男子は沖のほうまで競争と、人目を気にせず海水浴を楽しめるということで、皆それぞれ童心に戻ったようにはしゃいでいる。

「真樹、私たちも少し泳ごうか。あっちの岩場とか、綺麗《きれい》なお魚さんが結構いるんじゃない？」

「ぽいね。道具も用意してくれてるみたいだし、俺たちも楽しもうか」

いったんパラソルに戻ってシュノーケリングのセットを持ち出した俺と海は、二人で海中の様子を観察して回ることに。

当然のように二人きりの状況だが……バカップルだなんだと野次《やじ》を入れつつも、天海さんたちも気を遣ってくれたらしい。

「マウスピースをしっかり咥《くわ》えてれば大丈夫だから、落ち着いてゆっくり呼吸してね。大丈夫だとは思うけど、海水飲んじゃったとか、もし他に何かあったらすぐに私に伝えること、いい？」

「うん、了解しました」

離れ離れにならないよう海としっかり手を繋いで、俺は生まれて初めてのシュノーケリングに臨む。道具があるといっても、あくまで簡易的なものなので、まずは海面に顔をつけて呼吸をするところから。

（……ＯＫ？）

（ん、ＯＫ）

目配せとハンドサインで海と意思疎通を取りながら、岩の隙間や、時折視界の端を通り過ぎる小さな魚たちに視線を動かしていく。

（……へえ、海の中ってこんなふうになっているのか）

テレビなどでたまに見ることはあっても、こうして実際に目の当たりにするのは初めてなので、これといって特筆すべき光景はなくとも、俺にとっては目に映る全てが新鮮なものだ。

岩の隙間を泳ぐ明るい色の魚たちや、海の底で静かに暮らしている生物や海草などの植物——特に意識して見ようとしなくても、色とりどりの世界が、俺の目の前に広がっていて。

「……ぷはっ」

「ふう。……真樹、初めての海水浴はどう？　楽しんでる？」

「……まあ、それなりに」

「またまた、恥ずかしがっちゃって。今は私しかいないんだから、もっと子供みたいに無邪気に笑っていいんだよ？」

「……今はこっそり一人で噛《か》みしめたい気分なの」

「そ。じゃあ、私はこのラッシュガードを脱がなくてもいいと」

「……なぜそういう理屈に」

皆がそれぞれの遊びに夢中になっている今こそイチャイチャできるチャンスなのに、いつも海はこういう時に小悪魔になる。

海がそんなことを言うものだから、さっきまで海中の光景に感動していた頭の中は、今ではもうすっかり彼女のビキニ姿でいっぱいである。

結局は、俺も健全な一人の男子高校生だ。

一旦シュノーケリングを切り上げて、俺たちは、他の皆に内緒でごつごつとした岩が並んでいるほうへ。多分バレバレなのだろうが、そんな皆は一瞬俺たちの様子を眺めた後、引き続き遊び始めたので問題はないだろう。

この後、きっとものすごくいじられる程度だ。

皆から揶揄《からか》われるのはわかっているのだが……それで踏みとどまる俺たちなら、周りからバカップルだなんて呼ばれていない。

「海、ここらへん、岩が滑りやすいから気をつけて」

「うん。そうならないように真樹にくっついてる」

他の五人からは死角になりそうな位置まで移動し、比較的平らで座りやすい岩に二人並んで腰かける。

「えっと……俺、あっち向いてようか？」

「そうだね……あ、いや、やっぱり待って」

「んぐ？」

そう言って、海は両手で俺の顔をがっちりと掴《つか》んで、自分のほうへとぐいっと引き寄せてくる。

「ど、どうしたの、海？」

「……えっと、」

また何か大胆なことを言い出しそうな雰囲気が漂っているような。

俺から目を逸《そ》らし、首元あたりまで顔を赤くさせている時は、そういうことを考えている時だ。先日の露天風呂での混浴の時も、同じような様子だったことを思い出す。

「見たいんだったら、真樹が脱がせてもいいよ……っていうか」

「っ……それはその、今羽織ってるラッシュガードを……ってことだよね？」

「それ以外ないじゃん。あ、でも、真樹がその、どうしてももっと脱がしたいとか、そういうエッチなことをしたいってお願いするんだったら、私は……」

「い、いや、それはさすがに大胆すぎるというか」

そこまで行くと揶揄われるどころの話ではないので、それはさすがに『今は』踏みとどまっておく。

……海水浴中なので、当然『アレ』も持ってきてないわけで。

もちろん、いつものように、念のため財布の中に一つだけ忍ばせてはいるが。

「でも、わかった。俺が……その、脱がせば、いいんだね？」

「真樹がどうしてもっていうんなら」

「……なぜか俺がお願いをする空気に」

お互いに全て同意の上でのことだし、海がそうして欲しいなら俺は迷わず彼女の言いなりになるが、茶番とはいえ口にするのは恥ずかしい。

いつの間にか、俺も海と同じように、顔全体が火照ってるのに気づく。このまま放っておいたら頭のてっぺんから煙が吹き出しそうだ。

「じゃ、じゃあお願いするけど」

「う、うん」

「海、お願い。俺が脱がせても、いい？」

「……あう」

「そ、そこはちゃんと答えてよ」

「そうだけど……でも、だって」

はい、ともうん、とも答えず、海は恥じらいの表情で顔を俯《うつむ》かせる。

バカップルとはいえ根はどちらもまだまだピュアな俺たちなので、こういう所は未《いま》だに行動がたどたどしい。

「もう一度訊《き》くよ、海。……ラッシュガードだけ脱がせるね」

「……ん」

こくり、と頷《うなず》いた海が俺の方へ体を寄せてくる。腕もだらんと下げているので、完全に無抵抗の状態だ。

「じゃあ、ファスナー、開けるね？」

「いちいち言わなくていい、から……」

ドキドキと大きく脈打っている自分の心臓の音を感じながら、俺はそれまで隠れていた海の素肌を徐々にあらわにしていく。

　時折岩にぶつかる波の音も、遠くにいるはずの友人たちの騒ぎ声も、今はもう何も耳に入ってこない。

　目の前にいる大好きな女の子のことだけに、全ての神経が集中しているようだった。

「……んぐ」

「ふふ、真樹ってば、今生唾飲み込んだでしょ？　びっくりするくらいわかりやすく喉が動いたよ？」

「そりゃ、大好きでしょうがない女の子のビキニ姿だし」

　ファスナーを開けた先に現れた彼女の水着は、やはり今シーズン新調したダークブルーのビキニである。この姿を見るのは決して初めてではないけれど、今まで見た中で一番、見惚《みと》れるほど綺麗な水着姿だと感じる。

　水着売り場の試着室や俺の自室ではなく、改めて水着は海やプールで見るのにふさわしい格好だと思った。

　……もちろん、それ以外のシチュエーションでも、また違った意味で良さがあるけれど。

　ファスナーを開けてすぐにお目見えした白くすべすべなお腹《なか》や胸の谷間に、俺の視線はすでに釘付《くぎづ》けだった。

「もう、真樹ってばがっつきすぎ。後でちゃんと見せてあげるから、ファスナーだけじゃなくて最後まで脱がせてよ」

「う、うん、ごめん……」

海に軽くデコピンをされつつ、俺は慎重な手つきで彼女の肩に手を掛け、海の上半身を守っていたラッシュガードを取り去る。

そうして、目の前には俺が想像していた以上の光景が広がっていた。

「真樹、その、どう、かな？　私、綺麗？」

「うん。俺はすごく綺麗だと思ってるし、その、すごくエッチで嬉《うれ》しい……かな」

「ふふ、正直すぎ。でもそれはそれで大変よろしい」

先月ぶりに見た海の大胆な水着姿だが、これを目の前にして見ることしかできないのは、それはそれで辛《つら》い。

もしこの状況で完全に二人きりだったら、まず間違いなく俺は止まっていなかっただろう。

というか、海の視線がしきりに『そちら』のほうへ向いていることもわかる通り、体のほうはすでに準備万端らしい。

恥ずかしいので隠したい気持ちはあるけれど、二人きりの時はなるべく隠さないというのが、俺たち二人で決めた約束事だった。

その証拠に、今は海も腕を後ろのほうに回していて。

「ほ、他の皆には言っちゃダメだよ。……あの、私ね、ちょっとだけまたおっきくなったんだ」

「そ、そっか。それならそれで俺は全然構わない……いや、むしろ嬉しいけど」

先程天海さんが惜しげもなく披露したものもすごかったけれど、こうしてしっかりと見ると海のほうが勝っているかも。

ただ、それを知っているのは俺だけでいい。

「海、少しだけ後ろ向いてもらっていい？　背中のほうも、ちゃんと見たい」

「……真樹のえっち」

ぼそりと言いつつも、海は俺の言う通りに背中を向けてくれる。

どこをとっても文句のつけようがない彼女の肌の美しさに、意識がどんどんと吸い寄せられていた。

気づくと、俺はすでに後ろから彼女のことを抱きしめており――。

「あ……もう、初めてでもないのに、そんなに興奮しちゃったの？」

「ご、ごめん。そのはずなんだけど、我慢できなくて……」

「しょうがないなあ……じゃあ、ちょっとだけだからね？」

「う、うん」

海が力を抜いて俺のほうに身を委ねたのを確認してから、俺は海の首筋に軽く口づけをした。

海水のせいもあり、口の中が一瞬のうちにしょっぱくなってしまったけれど、海の許しが出ている状況もあり、海が『ダメ』と言うまでお構いなしだった。

「ん……真樹ばっかりずるい……私もっ」

俺が海の素肌に夢中になっていると、海もだんだんとその気になってきたのか、お返しとばかりに俺の首元を甘噛《あまが》みしてくる。

そろそろ皆が心配してこちらの様子を見に来るかもしれない、皆で遊びに来ているにもかかわらずそっちのけでいやらしいことをして呆《あき》れられるかも――そんなことはわかっているけれど、この場の雰囲気も手伝って、俺たちは完全に二人だけの世界に入っていた。

「海、その……」

「なに？　今なら聞いてあげるから、正直に言ってごらん？」

「うん……その、上のほうの紐《ひも》も、ほどいてみたいっていうか……」

「……ふふっ」

ＹＥＳともＮＯとも言わず、海は俺の欲望丸出しのお願いにくすりと小さく笑う。

海の水着は紐で結んで着用するタイプのものなので、首と背中で支えている二か所の結び目をほどいてしまえば、海の肌を隠すものは何もなくなって。

「…………海、ちょっとだけ触るね」

「……ん」

海はそれ以上何も言ってくれないので、俺はまず首の結び目をほどこうとゆっくりと手を掛ける。先日、『しみず』敷地の散歩道で一線を越えるかどうかの直前まで行ったときと同じように、腰や脇腹付近など、海の体に優しく触れながら、口ではなく行動でお誘いをしてみるのだ。

遊んでいる間にほどけないようしっかりと蝶結《ちょうむす》びされた紐をつまんで、軽く引っ張ってみる。結び目がほどけ、海の胸を支えていた部分がゆっくりと緩んでいくものの、海は軽く身をよじらせるだけで、特に嫌がっている様子はない。

緊張で小刻みに震える指先をなんとか制御しながら、まず一つ目の結び目を完全にほどいた。

海のすべすべの素肌と、全身から感じる柔らかさやほんのりと漂う甘い香りに、俺はどうにかなってしまいそうだ。

「真樹、他の皆、こっち見てないかな？　平気？」

「多分。もし見られてても、全部俺がお願いしたことだから、その時はゴメン」

「これは紗那絵たちにバレたら今後出禁かもなあ……」

さすがにこの場で最後の一線は越えないけれど、それ以外は先日の旅行で大方済ませてしまったので、そういう意味でも俺たちに心理的な障壁はない。

こういう時、大抵何かイレギュラーが起こってお預けになることがよくあるパターンのはずだが、今日は俺たちのことをよく理解している友人たちしか周りにいない。

……皆、いくらなんでも空気を読みすぎでは。

もちろん、有難くその気遣いに甘えさせてはもらうけれど。

そうして、満足いくまで海と二人きりで岩陰でスキンシップを楽しんだ後、ようやく冷静さを取り戻した俺たちのもとに、何かを焼いている匂いが漂ってきた。

俺たちが二人だけの世界に入っている間、すでに海水浴を切り上げた他の五人は、浜の上でバーベキューを開始していて。

「——おう、前原氏に朝凪ちゃん、お帰り。その様子だと、二人きりの海水浴は満足いくまで楽しめたみたいだね。……まったく、なんと羨ましいことか」

「……海と真樹君のえっち」

「アンタたち二人とも元気だね～。まあ、迷惑かけない限りはどうぞご勝手に、って感じだケド？」

「……真樹、お前ってキャラの割に大胆なことするよな」

「あはは……あ、よければ先輩方もどうぞ。肉も野菜も、もうほとんど火は通ってるので」

詳しく見ていなくても、砂浜に戻ってきた俺たちの様子から察したのだろう。ニヤニヤ半分、呆《あき》れ半分といった形で俺たちバカップルのことを出迎えてくれた。

一応何事もなかったかのように身なりはきちんと整えたはずなのだが、どうしても頬《ほお》に差した赤みだけが戻らなかったので、とぼけたくても難しい状況に。

最初からいきなりやりすぎた、とは思うが、後悔はそんなにしていない。

おかげで、今日は夜までイチャイチャしなくても我慢できそうだ。

「海、お腹空《す》いたし、俺たちも食べようか」

「そ、そうだね。夕、隣座ってもいい？」

「うん、一緒に食べよ、海」

ほどほどに皆から揶揄《からか》われつつ、俺たちも五人の輪の中に加わって網の上で焼かれた美味《おい》しそうな食材たちを味わっていく。

今まで見たことがないようなサシの入ったステーキ肉や分厚い牛タン、手のひらをゆうに超えるサイズの牡蠣《かき》やホタテなどの貝類を始めとした海鮮に、バーベキューでは定番のフランクフルトや野菜まで……こちらの食材についてもほぼ二取さんたちが負担してくれているが、七人の食べ盛り高校生たちのお腹をパンパンにしてもなお余りある量となると、いったい、どれくらいの金額になるのやら。

……まあ、これ以上考えるのはよそう。

「むぇ〜うみぃ、おあんのあろはわーしたちとあそおう？　うえらひてくれるっていうはら、ほひにいっへいようよ？」

「夕、極厚牛タンが美味しいのはわかるけれど、ちゃんと飲み込んでから喋《しゃべ》ろうね。……船で沖に行くってのは、面白そうだから賛成だけど」

「それでちゃんと意思疎通できてるのが、海と天海さんらしいよね……」

改めて話を聞くと、どうやら船舶免許を持っているという使用人の方のご厚意でクルーザーに乗せてくれるらしく、少し沖に出てみようよ、ということらしい。周辺海域の風も今日は穏やかで、釣りなども楽しめるというから、夕方までの腹ごなしにはいいかもしれない。もちろん、釣った魚は今日の夕食のメニューに加えることもできる。

「真樹、私は夕と一緒に行くけど、どうする？　船酔いしそうだったら、別荘に残って休んでてもいいけど」

「いや、せっかくだし、俺も行こうかな。遊びっぱなしで少しだけ疲れてるけど、クルーザーに乗るなんて滅多《めった》にないだろうし」

「夕ちんたちが行くなら私も……ね、ねえ、滝沢君はどうする？」

「えっと……じゃあ僕のほうは別荘に戻って先輩たちのお迎え役に。……澪先輩もちょうど眠そうにしてますから」

「さすが総司、ちゃんとわかってるね……ふわぁ、朝からずっと休憩なしだったから、さすがに眠気が限界だよ。お腹もいっぱいで幸せ気分だしさ」

「んじゃ、中村さんと滝沢君は別荘で休んでてもらって、船には俺たち五人で乗せてもらうってことで……新田、めっちゃ葛藤してそうな顔だけど、結局お前はどうすんだ？」

「……私も乗る」

そんなわけで、ここからはいつもの五人と生徒会コンビで分かれて夕方までの時間を過ごすことに。

新田さんは滝沢君との時間を過ごす絶好のチャンスだが、中村さんと滝沢君の間にある空気を察したのか、最後まで悩みつつも俺たちと行動を共にするようだ。

新田さんとしても、自分の好みど真ん中（なはず）の滝沢君と仲良くなる絶好のチャンスなのだろうが……もしかしたら、俺と海がじゃれ合っている間にすでに何かあったりしたのかも。

船の準備が終わるまで一旦別荘で休憩した後、水着からいつもの私服へと着替えた俺たちは、使用人さんの一人が運転するクルーザーに乗って、エメラルドグリーンの浅瀬から、真っ青な水平線が広がる沖のほうへと繰り出した。

船の上なので、当然、波や風が穏やかであってもそれなりに足元は揺れるけれど、遠くの景色を眺めていれば、心配していた船酔いもそれほど感じない。

「おい真樹、使用人さんから釣り竿《ざお》一式借りてきたから一緒にやろうぜ。俺、釣りは結構やってるから教えてやるよ」

「へえ。じゃあ、お願いしよっかな」

「あ、二人ともずるいんだ～。私たちも、私たちもやるっ。ね、海？」

「いいけど、夕は餌とか触るの平気？　ちゃんと見ると、結構気持ち悪いよ？」

「え？　釣りの餌って、お魚さんとか海老《えび》さんとかじゃないの？　海老で鯛《たい》を釣る～、みたいな」

「初心者がいきなり大物釣りは無理があるって。……関、夕に現実を見せてあげて」

「え？　関君、どういうこと？」

「えっと……小さい魚ならこういう……」

「…………………………」

望が透明なケースに入った大量のうねうね蠢《うごめ》くモノを見せると、それを目の前にした天海さんの顔から、あっというまに血の気が引いていく。

「……う、うみ」

「はいよ」

「わ、私、後ろから見てるだけにする」

「……じゃ、私もそうする。新奈《にな》、夕の介抱手伝って」

「あいよ」

さすがの天海さんでも、初めて見る生き餌のインパクトには耐えられなかったらしい。

かくいう俺もこういう系統の生き物は苦手ではあるが、海という大好きな彼女がいる手前、多少は平気なところを見せておきたい。

「おーし、そんじゃ行くぜ、真樹っ」

「うん。……そりゃっ」

隣の望の見様見真似《みようみまね》で、俺は海へ向かって竿をしならせた。釣りなんて海でも川でも初めてのことだが、初心者にしては上手《うま》くいったのではと思う。

あと、釣れるか釣れないかは、また別の話だ。

望の教え通り、竿を時折動かしながら、魚が針にかかってくれるのをじっと待つ。

「お待たせ、真樹。調子はどう？」

「こっちは特になにも……天海さんのほうは？」

「ちょっとだけダウンしてたけど、今はもう平気みたい。ほら、夕、うねうねしてるのは箱に戻してるからこっちおいで」

「う、うんっ……ごめんね、二人とも、ああいうの見るの初めてだったから、びっくりしちゃって」

新田さんに連れられて、天海さんが俺たちのもとに戻ってくる。少し時間を置いて落ち着いたのか、顔色もいくらかマシになっているものの、餌の方はしばらく天海さんの目が届かないところで付けたほうが良さそうだ。

「関、ずっと黙ってるけど、まだ釣れないの？　経験者なら割とすぐに釣りあげちゃうモンだとばかり思ってたけど」

「そりゃ初心者と較《くら》べれば多少の技術の違いはあるけど、だからってそう簡単にはいかねえよ。色々アプローチかけても中々新しい出会いがないお前と一緒で」

「アンタ喧嘩《けんか》売ってる？　……まあ、事実だから言い返せないけどさ」

苦い顔をする新田さんを見るに、やはり滝沢君との距離を詰めるには至っていないようだ。あまりがっついて嫌な顔をされないよう、新田さんとしても慎重に距離を測っているようだが……。

「新奈、いい加減滝沢君のことは一旦諦めたら？　新奈ももうわかってるだろうけど、滝沢君の中村さん愛って相当だったでしょ？」

「そりゃもう。私も結構水着には気合入れたつもりなんだけど、滝沢君がちらちら気にしているのは私の隣のスクール水着ばっかだし、さっきのバーベキューもずっと先輩のお世話でニコニコしてたからね。私も露骨にならない程度には話しかけたりしたけど、あれはちょっと自分の力だけでどうにかするのは難しいかも」

今回の七人の中における『バカップル』は俺と海の一組だけだと思っていたが、知らない間にもう一組だけ紛れ込んでいたようで。

「ねえ朝凪、もしかしなくても、こうなることを見越してあの二人のこと誘ったでしょ？」

「……バレたか。まあ、私の代わりに生徒会長を引き受けてくれたし、そのお礼とねぎらいも兼ねてっていうのが一番の本音ではあるけどね」

俺の目から見てもあの二人の関係はじれったいものだったから、それを同じクラスで（意識・無意識問わず）惚気《のろけ》られるクラスメイトの海や、もしくは彼らと長い時間を過ごす他の生徒会メンバーにとっては相当なものだったに違いない。

……それでも、やはり海にしては珍しい行動だが。

「もちろん、それでも新奈が滝沢君のことを諦めないっていうんなら、それはそれでアンタの自由だけど。……その顔だと、まだ全然やる気みたいだね」

「は？　そんなのトーゼンじゃん。二人がお互いのことを信頼し合うほどの仲だってのは嫌ってほど理解したけど、それでもまだ『付き合ってない』わけでしょ？　なら、まだ私にだって可能性は残ってるし」

中学時代からの先輩後輩というアドバンテージがあっても、それですぐに『恋人』同士とはならないところが人間関係の難しいところだ。

滝沢君が中村さんのことを秘《ひそ》かに想《おも》っていることは、これまでのことから察して、ほぼ間違いないけれど、その逆もまた然《しか》り……と決してならないところが、現在の彼らのじれったさの原因の一つとなっている。

中村さんの態度がとにかく中途半端なのだ。

「つまり、付け入る隙があるってこと。今はまだ難しくても、先のことは誰にもわかんないんだから。なら、今は『優しい先輩』あたりで留《とど》めておくのもアリかなって。んで、ちょっとでも隙間が空いたと思ったら、そこからガンガン攻める」

「新奈らしいなあ……でも、今回はやけに必死じゃない？」

「そりゃ、そのぐらいしないとあのレベルの男の子をどうこうするなんて無理だし。夕ちんとか朝凪と違って、私みたいなのはぼーっとしてても声なんてかけてもらえないから。欲しいんだったら、自分なりに考えて動かないと」

ということで、旗色が悪いのは重々承知の上でもう少しだけ粘ってみるらしい。容姿はすでに言うまでもなく、新田さんのような初対面の先輩に対しても分け隔てなく接し、性格も穏やかで優しい……となれば、簡単に諦めきれるものでもないだろう。

それだけ、今回の恋は新田さんも本気だということだ。

「でも、そんなに滝沢君のことが好きなら、やっぱり俺たちについてこないほうが良かったんじゃない？　中村さんと別荘で二人きりなわけだから、俺たちが戻ってくるころにはすでにカップル成立なんてことも――」

　中村さんの態度次第だが、元々仲の良い二人のことだから、この数時間でタイミングが嚙《か》み合えば、少し前の俺と海のような『イチャイチャ後』の状態で俺たちのことを出迎える可能性も十分に……というのは、さすがに想像が豊かすぎるだろうか。

「ま、分の悪い賭けなのはわかってるし、その時は潔く諦め……られるかはちょっと微妙だけど、空気を悪くするようなことは絶対に――あれ？　ねえ委員長、その竿、なんか知らんけどめっちゃ曲がってない？」

「え？　……あっ、本当だ」

　お喋りに興じている間にヒットしていたのか、気付いた瞬間、勢いよく竿が海面へと引っ張られる。思わず竿を手放してしまいそうなほどだったから、それなりのサイズの魚がかかってくれたらしい。

「の、望っ、これ結構デカいかも。どうしよう、どうしたらいい？」

「無理に引っ張ると仕掛けが外れるかもだから、今の位置をキープしつつ、慎重に糸を巻いて上げていこうか。……俺、ちょっとタモとってくるわ」

「ビギナーズラックってやつ？　真樹、とにかく頑張れっ」

「魚も女の子も勝手に向こうからやってきてくれるのかよ、委員長ズルいぞ～。ほら、夕ちんも一緒に」

「あ、うん。真樹君、ファイトっ」

皆の声援を後押しに、俺は無我夢中で魚を引っ張り上げる。

経験者の望のアドバイスを忠実に守りながら、一メートル、また一メートルと時間をかけて海底を泳ぐ魚を引きあげていき――。

「お、簡単な餌にしては結構デカいかも。やったな真樹」

「すごい真樹っ、よく頑張った」

「う、うん。ありがとう」

使用人の方によると、釣り上げた魚は刺身でも十分美味《おい》しく食べられるそうで、初めての釣りは大成功だった。

今日の夕食は全員でカレーを作る予定なので、ひとまず今日は三枚におろすのみになるだろうが……これで明日の朝食がより豪華になってくれるに違いない。

釣り上げた魚に『お〜』と感嘆の声を上げる友人たちを見て、俺はちょっとだけ誇らしくなった。ビギナーズラックで、こんなことは二度と起きないかもしれないけれど、それでも自分の力で釣り上げたのは事実だ。

「真樹、私も隣で一緒にやっていい？　関、道具はまだ余ってるんでしょ？」

「おう。運転席のほうに人数分用意してくれてるみたいだから、やりたきゃ取ってこいよ。新田もな」

「は？　私はやるだなんてまだ一言も言ってないんですケド……ま、このままぼーっとしてもヒマだし、初心者の委員長でも釣れるんなら私もやってみっかな」

俺が釣り上げたのを見て興味が湧いたのか、それまで後ろで応援のみに徹していた海や新田さんもそれぞれ自分の分の道具を取りにいく。

負けじと俺以上の大物を釣り上げようと目論《もくろ》み仕掛けを用意している望も含めて、ちょっとした釣り対決に発展しそうだ。

……ただ一人、いつもの様子と違って浮かない顔をしている天海さんを除いて。

「真樹君」

「！　天海さん。……まだ気分が悪いんだったら、もう少し休んでてもいいけど」

「あ、心配しないで、もう全然平気だから。初めて見た時はちょっとびっくりしちゃったけど、よく見ると意外と可愛《かわい》いかなって。ほら、一匹だけなら、こうしてつまめるし」

恐る恐るといった手つきではあるけれど、先程と違い顔色はいつも通りなので問題なさそうだ。

相変わらず、天海さんは適応するのが早くて感心する。これならすぐにでも海や新田さんと一緒に釣りを楽しめそうなものだが。

「……天海さんは海たちと一緒に釣りしなくていいの？」

「えっと……うん、今日は後ろで皆のことを応援してるだけにしよっかな。それだけでも、私は十分楽しいし」

慣れてきたとはいえ本調子とまではいかないのか、明るく振る舞っていても、天海さんの顔はどこか冴《さ》えない。

いつもなら真っ先に二人の輪の中に（というか海目掛けて）突っ込んでいくと思ったが……そんな彼女の視線の先には、海と二人でギャーギャーと賑《にぎ》やかに騒ぎながら仕掛けを用意する新田さんがいて。

「あのね、真樹君。ニナちのことなんだけど」

「？　新田さんがどうかしたの」

「ほら、さっきの話。……滝沢君のこと、諦めないって」

「！　ああ、そのこと」

俺個人としてはどちらにも肩入れするつもりはないので話だけ聞いていたが、天海さん個人としては引っ掛かるものがあったらしく。

「その……滝沢君が好きだっていうニナちの気持ちはわかるし、本気なのもすごく伝わるから友達として応援してあげたいけど……やり方がちょっとイヤだなっていうか」

「……まあ、人によってはそう感じることもあるよね」

機会がやってくるのをじっと待つ、と言えば聞こえはいいかもしれないが、実際は中村さんと滝沢君の仲に溝が出来るのを待っている、所謂《いわゆる》『失敗待ち』のような状態にも見えるわけで。

仲の良い新田さんとはいえ、天海さんの性格上、中々素直に応援しにくいのだろう。

「ねえ、真樹君」

「なに？」

「恋愛って、実はすっごく難しいんだね。今まで私の中の『恋愛』って、海と真樹君の二人のことだったから、もっと単純なものとばっかり」

「……まあ、俺たちのケースはあまり参考にしないほうがいいかも」

俺と海のように初恋同士で、お互いに最も大切に想う者同士が結ばれれば一番なのだろうけれど、そう単純に行かないこともあるのが恋愛なのだと思う。

相手のことを想いすぎるがゆえにすれ違い、それ故に、好きだったはずの感情がいつしか反転して憎しみに似た感情すら抱くようにもなり。

だからこそ、予想外のことが起こったりもして。

好きな人のことを独り占めにしたい——誰かに恋をしたことがある人ならおそらく一度は想像することを願った時、恋愛はものすごくややこしく、難しいものになっていくのだと俺は思う。

「……とりあえず、一人でモヤモヤせずに、海と新田さんに正直に話してみれば？　今じゃなくても、この後の花火とか、夜寝る前とか、相談するチャンスは沢山あるはずだし」

やるなら小細工せずに正々堂々、という考えの天海さんと、多少ズルくても目標のためには手段を問わない新田さん……当然意見はぶつかり合うだろうが、モヤモヤをため込むよりはずっと建設的でいい。間に海もいるので、おそらく険悪な空気になることもない。

もちろん、後ろには俺や望だって控えている。

「そっか。……うん、そうだよね。ありがとう真樹君、私、やっぱりニナちと海と三人で話してみる」

「うん、いいんじゃない？　新田さんのことを応援するかどうかは、その時に決めれば」

友達だから、親友だからと無理に応援する必要はない。自分が支えたいと思った時にそうすればいいだけの話なのだ。


昼食後の時間を海上で釣りなどを楽しみゆっくりと過ごした俺たちは、夕食の準備のため、中村さんたちが待つ別荘へと戻った。綺麗《きれい》な海の浅瀬で泳いで、沖では初めての釣りを楽しんで――さすがの俺たちも、船から降りたころにはヘトヘトだった。

夕食の予定まではまだ少し時間があるので、一時間ほど仮眠をとったほうがいいだろう。

「――お、お帰り皆の衆。その様子だと、随分楽しんだみたいだね」

「先輩方、お疲れ様です。夕食の下準備は僕のほうで先に済ませておきましたので、皆さんはしばらく休んでください」

「ありがとう。じゃあ、そうさせてもらおうかな……ふあぁ、眠い……海、ってことでお先に失礼するね」

「うん。私もすぐ戻るから、先に寝てて。夕、私たちは先にシャワー浴びなきゃだから、もう少しだけ我慢……ああもう、ほら、私に寄りかからないでちゃんと自分の足で立つ。あと、何気に新奈も」

「ん〜、海ぃ、だっこ〜」

「朝凪、私たちもう一歩も動けないぃ〜」

「ったく、しょうがないなあ……」

シャワー室へと消えていく女子組三人を見送りつつ、俺と望は広いリビングルームのソファに寝転がった。硬すぎず柔らかすぎずの絶妙なバランスで全身を支えるソファの感触に、俺の瞼《まぶた》が徐々に重たくなっていく。

「──真樹、まだ起きてるか」

「望？　……うん、もう大分ヤバいけど」

「それは俺も。このぐらいなら部活で慣れてるから平気かと思ったけど、全力で遊ぶとやっぱり同じくらい疲れるな」

俺の隣のソファでぐったりとしている望ですらこうなのだから、むしろ俺はよく頑張ったほうだと思う。

明日になったら全身筋肉痛になるかと心配になりそうなほど、今日の俺はこれまでの夏休みの中で、ダントツで遊んだ。おそらくこれから先、この記録は更新されることなくずっと記憶の中に残り続けるだろう。

「……望、ありがとう。部活も忙しいのに、俺の誘いにOKしてくれて」

「気にすんな。俺にとってもこんだけ遊べるのはこれで最後だろうし、二日空いた分はこの後の練習でしっかり取り戻すからさ。……あんまり大きな声では言えないけど、その、天海さんの……も、バッチリだったしな」

本来一日だけだった部活休みを無理矢理《むりやり》頼み込んで個人的にもう一日延ばしてもらったそうだから、望としてもその甲斐《かい》があったということだろう。

人によっては理解しがたいかもしれないが、男子高校生にとって、好きな女の子の可愛い（しかもプライベートの）水着姿はそれぐらいの価値があったりするものなのだ。

「なあ、真樹」

「ん？」

「今日の部屋割り、もう決めたか？」

「まだこれからだけど……多分、女子と男子の二部屋ずつで分かれるのがいいかなって」

本音を言えば海と二人きりで一部屋使いたい気持ちはあるし、部屋数を考えても十分に可能だけれど、これ以上皆に気を遣わせるのも良くないので、ここはぐっと我慢だ。

「そっか。んじゃ、また寝る前にでも男同士で話そうぜ。もちろん、滝沢君も交えてな」

「いいけど、俺たち三人でもいける話題ってあるかな？　滝沢君もそうだけど、俺たちって、ものの見事に守備範囲が被《かぶ》ってないよね」

望は部活やスポーツに、俺はゲームや映画といったインドア系、滝沢君はおそらく小説やミステリといった文学系と、二人以上で深堀り出来そうな話題があまりない。

男同士ならではの話題がないわけではないけれど、そういう下世話な話を滝沢君が出来るかどうかもわからないわけで。

腹を割って色々とぶっちゃける前に、まず俺たちは滝沢君のことを知らないといけないし、俺たちのことも滝沢君に知ってもらわねば。

「……まあ、とりあえず少し寝てから考えようか。正直、もうちょっと頭が働かなくなってきた」

「……お、俺も」

絶え間なく襲う睡魔にいよいよ耐えられなくなった俺たちは、自分たちでも何を言っているのかわからない会話をいくつか交わした後、ゆっくりと意識を落としていく。

途中、誰かが俺の頭をやさしく撫《な》でているのはわかったけれど、一度眠りに入った状態の体では、身じろぎ一つすることができない。

——お疲れ様、ゆっくり休んでね。

そんな誰かの優しい囁《ささや》きが耳の奥にしみ込んでいく中、俺は夕食が完成するまでの時間まで、バッチリと寝かせてもらったのだった。

結局、二時間ほど眠りある程度元気を取り戻した俺は、俺以外の皆が作ってくれたカレーを一緒に食べて、再びリビングでまったりとした時間を過ごしていた。

夕食時にはまだ明るかった屋外も今ではすっかりと日が落ち、外から見えていた青い水平線も、一転して暗闇一色が広がっている。

遠くからわずかに波の音が聞こえるだけの、静かで落ち着いた夜だった。

いつもなら後はもう入浴して寝るだけ……になるのだが、今回ばかりはまだまだ終わらない。

物置に一時保管していたバケツ一杯の花火を抱えた天海さんが、元気よくリビングに戻ってくる。

「えへへ～、皆、準備は出来た？　いよいよ今日の夜のメインイベント、花火大会の開始をここに宣言いたします！」

「夕、宣言はいいけど、まずは砂浜に降りてからね。行こ、真樹」

「うん。花火なんていつ振りだろ、実はちょっとだけワクワクしてる」

階段や砂浜でつまずいて転んだりしないよう、海としっかりと手を繋《つな》いでから、数時間ぶりの砂浜へ。

昼間と一転して真っ暗な砂浜だが、予《あらかじ》め使用人のお二方が焚火《たきび》を用意しているので、明かりについては問題ないだろう。

砂浜に置かれた一斗缶の中で燃え盛る炎、そして夜空のほうに目をやれば月や綺麗な星々が浮かんでいて……夜の海も、こうして見ると、昼間とはまた違った良さがある。

「ねえねえ皆っ、記念すべき一発目はどれにする？　でっかい打ち上げ？　それともドラゴン？　う～、色々ありすぎて迷っちゃうな～……ねえ海、海はどれがいい？」

「一個ずつ順番にやってたら真夜中までかかっちゃうし、皆それぞれ自由に、やりたいようにやればいいんじゃない？　真樹、私たちは線香花火でもやってまったりしてよ」

「だね。派手なのも捨てがたいけど、皆がやってるのを遠くで見てるだけでもいいし」

相談の結果、それぞれめぼしいものをバケツに入れて、各々がやりたいように遊ぶことに。

天海さんと新田さん、望はドラゴンや打ち上げ花火など比較的大型で派手な仕掛けのもの、滝沢君や中村さんは手持ち花火を中心にチョイスし、色とりどりの火花を鮮やかに散らせながら、小学生時代に戻ったかのように、声を上げて楽しそうにはしゃいでいる。

高校二年生になって初めて経験する、俺がイメージしていた通りの夏休みの光景がそこにはあった。

「真樹、私たちもやろっか」

「うん。火、俺がつけるよ」

「ありがと」

別荘から持ってきたライターでそれぞれの先に火をつけ、パチパチと小さな音を立てて弾《はじ》ける火花を、二人で静かに見守る。

他の五人から少し離れて、俺たちは互いに寄り添うように体をくっつけていた。

「……綺麗だね」

「うん。……あ、花火もそうだけど、その、もちろん海も……」

「可愛《かわい》い、って？　ふふ、ありがと。まだちょっと不自然だけど、真樹も少しは気の利いたこと言えるようになってきたじゃん。……花火やってなきゃ、勢いでキスしてあげたのに」

「それは惜しいことをしたかも……ふふっ」

こっそりと笑い合いながら、出会って以来初めてとなる花火を二人でしっかりと楽しむ。

派手さはないけれど、俺にはこちらのほうが性に合っている気がする。

……まあ、結局は海さえ隣にいてくれればなんでもいいのだろうけど。

「あのね、真樹」

「……うん？」

「さっき真樹が寝てた時に、夕と新奈と三人で話したんだけど」

「……うん」

おそらく先程天海さんが俺に話してくれた件についてだろう。俺がリビングのソファで呑気《のんき》にぐーすかと寝てる間に、天海さんはしっかり自分の思いを二人に伝えていたらしい。

「私はね、この一泊二日のプチ旅行をきっかけに、中村さんと滝沢君……あの二人の関係が少しでも前に進んでくれればいいかなって思って、それで急遽《きゅうきょ》誘ってみることにしたの。どう考えても両想《りょうおも》いなんだから、これをきっかけにくっついてくれれば……って。ほら、ウチの兄貴と雫《しずく》さんの時みたいに」

「……なるほど、それで」

海にしては珍しい急な予定変更だったが、その行動の裏には、先日の里帰り旅行でのことがあったようだ。

陸《りく》さんと雫さんの二人の想いが通じ合った瞬間は、今も俺と海の記憶と心にしっかりと刻み込まれている。思わず目頭が熱くなるほど、感動的な場面だったのは間違いないけれど。

今回はそれが、結果的に余計なお節介へと繋がってしまったのだ。

「でも、中々上手《うま》くいかないもんだね。私はただ中村さんに素直になって欲しいって思ってただけなのに、いつの間にか新奈にも、夕にも嫌な思いさせるようなことしちゃったんだ——って気づいて。だからちょっとだけ、凹《へこ》んじゃったというか。あ、喧嘩《けんか》とかにはなってないから、そこは安心していいけど」

「うん。でも、そっか……上手くいかなかったか」

「……うん。私は真樹みたいにはできなかった」

海が言い終わった後、それまでパチパチと火花を散らしていた線香花火が大人しくなり、あっという間に地面に落下して消える。

「……真樹、ちょっと甘えてもいい？」

「うん。はい、どうぞ」

「ありがと」

俺が軽く両手を広げると、海がすぐに俺の胸に顔を埋《うず》めてくる。

最近は俺が海に甘えてばかりだったので、こういう時は俺がしっかりとして、海のことを包み込んで、支えてあげないと。

「……いいよね、私は。いつでも真樹が側《そば》にいてくれるし、何か落ち込むことがあってもこうして慰めてもらえるんだから。……ズルいのはわかってるけど、でも私、どうしても真樹に甘えちゃう。やめられなくなってる」

「それは……まあ、別にいいんじゃない？　そういう時に甘えられて、なんでも打ち明けられる人がいるのは悪いことじゃないし、ズルくだってないよ」

俺の経験上、一人で悩み事を抱え込むと心身ともに悪影響が及んでしまうので、家族でも友達でも、信頼できる人がいれば相談するべきだ。

もちろん、以前までの俺のように一人で抱え込まなければいけない人たちもいるだろうし、むしろ、そちらのほうが数は多いのかもしれないが、だからと言って、そちらを基準に考える必要もない。

多分だが、人はもっと誰かに甘えてもいいのだ。家族でも友達でも、時には迷惑をかけることだってあるだろうけれど、その時は、甘えた分だけお返しすればいい。

海と『友だち』になってからの数か月、色々な人との出会いを経て、俺はそう学んだ。

「大丈夫。海は自分なりに頑張っただけで、何も悪いことなんかしてない」

「……ほんと？」

「うん。俺が保証する。……俺みたいなヤツの信用があってもしょうがないかもだけど」

「そんなことない。真樹がそう言ってくれるなら、私はもう安心。……えへへ」

安心して体の力も抜けてきたのか、海の甘え方が少しずつ変化してくる。ぴったりと密着するように俺の背中に両手を回して、まるで人懐っこい犬のように、首元に頰《ほお》をこすりつけるようにして俺の匂いをくんくんと嗅いでくる。

それに負けじと、俺も海の腰に手を回してしっかりと抱き寄せ、くしゃくしゃと頭を撫でてあげる。時折くすぐったそうな声を上げているが、その表情はとても気持ちよさそうだ。

「……海、まだ花火残ってるし、そろそろ続きやろっか？」

「ふふ、だね。あ～あ、もしここで二人きりだったら、私、今ならどんなことでも許しちゃったかもなのに」

「それは残念。……じゃ、火つけるよ」

「うん。まだいっぱい残ってるし、私、贅沢《ぜいたく》に二本使っちゃお」

「それいいね。じゃ、俺も」

お互いの頰に口づけを交わした後、元のポジションに戻った俺たちは残った花火を楽しむべく、次々に火をつけていく。

線香花火としてはあまり風情のない楽しみ方だが、俺たちの両手でパチパチと賑《にぎ》やかに火花を散らす光景も、それはそれで綺麗《きれい》で悪くないと思う。

そして、向こうで派手に花火を消費している他の皆のほうも。

「ようし、そろそろ皆にこの中村の花火の楽しみ方というヤツを教えてしんぜよう。まず、手ごろな空き缶の中にロケット花火を数本差し込んで——」

「澪先輩、それ以上は悪ふざけが過ぎるし、危ないのでやめておきましょうね？」

「ねえねえニナち、見て見てっ。おりゃ〜、火炎放射器〜」

「おっ、夕ちんやるね。関、ほら、ぼさっとしてないで私のにもつけてよ。アンタの仕事でしょ？」

「ったくしょうがねえなあ……おい真樹、あんまりそっちで朝凪とばかりイチャってないで、こっち来て手伝ってくれ。そろそろデカいヤツ打ち上げるから」

「あ、はいはい。……海、皆呼んでるし、行こうか？」

「うん。でも、夕たちと一緒にいるの、まだちょっとだけ気まずいから、側にいてもらっていい？」

「もちろん。俺で良ければ、いつでも壁になるから」

「ありがと。……へへ、やっぱり私ってズルいなあ」

心なしか冷たかった海の手も、俺がしっかりと握ってあげることによって、徐々にいつもの温《ぬく》もりを取り戻していく。

最近では何をするにも五人一緒の俺たちでも、仲良くなるほどこういった意見のぶつかり合いやすれ違いも起こっていくだろう。上辺だけの付き合いでなく、きちんとお互いの考えを知って、話し合って、より深く理解して絆《きずな》を深めていく——きっと、今の俺たちはその道半ばにいるだけなのだ。

だから、寝て起きて朝になれば、またいつも通りの俺たちでいられるはずだ。

そこから一時間ほどかけてバケツに入っていた大量の花火をほとんど遊び尽くし、ようやく別荘地での一日目の予定のほとんどを消化し終えた俺たちは、それぞれに割り当てられた部屋へ。

部屋割りについては、やはり無難に男子組三人と女子組四人。もちろん、俺と海だけ一緒の部屋という特別扱いはない。

何気に最後まで葛藤したのは、ここだけの秘密だが。

「は〜、今日は……マジで遊んだなあ……」

遅めの入浴を終えてベッドに倒れ込むと、今日一日の疲れがどっと全身に押し寄せてくる。仮眠はとっていたものの、一、二時間では気休めにしかならない。なので、明日に疲れを残さないためにも睡眠をとらなければ。

……というのはわかっていても、今日はまだもうちょっとだけ夜更かしをしたい気分だったり。

「この三人ではもちろんだけど、何気に俺と真樹もこうして一緒に寝泊りすんのは初めてだな。修学旅行みたいで、ちょっとワクワクするかも」

「それは俺も。……修学旅行、行ったことないけど」

「え？　前原先輩、修学旅行行ったことないんですか？　あ、もしかして、運悪く病気とか怪我《けが》だったとか……」

「いや、いたって健康体だったけど。……ちょうど父さんの転勤のタイミングに重なっちゃってさ。そういえば、滝沢君にはこの話初めてだったね」

滝沢君なら言い触らすことはないだろうということで、事情を知っている望に補足してもらいつつ、ここまでの経緯を軽く説明させてもらうことに。

両親の離婚など、家庭の事情についてはオブラートに包んで話したわけだが、俺と望の微妙な空気を察したのか、あまり深く詮索することもなく、ただ真剣な表情で耳を傾けてくれた。本当に出来た後輩である。

「……なるほど、そういうことだったんですね。すいません、僕、そんなことも知らずに、先輩に失礼なことを」

「大丈夫。もう全部終わったことだし、今はこうして皆に良くしてもらって平和に日々を過ごしてるから。……詳しく聞きたいなら、もう少しだけ話してもいいけど？」

「それはさすがに……あ、ではその代わりと言っては何ですが、僕の身の上話を聞いてもらってもいいですか？　中学時代の話、になるんですけど」

中学時代だから、おそらく中村さんと出会ったときのことや、豆粒（中村さん談）だったころから一変して誰もが振り返るような甘いマスクへと成長したことについての話になるのだろう。

中村さんの中学時代からの後輩、という以外、その他のほとんどの情報はベールに包まれている滝沢君の過去——確かに俺も望も気になるところではあるが。

「望、どうする？」

「いいんじゃね？　タキのことは俺も気になってるし、本人が話したくないことまで無理に話させせようとしなきゃ」

「じゃあ……え？　望、今、タキって言った？」

「おう。お前が彼女とよろしくやってる間に、俺たちもそれなりに仲良くなってさ。なあ？」

「はい。あ、前原先輩もお好きなように呼んでいただいて構いませんよ。君付けより、そっちのほうが親しみやすいですから」

海と一緒の海水浴ということですっかり忘れていたが、新たに仲の良い同性の友人を作るという目標も頭の片隅に残しておかなければ。

……正直に白状すると、先程までずっと頭の中は海のビキニ姿や、海に関する様々なことでいっぱいだったり。

油断すると、すぐに海のことしか考えられなくなるのは俺の良くない所かもしれない。

「——では、本題に入りますね。まず初めに、先輩方に見てもらいたいものがあるんですが……」

「「??」」

おもむろにポケットからスマホを取り出した滝沢君が、俺たちに向かってとある画像を見せてくる。

　そこに写っていたのは、二人の男女。いつ撮影したものかは不明だが、黒縁眼鏡をかけた背の高い女の子と、背が低く、とても気弱そうな容姿の少年だった。

「もしかして、これって——」

「はい。お祭しの通り、中学時代の僕と澪先輩です。僕が一年で、先輩が二年生の時ですね」

　中村さんは中学時代から変わらず中村さんといった風貌だが、滝沢君に関しては、今の姿と較《くら》べると、まるで別人のように感じる。

　身長は中村さんの肩あたりまでしかなく、長い前髪＋俯《うつむ》き加減で、表情の半分以上が隠れてしまっている。

　この男の子が、ものの二、三年で、今、俺のすぐ隣のベッドに腰かけている美少年に変貌を遂げるとは……きっと中村さんも、彼と久しぶりに再会した時は、驚いたことだろう。

「この写真は、僕にとっては宝物なんです。背が低くて、体も弱くて性格も卑屈だった自分とも分け隔てなく、あの調子でフランクに接してくださって……初めて学校のことが好きになるきっかけになりました。……先輩が初めてだったんです。僕の存在を、初めからきちんと認めてくださったのは」

　ミステリ小説と思《おぼ》しき本が沢山収まっている本棚をバックに、当時の滝沢君と肩を組んでピースしている中村さんの様子は、これまでと変わらず楽しそうだ。

時と場合によっては反感を買うこともある中村さんだけれど、人によって態度を変えることが全くと言っていいほどないので、そういう意味では当時の滝沢君はとても救われたのだろう。

詮索はしないが、きっと、それまで寂しい思いをしていただろうから。

「……滝沢君は、中村さんのことが好きなんだね」

「はい。先輩として、会長としてもそうですし、もちろん一人の女性としても好きです。俺が今こうしていられるのも、澪先輩に少しでも男として見てもらいたいって、その一心で。……でも、あまりにも変わりすぎて、色々な人に言い寄られることになるとは思いもしませんでしたけど。中には迷惑なこともありましたし」

「マジかよ……お前、色々と苦労してるんだなあ。タキ、ここだけの話、入学してから今までどれくらい……その、女の子からアプローチを受けたかは……」

「そうですね……お手紙をもらったり、直接告白されたことだけに限定すればそう多くないですけど、連絡先をしつこく訊《き》かれたりとか、ブロックしても友達経由でお誘いのＤＭが来たりとか、そういうのも含めると正直うんざりするぐらいは……あはは」

どうしても人目を引いてしまう容姿だから仕方のない部分もあるだろうが、まだ入学したばかりの一年生に『うんざり』と言わせてしまうのは良かろうはずもない。

彼女がいるから、というもっともらしい理由があれば、滝沢君もきっと断りやすくなるのだろうが。

「あの、先輩方に相談なんですが、ここからどうやって澪先輩との距離を詰めたらいいんでしょう？　今日は俺も結構頑張ったつもりなんですけど、いざ気持ちを思い切って伝えようとしても、その度にのらりくらり躱《かわ》される感じで……」

夕食前の時間や先程の花火の間など、二人きりかついいムードになれそうな機会はいくつかあったはずだが、滝沢君的には満足いく成果は得られなかったらしい。

海も話していた通り、二人が両想《りょうおも》いなのはほぼ間違いないし、きっかけ一つで一気に『先輩後輩』→『恋人』へと関係性が変わるはず。

……中村さんの中で、踏ん切りがつかない何かがあったりするのだろうか。

もしくは、ただ単純にものすごく鈍いだけか。彼女ならありそうな気もする。

「そうだな……真樹、お前はどうすればいいと思う？」

「え、俺？」

「そりゃそうだろ、この中で唯一の彼女持ちなんだから。……難しいっていうんなら、俺がアドバイスするしかないけど」

「……それはそれで良くないかも」

可愛《かわい》い後輩のためになんとかしてやりたい気持ちはあるけれど、女子との交際歴が無しの望と、彼女がいるとはいえ、明らかに運や巡り合わせに恵まれた感のある俺……勉強やスポーツに関することならある程度カバーできるだろうが、他人の恋愛について口出しできるほどの経験は、今の俺たち二人にはない。

……海にものすごく相談したいが、女子部屋の状況は今どうなっているのだろう。

滝沢君と望にいったん断りを入れてから、俺は彼女へメッセージを入れてみることにした。


『（前原）海』

『（朝凪）ん、どした？』

『（朝凪）もしかして、私の肌が恋しくて眠れないとか？』

『（前原）　もう、こんな場所でも真樹は甘えん坊だなあ』

『（前原）　……恋しいのは認めますけど、今はその話ではなく』

『（朝凪）そうなの？　で、なに？』

『（前原）中村さんって、今どんな感じ？　部屋にはいるよね？』

『（朝凪）中村さん？　もう寝てる……かな。多分だけど』

『（前原）多分？』

『（朝凪）うん』

『（朝凪）ついさっきまで四人で喋《しゃべ》ってたんだけど、恋バナっぽい話になったら、いつの間にか布団に潜り込んじゃって』

『（朝凪）呼びかけても、いつも十一時には寝るようにしてるからって』

『（朝凪）今、わざとらしくいびきをかき始めました』

『（前原）　なるほど』

　真面目なのか、はたまた自分に関する恋バナから逃げたいだけなのか。

　……おそらく後者なのだろうが、ともかく寝ているのなら、海にも相談に乗ってもらう絶好のチャンスだ。

「滝沢君、このこと、海に話してもいいかな？」

「特に問題ないですが……どうするかは前原先輩と朝凪先輩にお任せします」

「ありがとう。じゃあ、海にも話してみる」

　相談者本人の了承も得られたので、ひとまず海にこちらの部屋へ来てもらうようお誘いしてみることに。


『（前原）　相談したいことがあるんだけど、今から男子部屋のほうまで来れる？』

『（朝凪）　えっち』

『（前原）　このやりとりも随分とお馴染《なじ》みになりましたなあ……って、そういうことじゃなくてですね』

『（朝凪）　ふふ、大丈夫だよ。内容はなんとなく想像できてるし』

『（朝凪）　相談者は滝沢君でしょ？』

『（前原）　ご明察。さすが』

『(朝凪)　えへへ。まあ、こっちもさっきまで似たような話してたわけで』

『(朝凪)　ともかくそっちに行くのは大丈夫だけど、夕も一緒に連れてって平気かな？今もずっと私にベッタリしてて離れる気配がないの』

『(前原)　天海さんなら大丈夫。新田さんは……どうしようかな』

『(朝凪)　新奈は……あまり聞きたくない話かもだし、中村さんの側《そば》にいてくれるようお願いしてみる』

『(朝凪)　監視役ってことで』

『(前原)　そうだね。ごめん、海。迷惑かけちゃって』

『(朝凪)　気にしないで』

『(朝凪)　じゃあ、今から準備するから十分後ぐらいに』

『(前原)　よろしくお願いします』


海と天海さんがこの部屋に来ることを同室の二人にも伝えて、そわそわとすること、約十五分。

コンコン、と控えめにドアをノックする音が聞こえてきた。

「来たみたいだね。……望、一応確認だけど、入れて大丈夫？」

「お、おう」

天海さんがこの部屋に来る、との話を聞いてから、望はずっとスマホのカメラで前髪や眉毛などをしきりに気にしている。

いつも学校では一緒にいることの多い俺たちだが、今回は場所が場所なので緊張するのだろう。

俺も緊張はしていないけれど、この時間に海が来てくれるということで、内心は気分が弾んでいたり。

「——いらっしゃい。俺のベッド空けたから、二人はそっちに座って」

「うん。……滝沢君以外はいつものメンツだけど、この時間だからちょっと変な気分」

「えへへ、夜分遅くに失礼しま～す。うわあ、ここが男子組のお部屋……間取りとかはほとんど同じだけど、匂いとかがやっぱり違うかも」

後は寝るだけだったようで、海と天海さんは寝間着に着替えている。海は俺と同じで安物のTシャツに下はゆったりとしたサイズ感のグレーのスウェット、天海さんは薄いピンク色の、可愛い花柄があしらわれたパジャマだ。

女子組二人の登場で、それまで男臭かった部屋に、ほのかに甘い香りが漂い始めた。

そして望の動きが、妙にぎこちない。

「滝沢君も、こんばんは」

「どうもです、朝凪先輩に天海先輩。……すいません。俺なんかのために、夜分遅くにわざわざ来てくださって」

「滝沢君、それは言いっこなしだよ！　んふふ～、海以来の久しぶりの恋バナ……夜中だし、なんだか自然とテンション上がっちゃうね」

「夕、言っておくけど、真剣な話なんだから相談はきちんと乗ってあげなね」

「もちろん。恋愛のことは……付き合った経験とかないし、まだよくわからないけど、告白される女の子の気持ちとかはお話しできるはずだから」

ぐふっ、と俺の隣にいる望が唐突な不意打ちで苦しんでいるが、相談が終わるまでは我慢していて欲しい。

まずは滝沢君から、先程の話を海たち二人にも話してもらい、ある程度理解してもらったところで本題へ。

「なるほどね……こんないい子を困らせるなんて、中村さんも意外に罪作りな人だ」

「でも、中村さんの気持ちもちょっとだけわかるかも。滝沢君ってすごく格好《かっこ》いいから、近すぎると緊張しちゃうんじゃないかな？　ニナちと同じなんだよ、きっと」

「……では、決して嫌われているとか、鬱陶しく思われているわけではない、と」

「うん。それについてはクラスメイトの私が保証してあげる」

「そ、そうですか。……よかった」

海の言葉に、滝沢君が安堵《あんど》の表情を浮かべている。

二人きりの時に何を言われたのかはわからないけれど、少しでも突き放されることを言われたりすると、何か嫌われるようなことでもしたか、と余計な心配を抱え込みがちだ。

そうして、今の関係を大事にしすぎるあまり、あと一歩を踏み出す勇気が持てなくなってしまう。

先日、似たような話に遭遇したばかりだ。

「う〜、甘酸っぱいというか、じれったいというか……でも、どうして中村さんはどっちつかずな態度をとってるんだろ？　好き同士なんだから、海と真樹君みたくちゃちゃっとくっついちゃえばいいのに。『好きだよ、海』『嬉《うれ》しいっ、私も好きだよ、真樹』みたいな感じで二人は熱いキスを……キャ〜っ」

「……夕、変な寸劇始めるのやめてくんない？　事実とも大分異なってるし」

「え？　そうだったかな……俺の記憶ではわりと似たような感じだったと……」

「真　樹　？　」

「……えっと、やっぱり違ったかな。天海さん、捏造《ねつぞう》はその、良くないと思います」

たった二文字で有無を言わさぬ圧を出す海と、それに素直に従う俺。

付き合い始めて半年とちょっとだが、彼女の尻に敷かれるこの形が、高校生の時点で完全に板についている。

「俺たちのことはいいとして……えっと、滝沢君、俺個人の考えとしては、やっぱり今の気持ちを正直に伝えたほうがいいと思う、かな。中村さんのことは関係なく、滝沢君自身のために」

「僕のために、ですか？」

「うん。中村さんの気持ちを大事にしたいのもわかるけど、それで滝沢君が余計に悩んだりする顔を、俺は見たくないし」

中村さんの気持ちを尊重するのも大事だけれど、それでも優先すべきは滝沢君自身の心だと俺は思う。

告白するにもタイミングや心の準備がいることは、俺も経験がないわけではないから理解はできる。俺も海に対する恋愛感情を自覚し、実際に告白するまでには一か月以上かかっているから、上から偉そうに物を言う立場ではないことも。

でも、あまりに好きな気持ちを抑えたままなのは、やはり精神衛生上良いとは言えない。

俺だって、もし去年のクリスマスに海に告白できずにそのまま有耶無耶《うやむや》にしていたら、どうなっていたか。

「以前にも似たようなこと言ったんだけど……好きな人と恋人同士になるのは、やっぱりすごくいいよ。……あまり人前で言うようなことじゃないけど、友達同士じゃできないことだって、その、色々とできるし」

「ねえねえ海さんや、真樹君はああ言ってますが、実際のところどうなんでしょ？」

「ノ、ノーコメントっ」

とばっちりで恥ずかしい思いをさせてしまって海には申し訳ない気持ちだが、陸さんにも似たようなことを言った通り、これが俺の本心だ。

友達関係のままでもそれなりに楽しいけれど、もしお互いに両想いなら、恋人関係のほうがもっともっと楽しいし、幸せな気持ちでいっぱいになる。

「……真樹には後でお説教するとして、気持ちをストレートに伝えるっていうのには私も賛成かな。タイミングだのその場の空気がどうとか言われることも多いけど、本当に好きな人だったら、割とそんなの関係ないし」

「私も海と同じかな。いきなりだったらビックリしちゃうかもだけど、今回はそういうわけでもないんでしょ？　なら、きっと中村さんも喜んでくれる……あれ？　関君、どうしたの？　もしかして眠くなっちゃった？」

「あ、ああ。ちょっと目の前の現実に耐えられなくなってきたというか……」

「??」

天海さんの言葉に望が再びダメージを……と思ったら、すでに限界を迎えていたのか、俺の背後で寝転がるようにして仰向《あおむ》けに倒れている。

……もう虫の息だ。なんて可哀想《かわいそう》に。

「先輩方のお話はわかりました。……そうですね、やっぱり好きなら色々考えずに、とにかく真っすぐ気持ちを伝えたほうがいいのかもしれませんね。でも、どうしたら先輩にその気になってもらえるのか……こういうのは早い方がいいんでしょうけど」

滝沢君の言う通り、決心が鈍らないうちに決着をつけたほうがいい。今すぐ、である必要はないけれど、少なくとも夏休みが終わるまでには。

「……それについては、一応俺に考えがあるんだけど」

「え？　本当ですか？」

俺の言葉に、滝沢君が期待するような眼差《まなざ》しになる。

現在寝たふり状態の中村さんをベッドから引っ張り出し、かつ、彼女の興味を引きそうな口実が一つだけある。

夏の季節には定番で、しかもこの真夜中の時間帯だからこそ、中村さんが飛びついてきそうなイベントが。

「……あのさ皆、あともうちょっとだけ就寝時間を遅らせてもらうことはできる？」

俺の問いかけに、その場の皆もなんとなく察してくれたようだ。

海水浴にバーベキュー、クルーザーで沖に出て釣りと、別荘での夏を十分に満喫した俺たちだが、まだ一つだけ行っていない場所があることを忘れてはいけない。

別荘の裏手側に広がっている山の頂上付近にあるという、小さな神社――。

そこに、これから皆で行ってみないかと、俺は提案しているのだ。


もうすぐ日付が変わろうかという深夜、準備もそこそこに別荘から出た俺たち七人は、建物のすぐ近くにある鳥居の前に集まっていた。

「……あのさ、海」

「ダメです」

「まだ何も言ってないって」

「やっぱり肝試し中止って言いたいんでしょ？　……確かに『出そう』な雰囲気はめっちゃ感じるけどさ」

懐中電灯で照らした先にあるのは、頂上まで続く長い石段と、暗闇の中でも存在感のある真っ赤な鳥居だった。どうやらお稲荷《いなり》様を祀《まつ》っている神社らしく、鳥居の両サイドには小さく可愛《かわい》らしいお稲荷様の像が鎮座している。

外出前に同行中の使用人の方に話を聞いたが、この地域ではパワースポットとして有名な場所とのこと。

普通にお参りするだけなら、昼夜問わず問題ないはず——とその人は言っていたものの、正直、ちょっとだけ後悔していたり。

「ねえ夕、ここって紗那絵たちと来たことあったっけ？」

「うん。でも、その時は確か朝のお散歩で、この時間は一度もなかったと思うなあ……私と茉奈佳ちゃんで誘ってはみたけど、紗那絵ちゃんと海の二人が怖がっちゃって」

「……そうだったっけ」

「うんっ！」

「すっごいイキイキした顔で肯定するじゃん……」

「えへへ～」

親友である海との初めての肝試し＋深夜テンションで、天海さんは今日一番ともいえる笑顔を振りまいている。

そして、つい先ほどまで寝ていた（らしい）人も。

「ほう、ここが地元に伝わる曰《いわ》く付きの稲荷神社というわけか……人気のない深夜、わずかな月明かりのみが照らす本殿の奥で見つかる謎の遺体と、現場に残された謎のメッセージ……これは呪いか、それとも――」

「……澪先輩、ミステリ好きの血が騒ぐのはわかりますけど、色々と捏造するのはやめましょうね」

海たちが部屋から出ていった後、新田さんの前でも狸《たぬき》寝入りを続けていた（らしい）中村さんだったが、俺の予想通り、肝試しの提案が出た途端、

『――やっぱり眠れないから付き合うよ！』

と、現在の天海さんばりに目をキラキラと輝かせてベッドから飛び起きたのだ。

まんまと話に乗ってきてくれたのはよかったけれど、このままだと単純に肝試しをするだけで終わってしまいそうな。

……もちろん、そうならないように頑張るつもりだが。

「それじゃ、今からペア決めのくじ引きをやっていきます。……赤、白、黄色でそれぞれ二本ずつあるから、同じ色を引いた者同士で組んで、頂上でお参りと、あとはおみくじもあるらしいから、それも一つ持って帰ってくること」

「ねえねえ委員長、それだと一人あぶれる感じになるけど、その場合はどうすんの？　留守番？　それとも一人で？」

「一人で……って思ったけど、さすがにそれは可哀想だから、色なしの一本を引いた人は好きなペアに入れるってことにしようか」

……そうじゃないと、もし俺が一人になった時に耐えられそうにないから。

リスクマネジメントは大事だ。

その後、俺が割り箸で作った即席のくじ引きでペア決めが行われ、

1番目　前原、中村組
2番目　朝凪、天海組
3番目　滝沢、新田組

となった。色なしを引いた望は、色々と悩んだ結果、俺と中村さんのペアに加わることにしたらしい。

「……真樹と一緒がよかった」

「ふふ、ごめんね朝凪ちゃん、前原氏の初めてもらっちゃって」

「中村さん、言い方」

「……真樹のうわきもの」

「く、くじ引きだから……」

俺も出来れば海とペアがよかったけれど、くじ引きに関しては『ある程度』イカサマな

しでやったので、この結果は仕方がない。

……海もそのことはわかっているはずなのだが。

「えっと、それじゃ……海、先に行ってくるね」

「……真樹、戻ってきたら今度は私とね」

「俺だけ二往復？　……まあ、前向きに考えますけど」

四人を残して、俺・望・中村さんの三人は、懐中電灯の明かりを頼りにゆっくりと石段を登っていく。

「残念だったね、男子諸君。それぞれ意中の女の子ではなく、こんな変わり者で」

「まあな。でも、そっちだって似たようなもんだろ」

「ふふ、さて、どうかな？　ね、前原氏？」

「……中村さん、悪ふざけはその辺にしてもらえると」

俺たちの姿はすでに他の四人からは見えないはずだが、なぜか背後からの『圧』をひしひしと感じるような。

……やはり、くじ引きでなく話し合いでペアを決めたほうがよかったか。

中村さんも、なんとなく俺たちの意図には気付いていそうだし。

やっぱりここは俺らしく、ずばり切り込んでしまおう。

「――中村さん」

「ん、なんだい？」

「さっき、滝沢君から相談されたんだけど」

「……なにを？」

「中村さんって、滝沢君のことが嫌いなの？」

石段を踏みしめながら、何気ない口調で発した俺の一言に、中村さんの足が止まる。

「…………ふふ、前原氏ぃ、大人しい顔して中々意地悪な質問するじゃないか」

「俺が大人しいのは学校だけで、普段は割とこんな感じだよ。……それで、どうなの？」

「……………ふふ」

少し間があってから、中村さんは諦めたように苦笑する。

「あの子のことは、嫌いじゃないよ。……いや、この答えはちょっとだけズルいか」

「それじゃあ――」

「うん。まあ……好きだよ。ちゃんと」

ちゃんと。つまり、滝沢君のことを異性として意識しているということだ。

滝沢君は中村さんのことが好きで、中村さんも滝沢君のことが好き。

……両想《りようおも》いなのに、なぜか二人は微妙にすれ違っていて。

「ちゃんと好きだけどさ……でもほら、私にもその……都合、そう、都合ってもんがあるんだよ。将来のこととか、勉強のこととか色々。前原氏だって、朝凪ちゃんと恋人になるまでに紆余曲折《うよきよくせつ》あったろ？」

「いや、俺たちはそんなに……二学期から友達としてスタートしたはずなのに、冬休みには海の家で寝泊りしてたから。年末年始ずっと」

「すまない、どうやら質問の相手を完全に間違えたみたいだ」

俺と海のケースでも、『両想い→恋人』まで多少期間はあったけれど、その間も『恋人付き合いを前提としたお友達関係』だったので、今の中村さんのような『好き避け』みたいな状態はなかった。

「と、とにかく私も私で考えがあるんだから、今はそっとしておいておくれよ。その時が来たら、ちゃんとあの子の気持ちも受け止めるつもりだから」

「その時……って、具体的にはいつ？」

「で……できれば近いうちに……いや、私が卒業するまでにはっ」

そう言って、中村さんは俺と望の二人を置いて、二段飛ばしでさっさと階段を上がって行ってしまう。

「卒業まで……って、それじゃ中学の時と一緒にならねえかな」

「……俺もそう思う」

ただ、中村さんの慌てようから察するに、『先輩後輩』と『恋人』の間で気持ちが揺れている気もする。

さて、残された海たちは上手《うま》くやってくれているだろうか。

その後、先に行った中村さんになんとか追いついた俺たちは、三人で一緒にお参りを済ませ、ついでにおみくじ（一回十円。結果は小吉）もきちんと引いて、下り用の坂道をゆっくりと歩いていく。

「まったくもう、こんなことになるんなら、そのまま寝たフリしてればよかった……皆してなんだい、総司の味方ばっかり……私だってそりゃ……、……」

そして、中村さんもこんな感じで、俺たち二人から微妙に距離を取って、不満そうな顔でぶつぶつと呟《つぶや》いている。

……彼女の言う通り、やはりやりすぎてしまったか。しかし、こうでもしないと、いつまで経《た》っても先輩後輩の関係から進んでいかないような気もするし。

つい先日の『幼馴染《おさななじみ》』もそうだが、あまりに親しい関係が長く続きすぎるのも、それはそれで弊害があるということか。

「！　あ、ねえ海、真樹君たち帰って来たよ。おーい、三人ともお疲れ様～。おばけ、どうだった～？」

「残念ながら特に何も……天海さんたちは？」

「私たちはずっとお喋《しゃべ》りしてたから……ねえ総司君、さっき四人で一緒に撮った写真あったでしょ？　どうだった？」

「あ、えーと……ん～……」

「滝沢君、夕のためにそこまで頑張って探さなくていいからね」

「ねえ総司、私にも見せて。……お、なかなかいい感じに決まってんじゃ～ん」

どうやら待ち時間の間にすっかり打ち解けた四人組だったが、そんな彼女たちを不機嫌そうに眺める女の子が一人。

「は？　……総司君？　四人で？　一緒に撮った写真？　いい感じ？　呼び捨て⁉」

確認するように、中村さんは先程の会話から気になったワードをピックアップして繰り返している。

まず天海さんを見て、海を見て、それから新田さんと順番に視線を動かし、最終的には三人に囲まれている滝沢君を見て。

「……ちっ」

そして、俺たちにも聞こえるほどの大きな舌打ちを一つ。暗いこともあり表情を詳しく窺《うかが》い知ることはできないけれど、どう見ても機嫌を損ねているのは明らかだ。

どうやら、こちらの四人も、仲良し演技の加減を間違えたようで。

「さてと、次は私と海の番だね。海、どうする？　真樹君にはごめんなさいだけど、怖いから付き合ってもらおっか」

「うん。真樹、怖い、私たち、付き合え」

「なんで急に片言風に……まあ、海がそう言うなら付き合うけど」

これだとくじ引きの意味がないような気もするが、本来の目的は果たしているので、後は正直適当でも特に問題ない。

ぼーっとしていると、いくら滝沢君でも他の女の子になびく可能性はゼロではない――そう、中村さんに少しでも危機感を持たせさえすれば。

「なんだよ総司のヤツ、私以外の女の子と楽しそうにしちゃって……天海ちゃんとか新田ちゃんとか、結局可愛《かわい》いが正義かよ。……これじゃ張り切った私がバカみたいじゃんか……バカ……」

もちろん、いじけさせてしまった分は、しっかりと後でフォローするとして。

色々な感情が入り混じる中、俺たちの夏の夜は、ゆっくりと過ぎていく。

間章　迷子の私

※※※

「おか〜さ〜ん。ね〜、おか〜さ〜ん」

夏休みが始まって一週間ほど経《た》ったある日のこと。

私は家のどこかにいるはずのお母さんのことを探していた。いや、探しているというか、呼んでいるという表現のほうが合ってるかもしれない。自分から家の隅々を探さなくても、リビングあたりで大きな声を出していれば、お母さんのほうからやってきてくれるのだ。

幼い頃の私は泣き虫で、何かにつけてはわんわんと泣いていた。家でひとりぼっちの時、初めての幼稚園で仲のいい友達を中々見つけられなかった時、買い物ではぐれて迷子になった時。

そんな時、優しいお父さんとお母さんは、すぐに飛んできて私のことを抱きしめてくれた。

ごめんね、寂しかったね——そう言って私をだっこして慰めてくれる。

嫌な顔一つ見せず、私のことを甘えさせてくれて。

それが、嬉《うれ》しかった。

物心がつき、仲の良い友だちも出来るにつれ、泣き虫はいつの間にか引っ込んでくれたけれど、甘えん坊なところだけは相変わらずで、家にいる時だけ、たまにこうやってわがままなお姫様のように振る舞ってしまう。

親友が私のことを『お姫様』と表現することがあるけれど、それは強《あなが》ち間違っていなかったり。

「なあに、夕《ゆう》？　随分とおめかししてるけど、もしかしてデートとか？」

「デートのほうが良かったの？　でも残念。外出はするけど、相手はニナちだよ。これから一緒に誕プレ買いに行くだけ……まあ、途中で遊んだりはするだろうけど」

「でしょうね。……お金は、足りるわけないわよねえ」

「えへへ～」

天海家には毎月のお小遣い制度はないけれど、お母さんが必要だと判断してくれれば、ちゃんとお金を出してくれる。

もちろん、使い過ぎたら怒られるので、無駄な出費はしないよう気を付けている。

……なるべく、だけど。

「でも、誕生日プレゼントって、誰の？　海《うみ》ちゃんは四月だし、新田《にった》さんだってまだ誕生日は先だったような……」

「あ、誕生日っていうのは真樹《まき》君の、ってこと。来週の登校日がちょうどその日だから、早めに選んじゃおうかなって」

「ああ、あの子。……当日はどうするの？　海ちゃんの時みたくリビング使うって言うんなら、私も準備しておかないと」

「あ、ううん。その日は皆でカラオケに行こうって約束してるから、誕生日会もそこで一緒にやるんだ」

本当は海や私の時みたいに、大きなケーキで盛大にお祝いしたかったけれど、主役である真樹君の希望で、私たちも交えての『一次会』はカラオケで遊ぶのみになった。

一次会、ということは当然その後の二次会もあるわけだが……その詳細を知っているのは、真樹君と、その恋人である海の、たった二人だけ。

つまり、私たちは蚊帳の外というわけで。

……まあ、何をするかは、経験の乏しい私でも、大体想像できる。

当日の夜に繰り広げられるであろう光景をつい想像して、か～っと頬《ほお》が熱を帯びるのを感じた。

「？　どうしたの夕、顔真っ赤だけど……何か冷たいものでも出そうか？」

「あ、えっと……それは大丈夫、です」

とびきりアツアツな二人のおかげで、私もすっかりおませさんだ。

もう高校二年生だから、そのぐらいは普通なのだろうけど……そうなるきっかけが私の身近にいる親友となると、なんだか生々しい気がして複雑だ。

私にも好きな男の子が出来て、その子と恋人になったら……いや、これ以上妄想を膨らませるのはよしておこう。お母さんに余計な心配をかけないように。

なんとか誤魔化《ごまか》してお母さんからお金をもらった私は、ニナちと合流して、いつもの繁華街へと繰り出す。

といっても、今回は男の子向けのプレゼントを選ぶ必要があるため、普段と歩くルートはちょっとだけ違ったりする。

「ねえニナち、男の子って、お誕生日にどんなものもらったら嬉しいのかな？　私、こういうのって初めてだから、よくわかんなくて」

「ん～……私もそんなに贈った経験があるわけじゃないからなあ。ってか、委員長の誕生日プレゼントなんてなんでもいいんじゃない？　……あ、ほら、あそこに売ってる五百円のTシャツとか。委員長って、服のセンスの改善もなにもないような……」

「え～、五百円じゃセンス壊滅的だし」

しかし、洋服というのは中々悪くない選択かもしれない。Tシャツなら沢山あってもそんなに困ることはないし、バーゲン品はともかく、値段としてもちょうどいいだろう。

……何でもいい、なんて言いつつも、ニナちもちゃんと真樹君に似合いそうなものを選んでいるみたいだし。

こういう買い物も、私は結構楽しい。

「ニナち、私、あっちの方探してみる」

「ん。それじゃ、決まったら改めて集合ってことで」

それぞれ別れて、私たちはめぼしいものを探して色々なブランドが並ぶフロア内を見て回ることに。

「真樹君、どういうデザインが好みだったりするのかなあ……ん〜」

プレゼントは気持ちなのだから、私のセンスで『これ可愛い！』と思うものを贈ってあげればそれでいいのだけれど、出来れば真樹君に似合って、喜ぶものを買ってあげたい。

海が一緒にいてくれれば参考になったのだろうけれど、今日、海は一人で違う場所へと買い物に行っている。

大事な恋人の誕生日プレゼントを選ぶためだ。

『――プレゼント？　何を買うかはもう決まってるよ。……内緒だけどね』

前日電話した時、海はそう言っていたけれど、いったい、どんなものを贈るつもりなのか。

それがどんなものかを私が知るのは、きっと、後日のことになるのだろう。

そのことを考えると、なんだか急に寂しい気持ちが押し寄せてきて――。

「と……とりあえずあんまり悩んでもしょうがないし、ぱっと決めちゃおっかな、うん」

ちくり、とふと胸の奥に感じた違和感を振り払うように、私はとある店の中へ。棚に陳列された商品をざっと見ると、アニメや漫画、ゲームなどのキャラクターがデザインの一部に使用されたものが多く、コラボTシャツやジャージのほか、財布や時計、靴など、ポップで可愛いものが所狭しと並んでいた。

「……そういえば、真樹君って漫画とかゲームが好きなんだっけ」

直感的に『ここだ』と思った私は、店員さんから売れ筋商品などの情報を即座に仕入れつつ、良さそうなものを物色していく。

あまりゲームには詳しくない私だけれど、ファッションという視点で見ると、こういったグッズも悪くない気がする。いつもの服装に何か一つ違うものがあるだけで、随分と見た目の印象というのは変わるものだ。

今日はあくまで真樹君のプレゼント選びだが、また後日、自分用に選んでもいいかもしれない。

メンズ用のだぼっとしたTシャツは、海も普段着として使っているようだし……親友とお揃《そろ》いというのもいいかも。

「！　あ、これ……」

当初の予定通りTシャツに狙いを定めて棚を見ていると、ふと、とあるキャラクターがデザインされたものが目についた。

胸のあたりにワンポイントで小さく描かれたものだが、間違いない。

この前真樹君と海の二人がプレゼントしてくれた、ぬいぐるみのクマだ。

「ふふっ、まさかこんなところでも出会えるなんて……ねえねえ、もしかしてあなたって、割と人気者だったりするのかな？」

むすっとした顔でこちらのことをじっと見つめてくる（ように映る）クマはもちろん何も言わないけれど、それを見た瞬間、私はそれを胸に抱いていた。

値段のほうは……思ったより高くてちょっとだけたじろいだけれど、この後の遊び代などを抑えれば、出せないこともない。

真樹君にきっと似合う——そう思ったら、他のものはまったく視界に入らなかった。

お会計を済ませて、ちょうど同じく買い物を済ませたらしいニナちと合流する。最初はバーゲン品でいい、と言っていたくせに、結局は定番のブランドのものを選んだらしい。

「これが一番安かったの。……このブランドのＴシャツの中では」

なんともニナちらしい言い方で、私はつい吹き出してしまった。

恋人の海だけでなく、私やニナちにもしっかりと祝ってもらって……他の男の子だったら、絶対にこうはいかない。

そう考えると、真樹君は意外にモテモテな男の子なのかも。

「ところで夕ちんは何買ったん？　Ｔシャツなのは私と同じだよね？」

「えへへ〜、そうだけど、どんなものかは当日のお楽しみっ。個人的にはベストチョイスだったかなって思うよ」

「へえ、なになに？　私だけにこっそり教えてよ、私のも見せてあげるから」

「え～、どうしよっかな～？」

口には絶対に出さないけれど、ニナちよりもいいものを選んだ自信があった。

一般的に定番とされるものより、そこから少し外したほうが真樹君に似合うはず。

ふと、私は思い浮かべる。

周りの目を気にしながら、Tシャツのデザインを確認して恥ずかしそうに頰をぽりぽりとかいている真樹君。

一人ぼっちで寂しそうにしているところに、少し遅れた『私』が現れたのを見つけて、ほっと安心したように表情を崩して、彼がこちらに駆け寄って——。

「——あれ？」

その瞬間、私はとある違和感を覚えた。

どうして私は、真樹君と二人きりで会っている場面を想像してしまったのだろう。

私たち、であれば何の疑問も抱くことはなかった。私がいて、海がいて、ニナちや関《せき》君も……でも、先程の想像の中には、私と真樹君の二人しかおらず。

そして、想像の中の私はとびっきりのおめかしをしていた……ような気がして。

そう、それはまるで二人っきりのデ——

「……夕ちん、どした？」

「——えっ……!?　う、ううん、なんでも……」

自分の頭の中の考えが見透かされたような気がして、私はとっさに持っていた袋を、ニナちから見えないようさっと背後に隠した。

なぜ、私はそんなことを考えてしまったのだろう。

私にとって真樹君は大事なお友達の一人だけれど、二人きりでお出かけするようなことはあってはならない。

彼は私の『友達』というだけでなく、私の大事な『親友』の『恋人』なのだ。二人の仲の良さは相変わらずで、二人の友人である私が出来ることといえば、二人が幸せそうにイチャついているのを傍らで静かに見守ることぐらいのはずだったのに。

想像の中だけとはいえ、なぜ、私は親友の海を、真樹君の側《そば》から消してしまったのか。

「……ニナち、ごめん。私、ちょっとこれ返品してくる」

「は？　なんで？　ってか、それお気に入りじゃなかったの？　ついさっきまでホクホク顔だったじゃん」

「うん。モノについてはその通りだったんだけど、でも、真樹君のプレゼントには相応《ふさわ》しくない気がしちゃって」

当然のようにニナちが困惑しているけれど、それ以上に私は動揺していた。

表面上、Ｔシャツをプレゼントすることは問題ないのだろうけれど、私がどういう意図をもってそれを選んでしまったのか……私個人としては、それが一番の問題だった。

「ゆ、夕ちん、とりあえずいったん落ち着こ？　別に私に見せなくてもいいし、なんならずっと内緒のままでも構わないから……あ、ほら、そこのカフェで冷たいお茶でも飲んで涼みながらさ」

「……えっと、ニナちがそう言うなら。ごめん、暑いからちょっと頭がぼーっとしちゃってたみたいで」

「ほ、ほら、やっぱりね。今日も相変わらずのクソ暑さなんだし、買い物といっても無理せず休み休みいかなきゃ。ね？」

「……うん、そうだね。ニナちの言う通りだ」

ニナちがとっさの機転を利かせてくれたおかげもあり、その後、なんとか冷静さを取り戻した私は、初めに選んだTシャツをそのまま持って帰ることが出来たけれど。

果たして、これをこのまま真樹君に贈ってもいいのだろうか。

ニナちと別れて自宅に戻った私は、自室のベッドに寝転びながら、つい先日、盗み聞きしてしまった海とニナちの会話を思い返していた。

「――好きになったら絶交、か」

その時はなんとなく有耶無耶《うやむや》に終わったように聞こえたけれど、あの時の海の声色は、私が今までに耳にしたことがないほどに、冷たくて容赦ないもののように思えた。

「ねえ、クマさん。私はどうしたらいいのかな？　どうしたら、このまま皆で笑顔のままでいられるのかな？」

むすっとした顔でこちらの顔を見据えるクマのぬいぐるみは、やはり何も答えてはくれなかった。

クマさん——もといイインチョウと秘《ひそ》かに名付けられた、私の宝物は。

4. 夏の終わりの裏で

夏休みがあっという間に過ぎるのは毎年のことだが、今年は特にその傾向が強いような気がする。

先週、これでもかと楽しませてもらった別荘地での海水浴の余韻に浸りつつ、涼しい自宅でボーっと過ごすこと数日。気づけば、いつの間にか登校日を迎えていた。

最近夜更かし気味だったので、久々の早起きが辛《つら》い。

「――おはよ、真樹《まき》。ほら、髪の毛整えてあげるから、こっち座って」

「うん。母さんは？」

「真咲《まさき》おばさんならもう出かけたよ。遅くなるから、晩御飯は用意しなくてもいいって」

「ん、了解」

海《うみ》に言われるがまま、派手に爆発した寝癖を整えてもらう。例年、俺がだらけることもあって夏休み期間中は散らかり気味な我が前原《まえはら》家だが、最近は朝早くから遊びに来る海が掃除をしてくれているので、気持ちいいぐらい清潔に保たれている。

……俺も母さんも、海の優しさについつい甘えてしまう。

「ん〜……よしっ、綺麗《きれい》になった。へへ、今日からまた学校だし、格好《かっこ》良くしないとね」

「学校……そうなんだよな〜……あのさ海、あと一日だけなんとかならない？」

「ならないんじゃない？　ほら、コーヒーぐらいなら準備しておいてあげるから、さっさと制服に着替えておいで」

「うーい」

本日を境に体育祭の練習・準備期間が始まることもあり、今後は俺たち一般生徒も練習のために登校する日が多くなってくる。なので、お盆休み以降はほぼ平日と同じタイムテーブルで動くと考えて問題ないだろう。

あくまで『夏休み』なので通常授業がないのはありがたいけれど、炎天下のグラウンドで体を動かすことを考えると、個人的に感じる辛さはトータルで見てそう変わらないが。

本日は練習初日なので、本格的な練習は明日以降になるだろうが……先のことを考えるとちょっとだけ憂鬱な気分だ。

……もちろん、決して嫌なことばかりでもないけれど。

「ね、真樹」

「うん」

「今日で真樹も十七歳だね、おめでとう。……って真咲さんから伝言」

「あ、母さんからね。……ちなみに、海からは？」

「私からは特に……ないけど」

「ないんかい」

「えへへ、ウソウソ。でも、それはまた後のお楽しみということで……ね？」

「う、うん」

「おやおや？　真樹ってば、顔真っ赤だよ？　お楽しみ、って聞いて、なにを想像しちゃったのかな？　ほれほれ、恥ずかしがらずにお姉さんに白状しちゃいな？」

「……べ、別になにもないけど」

「ふ〜ん？　じゃあ、何もしなくていいんだ？」

「……そうは言ってませんが」

　周りには伝えていたけれど、本日、八月六日は、俺、前原真樹の誕生日である。

　こんなに指折り数えて待ちわびた八月六日なんて、本当に久しぶりのことである。去年ももちろん誕生日はあったわけだが、その時は、夜中に一人でオンライン対戦ゲームをしていて、気付いたころにはもう八月七日に……。

　……あまり詳しく思い出すと辛すぎるのでこれ以上はやめるが、去年までと違って、今年の俺には、俺の誕生日をお祝いしてくれる人が沢山いる。

　家族、友達、そして恋人——家族の中で一人、父さんがそこから外れてしまったのは残念だし少し寂しいけれど、その寂しさを埋めてもなおお有り余るほど、多くの人が俺の周りで支えてくれているのだ。

　先週の時点で天海《あまみ》さんから予告されていたが、日中はいつもの五人で誕生日会がてら遊びつつ、夕方以降は、海と二人きりで――。

そのことを考えれば、憂鬱な気分も吹き飛ぶし、練習も頑張れるというものだ。

ということで、午後以降に行われるイベントがとても楽しみではあるけれど、その前に、来月初旬に開催が迫る体育祭について。

クラス分けに関しては先日発表の通りで、本日はそれぞれの出場種目決めと、それから組ごとに集まっての全体集会が開かれる。練習の日程は基本的に組ごとに自由に設定してよい、とされているので、こういったところで体育祭に対する取り組みの真剣度がわかる。

「――ねえねえ渚《なぎさ》ちゃんはどれ出る？　二人三脚？　ムカデ競走？　あ、それとも足速いし、やっぱりリレーかな？」

「……お前が出ないヤツならなんでも」

「む～、どうしてそんなコト言うの？　いいじゃんいいじゃん、私と一緒に出ようよ～。私と渚ちゃんが力を合わせれば、きっと向かう所敵無しだよ？」

「敵ならいるだろ。私のすぐ隣に」

「え？　隣？　もしかしてヤマちゃんのこと言ってる？　もう、ダメだよ渚ちゃんってば。友達のことそんなふうに言っちゃ」

「……お前、今の絶対わざとだろ」

「えへへ～」

もうすでにお馴染《なじ》みとなった二人のやり取りを横目に、俺は一足先に『二人三脚』のメンバー表に自分の名前を書き入れる。人数の関係上、他にもいくつか出場する必要はあるだろうが、海と一緒に二人三脚が出来るのであれば、あとは騎馬戦でも、棒倒しでもなんでも出場するつもりだ。

「あ、真樹君も二人三脚出るんだ。もしかして、海と一緒に男女混合狙い？」

「まあ、うん。天海さんは、荒江《あらえ》さんと一緒に出ないの？」

「えへへ……頑張って誘ってはみたんだけど、渚ちゃんってば恥ずかしがっちゃって。あ、リレーのところに私の名前書いてもらっていい？」

「天海、私がいつ恥ずかしがったって？　おい前原、ついでに私と山下《やました》の名前も書いとけ。『ムカデ競走』な」

「ああ、はいはい。……山下さんとは一緒に出てもいいのね」

「なんか言ったか？」

「いえ、なんでも……」

天海さんと荒江さんの運動能力を考えると、もう少し多くの種目に出場してほしいところだが、天海さんはバックボード係、荒江さんはクラス代表の仕事も引き受けてくれた関係上、あまり無理強いはさせられない。応援団の練習もあるし。

「……ねえ、真樹君」

「？　天海さん、なに？　他に出たいヤツがあるなら、ついでに記入しておくけど」

「うん、ありがと。えっとね、えっと……」

天海さんの指が一瞬だけ『二人三脚』を指したような気がしたけれど、直前で気が変わったのか、荒江さんたちのいる『ムカデ競走』の欄に落ち着いて。

「……ムカデ競走でいいの？」

「う、うん。やっぱり私も渚ちゃんとヤマちゃんと一緒に出たいかなって」

ふと天海さんの後ろにいる荒江さんのことが気になったけれど、不満そうに舌打ちをしたり、もしくは露骨に嫌な表情を浮かべることもなかったので、特に問題はないのだろう。

二人三脚の欄に書きかけた『天海夕《ゆう》』の名前を消しゴムで消して、『ムカデ競走』の欄に改めて記入していく。

「ありがと、真樹君。じゃ、私戻るね」

「？　うん、じゃあ俺も……」

ふと、一瞬浮かない表情をしていたような気がして、俺は自分の席に戻りつつも、天海さんの様子を眺める。

「……ったく、またお前と同じチームかよ」

「まあまあ、荒江さん。クラスマッチの時は雰囲気最悪だったからアレだったけど、今の私たちならそれなりにやれるっしょ。ねえ、天海さん？」

「そうそう。渚ちゃん、これからは練習の時もずっと一緒にいられるから寂しくないね？」

「……ウザい」

「んふふ〜、渚ちゃんってば恥ずかしがり屋さんなんだから〜」

「…………………………」

いつものように荒江さんにダル絡みしている様子に、特段変わったところは見られないが……さっき覚えた違和感は、俺の単なる気のせいだったのだろうか。

最近、特に海水浴以降だが、天海さんは俺に対して微妙に距離を取っている気がする。

先程のケースを例にとると、いつもなら『私も真樹君たちと一緒に出る！』と言い出すところを、何かに気付いたように『やっぱりいいや……』と遠慮しがちになったり、方針を急に転換させたり。

なるべく俺と海の邪魔をしないよう、天海さんなりに気遣っていることは想像に難くないけれど……その距離の取り方が下手なせいで、所々で変な空気になってしまい。

「……なあ、天海」

「？　渚ちゃん、なあに？」

「お前さ、まえ………あ、いや、やっぱりなんでもない」

「⁇　もう、急にやめないでよ。そんなことされたら、余計気になっちゃうじゃん」

「うるせえな。別に大したことじゃない、もう忘れろ」

「む〜、渚ちゃんのイジワル〜」

さすがに今一番天海さんのことを見ている荒江さん（と口には出せないけど）も、いつもの天海夕との違いを微妙に感じているようだ。

そして、感じていつつも何も指摘しないところも、荒江さんらしいというか。

表面上では変わりなく、いつものように周りには振る舞っているのに、俺に対しては露骨に距離を取ろうとして——。

……そんなことが去年の秋にもあったなと、俺は今さらながら、ふと思い出した。


先月のＨＲでの荒江さんの喝（？）が効いたのか、滞りなくクラスメイト全員の出場種目決めが終わると、次は各組ごとに分かれての全体集会だ。

今日はひとまず各学年の顔合わせという名目だが、明日以降始まる練習に対するやる気を高めるべく、どの組も、代表者となった先輩たちは気合が入っているようだ。

まさしく体育会系といった大きな声と厳しい口調で場の空気をわざと緊張させたり、また違う組では代表と副代表で漫才のようなやり取りをして場を和ませて楽しい雰囲気にさせたりと、チームをまとめるという同一の目的でありつつ、そのアプローチの仕方に違った特色が出るのは興味深い。

「——え〜、組分けの結果、運動部が多くいるクラスは軒並みウチ以外に行っちゃいましたが……しかし、それでもやるからにはしっかりと勝ちを目指していきましょう。そのために俺も頑張るので、皆の力を貸してください。よろしくお願いします」

青組の団長である三年生の男子生徒が、緊張した面持ちで頭を下げる。よく通る声で、かつ真面目な挨拶は個人的には好印象だが、上級生はともかく、一年生にはあまりピンとこなかったようで。

——なあ、後ろのほうにいる金髪の先輩、めっちゃ可愛《かわい》くね？

——二年生の天海先輩だろ？　いいよな、あの人。

——ってか、他の先輩たちもちらほら可愛い気が……ウチの組は見た目特化だな。

団長の挨拶が終わり、引き続いて副団長の生徒が挨拶をしている中、注目を集めているのは天海さんである。最近の事情はわからないけれど、上級生下級生問わず人気があるらしく、学内でも指折りのアイドル的存在になっているらしい。

だが、今回、ウチの青組は天海さんだけではない。

——ああ、アレが噂《うわさ》の副会長……確かにあれはヤバいわ。

——甘いマスクすぎん？　何も食べてないのに糖分過多になりそうなんだけど。

——滝沢《たきざわ》君……推したい。

ヒソヒソ話とはお世辞にも呼べないほどの露骨な女子トークに、一年生の列に並んでいる滝沢君が苦笑いを浮かべる。

先週の恋愛相談の件もあって、滝沢君とはたまにメッセージでやり取りするほどの仲になっている。

肝試し以降、中村《なかむら》さんとの仲がどうなったかについては、まだ本人の口からきちんと聞いてないけれど……そちらのほうも順調にいってくれれば嬉《うれ》しい。

若干まとまりを欠く雰囲気の中で全体集会を終え、ひとまず一般生徒はここで解散となった。以降は、荒江さんや天海さんなどの各係の生徒たちのみが残り、裏方仕事でも、本番に向けての準備が着々と進められていく。

「真樹君、私のほうはこれからバックボード係の打ち合わせだから、海たちと一緒に先に行ってて。多分、遅れても三十分ぐらいだから」

「了解。店が決まったら、後でいつものチャットに地図送っておくよ」

「うん。……あの、ところでなんだけど、大山《おおやま》君どこ行ったか知らない？　私もさっきから探してるんだけど、見つからなくて」

「大山君？　えっと、さっきまで俺の近くに……」

天海さんに言われて周囲を見渡してみると、確かに、彼のトレードマークでもある眼鏡姿の男子が見つからない。

もしかして、勘違いしてさっさと帰ってしまったのだろうか——面倒なことになったかも、と内心焦っていると、

「……僕ならここにいるけど」

「え？」

肩をトントンと叩《たた》かれて振り向くと、そこには見覚えのない男子生徒が……と一瞬思ってしまったものの、その声には聞き覚えがある。

……眼鏡をかけていないけれど、確かに、目の前にいるのはクラスメイトの大山君だった。

「……ごめん、ちょっと眼鏡のフレームが壊れちゃって、さっきまでトイレで応急処置してたんだけど……えっと、二人ともどうかした？」

「あ、そ、そうだったんだ。ごめんね、大山君。急にいなくなったから心配しちゃって……ね、真樹君？」

「う、うん。……ごめん、正直、眼鏡かけてなかったから気付くのが遅れて」

「はは……まあ、特徴がない僕から眼鏡をとったら、本当に何もなくなるからね」

冗談交じりに自嘲する大山君に何も言えず、俺と天海さんはただただ苦笑する他ない。

人は容姿が重要ではないと心の中では思いつつも、しっかりと個人を判別するのに『眼鏡』という最もわかりやすいものを、『大山君』という存在を見分けるための判断基準としてしまった……これまであまり接点のなかった存在とはいえ、同じ教室で勉強を共にするクラスメイトなので、反省しなければ。

「それより大山君、眼鏡無くて本当に大丈夫？　もし見えないんだったら、私から先生に言っておくから先に帰ってもいいけど……」

「いや、裸眼でも少しは見えるから。……遅れるとマズいし、早く行こう」

「あ、大山君待って……ごめん真樹君、私も行ってくるね」

「うん。……なんていうか、気を付けて」

困ったように笑って、天海さんは大山君を追いかけるようにして、バックボード係の輪の中へ。

幸先《さいさき》のいいスタート……とは言えないけれど、天海さんはもとより、大山君も真面目な性格なので、仕事については問題なくやってくれるはずだ。

二人をしっかりと見送った後、俺は改めて海のことを迎えに行く。

この後は、本日の主役として存分に楽しみ、そして、皆に十七歳の誕生日を祝ってもらうことにしよう。


一足先に最寄りの繁華街まで出た俺と海、それから新田《にった》さんの三人は、駅前に三つほどあるチェーンのカラオケ店の内、最も空《す》いている一つを選んで五人部屋の料金を払った。

天海さんの他に望《のぞむ》の到着も遅れているが、聞くところによると、赤組応援団のメンバーになっているらしく、その関係で、予定より一時間ほど到着が遅れるらしい。

全員が合流するまでは少し寂しいけれど、部屋自体は長めに時間を取っているので、揃《そろ》うまでは歌でも歌って時間を潰せばいいか。

……海以外の前で歌うのは、まだ少し緊張するけれど。

「ほい、委員長」

入室時に頼んでいた三人分のドリンクが到着したところで、新田さんから俺へ、マイクが手渡された。

「……えっと、俺が最初に歌う感じ？」

「まあ、今日ばかりは委員長が主役だからねえ。……ねえ朝凪《あさなぎ》、委員長って、わりと歌えるほうなん？」

「うん。高音パートがちょっとだけ苦手なぐらいで、あとは全然……まあ、あくまで私の前では、って感じだけど」

「へえ。……じゃ、とりあえず動画撮っとくか」

「撮られると余計緊張するな……新田さん、くれぐれも俺たち以外には見せないようにね」

「わかってるって。ほら、時間が勿体《もったい》ないから、さっさと曲選びな」

「そんなに急《せ》かさなくても……じゃあ、とりあえずここらへんから」

俺が選んだのは、最近ＳＮＳで話題沸騰中のグループの新曲。海と二人きりの場合は最初からアニソンやゲーソンなどをチョイスすることも多いけれど……これも海とのデートを重ねて経験を積んだおかげだ。

「〜♪、〜〜、♪」

画面に流れる歌詞を目で追いながら、時折、俺の歌に耳を傾けている二人の様子を見る。

海はいつものように、歌っている俺を優しく見守りつつ手拍子を鳴らし、新田さんは、曲の合間に茶々を入れてふざけながら、かと言って俺の歌声をけなすようなことはせず、スマホのカメラをしきりに俺の方に向けている。

細かいところだが、こういう所にも性格の違いが出て面白いし、タイプは違えど、海も新田さんも性格の良さが窺《うかが》える。

楽しんでいる様子の二人を見ていると、こちらも嬉しくてどんどん気分が良くなってくる。ノってる？　アガってる？　よくわからないが、とにかくそんな気持ちだ。

「へえ、委員長の歌声、割といい感じじゃん。よし、さっそく夕ちんに送っちゃお」

「よし、真樹が頑張ってくれたから、次は彼女の私が行かなきゃ。ね、どれがいい？　真樹の好きな曲、リクエストしてくれたら何でも歌ってあげる」

「えっと……じゃあ、ここらへんで」

皆でカラオケに行くのはクラスマッチの打ち上げ以来だが、こうして集まって歌うのも、気分転換になっていい。たまに海と二人きりで行くことはあるけれど、途中でどうしても『歌』がメインでなく、いつの間にか『二人でイチャつく』ことへ移行しがちなので、純粋に歌を楽しむのなら、こちらのほうがいいかもしれない。

……もちろん、大好きな恋人と二人、狭く暗い部屋でいい雰囲気になるのも、それはそれで何物にも代えがたい良さがあるのだが。

俺、海、新田さんの順番でそれぞれ一曲ずつ歌い終え、次の曲をどうしようかと迷っているところで、天海さんが部屋に入ってきた。

「——えへへ～、お待たせ皆っ。ごめんね、ちょっぴり寄り道して遅れちゃった。……真樹君、はいこれ」

「あ……これって、もしかしてケーキ？」

「もちろんっ。えへへ、友達のお誕生日だって伝えたら、サービスでメッセージも入れてくれたんだよ？　ほら、見て見て」

三人で白い箱の中身を覗《のぞ》き込むと、そこには、

『まきくん　おたんじょうび　おめでとう』


と、チョコレートの板の上にホワイトチョコで書かれたメッセージが。

子供の誕生日みたいで、高校生にもなって若干恥ずかしい気はするけれど、家族以外でこんなお祝いをされるのは初めてなので、やはり嬉しさや感激の気持ちが勝る。

それから少しして、応援団の練習を終えた望が最後に合流したところで、俺たち五人はいつもの『アレ』を行う。

どれだけ騒いでも大丈夫な環境で、俺以外の四人の、うるさいほどに賑《にぎ》やかなハッピーバースデー。

「真樹、ほら、ひと息にやっちゃえ。ふー、って」

「真樹君、おめでとうっ！」

「委員長、おめでとさん。まあ、これからもよろしくってことで」

「真樹、おめでとう。次は俺のことも頼むな」

四人にそれぞれ背中を叩かれて、俺はケーキに立てられた蠟燭《ろうそく》の炎を、ふー、とひと息で吹き消した。

へへ、と自然と俺の口から笑みがこぼれる。

今までずっと一人ぼっちで、友達や恋人なんていなくても、いないなりになんとか暮らしていけるんだといじけていた去年までの俺に言ってやりたい。

良かったな、俺。今お前、友達や恋人に誕生日を祝ってもらっているぞ。

「んふふ〜、ケーキもよかったけど、お楽しみはまだまだ残ってるよ。……ニナち、忘れずにちゃんと持ってきた？」

「当たり前じゃん。……委員長、はい、いつもお世話になってるから、そのお礼も兼ねて」

「！　もしかしてこれって……」

「今日は委員長の誕生日でしょ？　なら、そういうことじゃん」

「そういうこと！　真樹君、私からも、はいっ、お誕生日プレゼント！」

そして、続けざまにプレゼント用にラッピングされた袋を手渡される。

確か、それぞれ駅ビルのデパートに入っているお店だったはずだ。

ケーキだけでも十分なのに、しっかりプレゼントまでもらってしまって……これだけしてもらったのだから、残る新田さんと望の誕生日にはきちんと気持ちをお返ししなければ。

中身を確認すると、天海さんと新田さんからはTシャツ、望からはスポーツキャップをもらった。これで少しはおしゃれになれよ、とのメッセージをひしひしと感じるので、これを機に、機能性一辺倒ではなく、年齢相応のファッションセンスを勉強できればと思う。

「あれ？　海は真樹君にプレゼント渡さないの？　鞄《かばん》の中には入れてるんだよね？」

「うん。そうなんだけど、まだちょっと渡せない理由があるというか、準備中というか」

「⁉　プレゼントに、準備？」

「そ。９割方は完成してるんだけどね」

「「「……？」」」

はぐらかすような海の言葉に、俺以外の三人が怪訝《けげん》そうな表情で首を傾《かし》げている。

海が一体何をプレゼントしようとしているのか……俺の方は、そのプレゼントのもう一人の発案者である母さんから大体の事情は聞いているので、なんとなく察してはいるけれど。

ひとまず、今の俺にできることは、少しでもこの誕生日会を笑って過ごすことだけだ。

そのほうが、これからプレゼントを渡す海にとっても、きっと嬉《うれ》しいことだろうから。

周囲を気にすることなく、いつもの五人で歌って、騒いでの三時間はあっという間に過ぎて、まず、俺の誕生日会の前半戦が終わりを告げる。

喋《しゃべ》って、歌って——こんなに喉を使ったのは、果たしていつ以来だろう。本日の主役ということもあり、俺も皆のお祝いムードに応えるべく頑張ったので、店から出たころには、割とヘトヘトの状態である。

明日のことを考えず、ついついパワフルな皆と同じように張り切ってしまったが、特に後悔はしていない。

それぐらい、俺にとって楽しい一日だった。

……と、まとめに入ってもいい所なのだが、真の本番は帰宅してからだ。

「じゃあね、海、真樹君。また明日学校でっ」

「バカップル～、明日も朝から練習なんだから、限界まで色々と使い果たすなよ～」

「二人とも、どうぞお幸せに」

別れ際までしっかりと冷やかされつつ、天海さんたちと別れた俺と海は、俺のバイト先である『ピザロケット』へ。

当初は二人で手の込んだものを作ろうかとも予定していたけれど、一次会のカラオケが想定外の盛り上がりを見せたこともあり、いつもの店に頼ろうとなったわけだ。

「こんにちは」

「はい、いらっしゃいま――お、来たな真樹、友達とのカラオケは楽しかったかい？」

「おかげさまで。……すいません、泳未《えみ》先輩。お忙しいのにシフト代わってもらって」

「可愛《かわい》い後輩の誕生日だし、まあ、このぐらいはね。……ところで、ご注文は？　全商品無料……っていうのは店長が泣いちゃいそうだから難しいけど、半額ぐらいにはまけてあげるからさ」

「ありがとうございます」

案内されたテーブル席で海とゆっくり相談しながら、今、食べたいものを頼みたいだけ注文する。これがいつもの週末の夜なら常識的な予算の範囲でセーブするけれど、今日ばかりは特別だ。

沢山のチキンと、たっぷりのチーズやニンニク等がトッピングされたピザに加えて食後のデザートまで……一次会のカラオケで消費した以上のカロリーを、これでしっかり蓄えて明日への活力とするのだ。

……明日もあるというのに少しだけニンニクをマシすぎたような気もするが、そこは適切な距離を取って会話をするなどして配慮するようにしよう。

もちろん、海とだけは変わらずくっつく。

「はい、おまちどーさん。注文の商品はこれで全部のはずだけど、もし何かあったら気軽に連絡しておいで。あ、それと海ちゃん、ちょっといい？」

「え？　私ですか？」

「うん。先輩からちょっとしたアドバイスというか……ちょっと耳貸してもらっていい？」

カウンターから身を乗り出した泳未先輩が海になにやらひそひそと耳打ちをすると、その瞬間、海の頬《ほお》が、みるみるうちに真っ赤に染まっていって。

「——ってことで、お姉さんからのアドバイスは終わり。海ちゃん、今日は頑張ってね。応援してるから」

「もう、中田《なかた》さんってば……真樹、早く帰ろっ」

「あ、うん……」

ニヤケ顔で手を振る泳未先輩に再度挨拶をしてから、俺たちは家路につく。

多分、また余計なことでも吹き込んだのだろう……普段は頼りになる気のいいお姉さんなのだが、こと恋愛に関することになると、途端に偏った（かつ豊富な）知識を披露するのが困ったところだ。

話し上手かつ聞き上手な泳未先輩なので、俺もついついプライベートな情報を話してしまうのだが、今後は少しだけ気を付けておかないと。

「真樹、晩御飯の前に洗濯するから、先に着替えておいでよ。私も真樹が終わったら着替えるから」

「うん、じゃあお先に……って、ちょっと待って」

「なに？　私が先に着替えたほうがよかった？　それとも、今日は部屋着の用意がない感じ？　洗濯物、結構溜《た》まってるっぽいし」

「いや、そっちの順番じゃないし、着替えは母さんの分がいっぱいあるから問題ないんだけど……海、今日はウチでくつろぐ気満々だね」

「うん。だって、今日は真樹の家にお泊りだし。あ、ちゃんとお母さんにも許可はもらってるよ？　真樹の誕生日だから今日だけは特別にいいよ——って。もちろん、真咲おばさんにも連絡・許可済みです。えへん」

「相変わらず根回しが早いこと……」

今日に限っては、俺も『あわよくば二人きりで朝まで……』と思っていたけれど、こうもトントン拍子に事が進むとは。

これまでの交際期間中、所々で何度か危ない場面が（理性的な意味で）あったけれど、なんとか我慢して一線を越えずに清い交際を続けていてよかった。

……もちろん、今日も色々と我慢しなければならないのはわかっている。

着替えの前に、海の母親である空《そら》さんへお礼の連絡と、明日の早朝、海をしっかり送り届ける＋一緒に朝食をとらせてもらうことを約束してから、俺は先程プレゼントされたTシャツに着替え、そして、海は俺が普段寝間着に使っているオーバーサイズのTシャツ＋ハーフパンツに着替えた。

「！　真樹、そのTシャツ……もしかしてそれ、夕からもらったヤツ？」

「うん。新田さんのはお洒落《しゃれ》すぎて部屋着にするのはもったいない気がして。……こっちのほうは逆に部屋着メインって感じだけど」

見た瞬間すぐにピンときたが、左胸にデザインされているキャラクターは、先月天海さんにプレゼントしたぬいぐるみのクマとほぼ同一のモノだった。

お洒落……かどうかはわからないけれど、サイズ感や着心地も良く、個人的にはお気に入りの一着になりそうだ。

先月のお返しも兼ねつつ、かつ俺が使う時のこともしっかり考えて——申し訳なく思うぐらい、真剣に選んでくれたことが伝わるプレゼントだ。

もちろん、新田さんや望がくれたものも含めて。

「……ねえ真樹、食事で汚れちゃうかもだし、今日のところは試着だけにしておけば？

もらった当日に汚しちゃいました、じゃ、プレゼントしてくれた夕にも申し訳ないし」

「そうかな？　いや、そうかも……じゃあ、俺も海とお揃《そろ》いのヤツにしようかな。それならいくら汚れても平気だし」

「タバスコの染みが沢山残ってるアレね」

「うん。頑張ったんだけど、いくつか漂白しきれずに残っちゃったんだよなあ……」

個人的には使ってこそのTシャツだと思うけれど、それを見た海の反応があまり良くない気がしたので、特に反論せず着替えることに決めた。

……もしかして、海の目にはあまり似合ってないように映ったのだろうか。しかし、いつもの海なら、それでも気にせず『ダサいな〜』と呆《あき》れつつも着替えを促すようなことはしない気もするし。

まあ、とにかく海が『イヤ』だと少しでも思うのなら、俺はその気持ちをなるべく汲《く》んであげるだけだ。

……プレゼントしてくれた天海さんには悪いけれど。

気を取り直して、普段通りの格好になった俺は、海と一緒に遅めの夕食にありつく。

お持ち帰りしてきて三十分ほど経過しているが、焼き立てほやほやを用意してもらったのもあり、ピザはまだ十分に温かい。

チキンとポテトはオーブントースターで軽く加熱し直し、冷凍室から取り出したキンキンに冷えたグラスに、たっぷりの氷とコーラを注いで。

「真樹、お誕生日おめでと。カンパイ」

「ありがとう、海。……それじゃあ、カンパイ」

静かになった室内に、カチン、とグラスの音が響く。

日中の友達とのカラオケも良かったけれど、やはり、結局は普段通りが一番落ち着く。

しつこいぐらいに味が濃く脂っこい食べ物と、それを一気に洗い流す炭酸飲料。

そして、俺のすぐ目の前には、俺のことを見て優しく微笑《ほほえ》んでくれる大好きな彼女。

思えば、俺たちはここから始まったのだ。

「真樹、バイト先のピザ、おいしいですか～？」

「うん。……海、いつまで俺のことスマホで撮ってるの？　チーズ固くなっちゃうよ」

「そうだった。……じゃ、あ～ん」

「あ、俺が食べさせるのね……はい、あ～ん」

「あむっ……ふふ、ありがと、真樹。じゃ、私もお返しに――」

先週の海水浴の際には周囲の目もあって自重していたけれど、今は完全に二人きりで、母さんも今日は帰宅しない（週末ではないのになぜか）ので、最初から遠慮はなしだ。

多分、後日思い返すと顔から火が出るほどの羞恥で悶《もだ》えるのだろうが、恋人になってからというもの、たまにこうしてお互いにふざけるのをやめられない。

「よし、ある程度食べたところで、いよいよお楽しみのプレゼントタイムといきますか」

「お、やっとだね。海、準備の方はもう大丈夫？」

「うん。さっき撮影したやつはまた後日追加させてもらうけどね」

そう言って、海が通学鞄から取り出したのは、見覚えのある古びたアルバム――それもそのはず、これは俺が産まれてからの幼少時代の写真が収められている、れっきとした前原家のものだからだ。

幼少期以降、いつの間にか更新が途絶え、そして、去年のクリスマスに撮影した、皆と一緒に写った家族写真とともにピリオドを打ったはずの。

「はい、どうぞ」

「ありがとう。……アルバムの中、見てもいい？」

「もちろん。そのためにあるんだから、アルバムってやつは」

「……だね」

去年と同じように、俺は一ページ目から、ゆっくりとページを手繰っていく。

母さんの腕に抱かれて、すやすやと眠っている生後間もない俺。

おもちゃの車にまたがり、父さんと嬉しそうに笑って写真に収まっている三歳の時の俺(枠外にマジックでそう書かれている)。

もう記憶にはあまり残っていないけれど、どれもこれも、俺にとってはいい思い出だ。

ついつい昔のことを思い出してしんみりとしてしまうけれど、ここはまだ前座。

海からのプレゼントは、ここから先なのだ。

最初のサプライズは、写真を撮らなくなった直後の、本来ならまっさらであるはずのページにあった。

「？　あれ、これって……中学生の時の俺、だよね？」

「うん。真咲おばさんが少し前に使ってたスマホにデータが残っててさ。ついでに現像してもらったの。あ、もちろん小学校の卒業式のもあるよ。ほら、ここ」

「母さんのヤツ、もう残ってないって言ってたのに……」

空白期間を埋めるように、アルバムには当時の通っていた学校の校門を背景に、おめかしした姿の俺が写っている。

この頃の俺は、自分の冴《さ》えない見た目にコンプレックスを持っていて、集団写真など、どうしても写らなければならない場面以外では、極力写らないようカメラから逃げていたのだ。

これも確か母さんにお願いされて、自分のスマホのデータにのみ残しておくという条件で渋々二人で写ったような……その証拠に、俺の肩を抱く母さんの隣で、俺は恥ずかしそうに微妙にカメラから視線を外している。

それ以外にも、母さんは少しずつ、こっそり俺のことを撮影していた。

入学式終わりで、制服のまま疲れてソファで眠りこける俺や、仕事で忙しい母さんのために朝からせっせと家事に励んでいる後ろ姿を捉えたものなど……時期的にも、割と最近のものまであったり。

「で、真樹、感想は？」

「……これからはもっとカメラ目線で写ってあげようと思いました」

「ふふ、そうだね。真咲おばさんも、きっと喜んでくれると思うよ？　ウチのお母さんもそうだけど、親としては子供の成長を見るのは嬉《うれ》しいみたいだから」

朝凪家のアルバムも見せてもらったことがあるけれど、ウチのものとは比べ物にならないくらい、何冊にもわたって記録として残されていた。

もし俺が、もうちょっとだけ素直にいられたら……母さんも、空さんのように張り切って俺の成長の記録を残していてくれたのだろうか。

胸からこみ上げてくるものをぐっとこらえて、俺は次のページを見る。

次はいよいよ、クリスマスから現在まで——ここからが、海からのプレゼントだ。

あまり意識していなかったが、恋人になって以降、何気に俺たちはかなりの頻度で写真を撮っている。

恋人として過ごす初めてのクリスマスの夜、天海さんや新田さんも含めて、四人で行った初詣の時のものや、バレンタイン、ホワイトデー、海の誕生日や、クラスマッチ、そして海の里帰りの時のものまで——海と二人で一緒に写っているものがメインだが、中には望と二人きりのものや、バイト中の俺と泳未先輩、陸《りく》さんや雫《しずく》さんと写っているのもあり、色々な人からデータを送ってもらったことが察せられる。

このために、ずっと以前から海は準備してきたのだ。

「すごいな、俺。これだけ見るとまるでリア充みたいだ」

「ふふっ。リア充かどうかはわからないけど、少なくとも今は充実してるじゃん。ほら、あなたの目の前に、こ〜んなに可愛《かわい》い彼女が」

「確かに。これで充実してないなんて言ったらバチが当たっちゃうか」

日付順にしっかり並べているのか、ページをめくっていくにつれて、写真に対して徐々に慣れている俺の姿がわかる。

初めのうちはまだ昔の癖が抜けておらず、微妙にしかめっ面だったり、表情が引きつったりしているけれど、それも徐々になくなっていき、最近のものは、ごく自然にリラックスした笑顔で、側《そば》にいる恋人と頬をくっつけている一場面が切り取られていた。

……コイツめ、本当に幸せそうにしてるなあ。

写真で改めて自分のことを見てみると、まるで別人のようにも思えてくる。

「母さんもそうだけど、海もわりと俺のこと撮ってたんだな」

「まあね。一緒に写るのもいいけど、寝顔とか、何かに一生懸命に打ち込んでる時じゃないと見られない真樹もいるし。……全部素敵だよ、真樹」

「……ありがとう」

海が撮ってくれた写真を見ると、俺もこんな表情が出来るのかと気付かされる。

今まで俺は、普通の人とはちょっと違うのだと思っていた。親の仕事の都合であちこちの地方を行き来し、転校するたびにクラスの環境に馴染《なじ》めず……このまま、ずっとどこか歪《いびつ》なままの生活を過ごすのだと。

でも、そうはならなかった。

──『友だち』が、出来たから。

その瞬間、一度は我慢していた気持ちが抑えきれなくなって。

「……真樹、はい、ハンカチ。あ、よければチーンもする？」

「そこまで顔ぐちゃぐちゃじゃないし……でも、ありがとう」

海から受け取った青いサメ柄のハンカチで涙を拭っていると、ほのかに海の匂いがする。

やっぱり、俺は海の匂いが好きだ。海が側にいてくれるだけで、不安な気持ちが和らぎ、高ぶった感情が落ち着いていく。

「改めて、お誕生日おめでとう。前原真樹くん。……これから先も、あなたのすぐ側で、ずっと、あなたのことを見守らせてください」

「うん。こんな俺で良ければ、お願いするよ」

涙が落ち着いて、胸のあたりがじんわりと温かくなっていく気がする。

気づくと、俺たちはいつの間にかお互いの体を寄せ合って、ぴったりとくっ付いていた。

「あのさ、海」

「いいよ。……ほら、おいで？」

「うん。……今日はイジワルしないんだな」

「まあ、今日は誕生日だし。うんと甘えさせてあげるね」

「うんと、ってどのくらい？」

「ふふん、さあ、どのくらいでしょう？」

「あ、イジワルになった」

「あはは、ごめんごめん。真樹が可愛い顔見せてくれるから、つい」

赤ちゃんが母親に甘えるような仕草で、海の胸に顔を埋《うず》める俺と、そんな俺のことを包み込むように抱きしめて、頭を優しく撫《な》でてくれる海。

友達にも、親にも見せられない。二人だけの秘密。

普段から俺には甘い海が、この時はさらにダメな俺のことを甘やかしてくれて。

「……ずっとこうしてたい。明日の練習も休みたい」

「真樹が本当にそう思うなら、私はいいよ？　一緒に練習サボって、真樹の家でずっと一緒にダラダラして過ごすの」

「いいな、それ。……俺、海がいてくれれば、他には何もいらない。海が欲しい」

「お、今日はいつになく欲張りさんだ。でも、もし真樹が私だけのものになってくれるっていうんだったら、私はそれで全然構わないよ」

お互いに常識はあるから、学校をサボったり、突然二人で姿を消して駆け落ち、なんてことはないけれど、ここでの話は二人だけの秘密なので、今この時だけは何を言ってもいい。

そうやってお互いに弱音を吐いて、お互いの存在に縋《すが》って、そうしているうちに元気を取り戻して、また次の日への活力へとつなげていく。

それが、俺たちカップルのやり方なのだ。

「……ふう」

「真樹、もういいの？」

「欲を言えばもうちょっと甘えてたいけど……ほら、まだ食後のデザートも残ってるし」

「食後のデザート……えっち」

「どうしてすぐそっちに想像を膨らませるの……ま、まあ、そっちも考えてないわけじゃないけど。た、誕生日だし」

「ふふ、そうだね。今日は年に一度しかない真樹の誕生日だ。……じゃあ、まず手始めに何して欲しい？」

「……えっと、」

改めて訊《き》かれると恥ずかしくて顔がかーっと熱くなってくる。

おそらく、今日ばかりは、お願いすれば大抵のことはやってくれるはずだが……それでも限度というものはあって。

「もう、今さら恥ずかしがらないでよ。私だって、今日は頑張ってるんだから」

「そ、そうだよな、ごめん。……じゃあ、その、一緒にお風呂に入っても……」

「う……い、いいよ。この前の露天風呂ではできなかったけど、今日は特別に背中も流してあげちゃう。……えと、もし真樹がして欲しいんだったら、その、前、のほうも……」

「そっ、それは…………………え、遠慮しておきます……」

「めちゃくちゃ悩んだじゃん。……まあ、それは状況に応じて臨機応変にということで……」

「う、うんっ。それでお願いします……」

海からの心のこもった『プレゼント』で十分満足した俺だけれど、どうやらもう少しだけ誕生日のお祝いは続くようで。

……とにかく、明日には影響が出ないように、なるべくセーブしておかないと。

翌日、無事（？）に誕生日を過ごした俺を待っていたのは、カンカンに照り付ける真夏の日差しだった。

覚悟は当然していたつもりだったけれど、いざグラウンドに出ると、なけなしの覚悟もすっかりとしぼんで日陰のある校舎内へと避難してしまいたくなる。

「うへぇ、しんど～……こんなクソ暑いのに、みんなようわらわらと集まってるわ……夕ちん、後ろ隠れさして」

「あんまり意味ないと思うけど……ねえ海？」

「そう思うけど、ひとまず夕は私から離れてくれない？　くっつかれるとさすがに暑いんだけど」

「え～」

「え～じゃない」

「……自分は真樹君とべったりのくせに」

「……真樹は特別だからいいの」

クラスは別だが、体育祭に限って言えば同組となるので、各々の種目練習以外では、しばらくはこの四人で一緒に行動することになるだろう。

体育祭仕様ということで、青い鉢巻きを巻いてこれからの練習と、来月の本番に向けて気を引き締める。

ふと気になって、隣の海の横顔を眺める。

鮮やかな青い鉢巻きを巻いて、真剣な表情を浮かべる体操着姿の彼女……やっぱり、海は何を着ても似合う。

クラスマッチの時と同様、髪を後ろでまとめているが、その時よりも髪が少しだけ長くなったような。

「？　どうしたの、真樹」

「あ、うん。海、髪の毛ちょっと伸びたなって……」

「わかる？　えへへ、気分転換にちょっと伸ばしてみようかなって。長髪、とまではいかないけど。……真樹はショートのほうがいい？」

「俺は特にこだわりないけど、強いて言うなら……その、長いほうがいいかも」

「へえ、どうして？」

「ほら、海の髪の毛ってすごく綺麗《きれい》だし、変な癖もないから」

そう言って、俺はごく自然に海の前髪に手を伸ばして優しい手つきで触れる。

最近二人きりでじゃれ合っている時に、お互いの髪の毛をよく触るけれど、俺は海の髪の毛を触るのが好きだ。いつも隣に天海さんがいるから目立たないけれど、一本一本がさらさらで気持ちよく艶もしっかりとあって。

もちろん、自分にとって大好きな女の子だからそう感じているだけかもしれないが、頭の先から爪先に至るまで、海が直すべき所なんて、何一つない。今の海が俺の中では一番綺麗だし、可愛いのだ。

体も、そして心も。

「ま、真樹、その……」

「え？」

「あの、そろそろ手を、離してくれると有難いといいますか」

「……あ」

ついいつもの調子で触ってしまったが、ここが公共の場であることを忘れてはいけない。いつもの調子……つまり昨日の夜、一緒のベッドで就寝する時と同じような手つきで愛《め》でるように。しかも、そのことを知らない二人のすぐ目の前で。

「……え、もしかしてアンタたち、翌日練習あるのに一晩中――」

「な、ないから！　た、確かに昨日は真樹のおうちで一緒のベッドで寝たし、そりゃ、多少は、その、なかったわけじゃなかったけど……それは真樹の誕生日だから特別で——」

「う、海、落ち着いて。それ以上いくと全部言っちゃう感じになるから」

「あ……」

「ふ、二人のえっち……」

「夕……ち、違うからっ。ね？　だから微妙に距離取らないでお願いします」

とはいえ海とは昨日の夜から片時も離れることなくずっと一緒なのはバレてしまったので、午前中いっぱいは二人からの質問攻めに遭いそうだ。

……まだ体は一切動かしていないはずなのに、すでに首筋から汗がだらだらである。


今日は練習初日ということで、各組とも応援練習をメインにやっていくようだ。内容の方はすでに上級生たちのほうで決められているようで、応援合戦中に歌う予定の応援歌（人気曲の替え歌）の歌詞カードが全員に配られる。

「応援合戦用のパネルも作ったから各自取りに来てくださ〜い。あ、パネルの裏の右上に番号ふってるから、自分の出席番号と同じものを持っていくようにね」

「……重い」

小道具担当の山下さんと、そのお手伝い（らしい）荒江さんが、大きなダンボール箱を抱えて持ってくる。パネル自体は厚紙で作っているらしいが、一クラス分ともなるとさすがに重労働だ。

応援歌に合わせて、全員のパネルを使って絵や文字を表現するらしい。

「番号ごとに出すパネルの色が違うから、隣と同じ色出しても無駄だぞ。……練習でも厳しくやるから、そのつもりで」

どうやら荒江さんが青組の練習のまとめ役になるようで、いつもの怖い顔で睨《にら》みを利かせてくる。元々こういうのには真剣に取り組む人であることは知っていたが、上級生に対しても関係なく威圧的な態度なのは、なんというか、とても彼女らしい。

――ねえ、荒江先輩、マジでカッコいいよね。

――ねー！　孤高の存在って感じで、憧れちゃうな〜。

「……おい、そこの一年。お喋《しゃべ》りは休憩の時だけにしとけよ」

「「はい、すいません、先輩っ！」」

そして、意外なことに荒江さんは一年生女子の間で隠れた人気を得ているようだ。

俺からするとちょっと近寄りがたい存在なのは相変わらずだが……それが逆に後輩たちにとっては『怖い』以上に『頼もしく』映るのかもしれない。

いったい誰が決めたのかは知らないが、上級生下級生含めた集団をまとめるには最適な人だろう。

ふと目が合った中村さんがこちらに向けてウインクしたような気がするが……まあ、多分気のせいだろう。

とにかく、荒江さんが頑張っているのだから、俺も不平不満をなるべくこぼさず、頑張らないと。


「真樹、せっかくだし、今日一日頑張ろうね」

「うん。……あの、午後からはお手柔らかにお願いします」

「ふふ、どうしよっかな～。まあ、怪我《けが》だけはないようにするから」

「それ以外はあるような言い方が気になるなあ……」

　席順の関係か、幸運にも俺の真後ろに海がいるおかげで、だれることなく午前中の応援練習は頑張っていけそうだ。

　午後は海と一緒に二人三脚の練習があるので、そのための体力も温存しておかないと。ちなみに俺たちのやり取りも荒江さんにはバレていたようだが、そちらは軽く舌打ち程度で見逃してくれた。

　……今後二人でこっそりじゃれ合う時は、もう少しだけ注意しておこう。


「――よし、ひとまず今日の応援練習はこれで終わり。本番まではまだ時間はあるけど、次の練習までには各自覚えておくように」

　少々無茶《むちゃ》なことを言う鬼教官の荒江さんの言葉で、ひとまず午前のパートを終えて、昼の休憩時間を迎える。

　先程海とも話した通り、全体練習の午前と打って変わり、休憩明けの午後からは出場種目ごとの各自練習がメインだ。

海水浴以降は家からほぼ一歩も出ずにだらだらとしていたので、久しぶりに鈍《なま》った体に活を入れなければ。とはいえ、その前にまずは腹ごしらえである。

「ふぃ〜、暑いしお腹《なか》は空《す》いたし……夕ちん、早いとこ学食か購買行こ。バカップルはどうする？　やっぱ二人で楽しくお弁当？　どうせ今朝一緒に作ったんでしょ？」

「新奈《にな》、アンタねえ……いや、この気温だとお弁当じゃ傷んじゃうかもだから、今日はちゃんとお母さんからお昼代もらってきた。ね？」

「うん。……なぜか俺の分もね」

前日約束していた通り、今朝は早朝から海のことを送っていくついでに朝凪家で朝食をご馳走《ちそう》になったのだが、今日のお昼の話になった後、なぜか俺も空さんからお昼代をもらってしまったのだ。

最初は俺も断ったのだけれど、空さん的には『いつも週末に娘がお世話になっているお礼』とのことで、それならと五百円玉一枚だけいただくことになり。

海によると、『最近アニキがいなくなってから、お母さんも甘やかす人がいなくて寂しかったみたい』だそうだが……なんだか自分がだんだん『朝凪家』の子供になっているような気がしてならない。

……まあ、海も含めて、朝凪家の人たちは皆大好きだし、本当に一員になっても――というう思いも少なからずあるけれど。

空さんや大地《だいち》さんのことを『お義母《かあ》さん』『お義父《とう》さん』呼びする日も、きっと近い。

「委員長たちは本当に順調だねえ……それじゃ、四人で学食行くか〜」

「あ、ニナち、ごめんだけど、私はちょっと……」

「ん？　どったの夕ちん？　……あ、もしかしてバックボードの仕事？」

「えへへ……うん。実は二、三日前から作業始めてて。私が今年の青組のデザインを担当することになったんだ」

「デザインってことは……つまり、責任者的な？」

「うん。あ、もちろん先輩たちも手伝ってくれてるよ？　でもまあ、私が中心で動いてるのは確かかな」

　天海さんの絵のレベルについては文化祭でも証明されている通りだが、どうやら上級生たちも同じように感じたらしい。

　文化祭以降、天海さんも暇なときはたまにイラストを描いているそう（海からの確かな情報）で、さらにその感性に磨きがかかっていると推察されるが。

「それはそれで素晴らしいことだけど……夕、それって、無理矢理《むりやり》とかじゃないよね？　絵が上手《うま》いからって単純な理由で、実は嫌々やらされてないよね？」

「ふふ、海ってば心配性だなあ……大丈夫、せっかくやるんだから久しぶりに目いっぱい頑張ってみようかなって、私がお願いして、先輩たちにＯＫもらったの。渚ちゃんもヤマちゃんも頑張ってるから、私もサボってられないな、って。今年の私はやる気だよ」

　そう言って、天海さんは元気な笑顔で力こぶを作る仕草を見せる。

天海さんが望んだ形であれば、俺たちがこれ以上口を挟む必要はない。彼女の頑張る姿を見守って、応援するだけだ。

「というわけで天海夕、行ってまいります！　……それじゃ、海、また午後にね」

「うん。頑張ってね、夕」

「えへへ、うん。終わったらいっぱいヨシヨシしてね」

そうして、天海さんは一人、バックボード係の作業場である体育館裏へ。

今後、体育祭本番を終えるまではこうやって一人か二人、別々になる機会も多くなるのだろう。俺個人としても寂しい気はするけれど、そこは来月頭までの辛抱だ。

……まあ、俺には海がいるので、そこまで大した問題ではないのだけれど。

気を取り直して俺と海、新田さんの三人で学食へ。

やはり考えることは皆同じのようで、すでに席はほぼ満員に近い状態だ。購買でパンやおにぎりを買う選択肢はあるけれど、昼の時間帯ぐらいは、空調の効いた室内で過ごしたい。

ちなみに教室のほうは、生徒たちがいないということで、スイッチは切られている。

「この感じだと昼休憩が終わるまで空きそうにないな～、委員長、どっかいいトコ知らないの？　屋上とか、先生たちだけが知ってる休憩所とか。涼しくて、でもあんまりジメジメしてないところ」

「……は残念ながらない、かな。ジメジメOKだったらいくらでもあるんだけど」

「あるんかい。……でも、そこまでコソコソすんのはなんかイヤだし」

　文化祭と同じく、このイベント時期は敷地内いっぱい何かしらのものがあるので、選択肢がぐっと狭まってしまう。

　注文の前にひとまず座れる場所を探していると、ちょうど隅っこのほうで手を振る人影が、視界の端に留まった。

「――先輩、前原先輩！」

「あれ？　滝沢君？」

「席をお探しならこちらへどうぞ。ちょうど確保してますので」

　爽やかな表情を俺たちに向けているのは滝沢君だった。学食内はほぼ満席で周囲の声も入り混じる中でも、彼の声は良く通るし、そして、何よりも存在感がある。

「滝沢君はああ言ってるけど、どうする？」

「見た感じ他は全埋まりっぽいから、いいんじゃない？　……って新奈、なんで急に後ろに隠れんのよ」

「いや～……急に不意打ちくらったから、つい。あ、もちろん私も特に異議ナシなんで」

「そう？　真樹、私たちはそういうことだから」

「うん。じゃあ、お言葉に甘えようか」

　新田さんの様子が微妙に気になるものの、他に座れるところもないため、食堂の端っこに置かれた四人用のテーブルへ。

「お久しぶりです。こうしてお会いするのは先日の海水浴以来ですね。あの時はお世話になりました」

「いえ、こちらこそ……それより、本当に俺たちが座ってもいいの？　もしかして、他の生徒会の人たちのこと待ってたんじゃない？」

「そうだったんですけど、俺以外のメンバーは忙しいみたいで……なので、お気になさらずどうぞ」

テーブルの中心に『生徒会優先席』と小さく書かれたシールのようなものが貼られていたので、それで他の生徒たちは遠慮して座らなかったのだろう。

生徒会の人と仲良くしておくと、こういう所で小さな恩恵を受けることもある。

「お疲れ様です。あの、ところで天海先輩はご一緒では……」

「夕はバックボード係の仕事あるから私たちとは別行動だね。……そういう滝沢君も、中村さんと一緒じゃないの？」

「あはは……一応、今日の朝の時点でお誘いはしたんですけど、『行けたら行く』という返事だけで」

「……あら」

中村さんとは同組なので午前中の練習も一緒に行動していたが、特に様子がおかしい所はなく、また、体育祭関連の仕事に関して、クラスメイトである海に泣きつくこともなかった。

つまり、俺たちに対しては通常営業の中村さんなわけだが……その相手が滝沢君となると、途端に様子が変わってくるようで。

「滝沢君、えっと、その後のことなんだけど」

「……その前に、注文だけしちゃいましょうか。ここは優先席ですけど、だからといって占有しすぎるのも良くないので」

海と新田さんには引き続き席を確保してもらい、俺と滝沢君で四人分の食券を買うことに。周りに人は大勢いるけれど、ほとんどの人はそれぞれの話に夢中だから、あまり大声で喋らなければ、内容を聞かれる可能性は低い。

「あの、前原先輩」

「……うん」

「澪《みお》先輩に告白しました」

「……そっか。いつ？」

「別荘から戻って二取《にとり》先輩の家で解散した後、花火とか肝試しとか、この前の二日間であったことを喋りながら帰ってる時に……その、不意を打つ感じで思い切って」

俺たちのアドバイスの通り、滝沢君は有言実行してくれたようだ。

……それはいいのだが。

「で、その、結果は……」

「はい。告白したのはいいんですが、その後、すぐに逃げられてしまいまして」

「それは……返事もなく?」

「はい。……顔を真っ赤にした後、一目散にダッシュで逃げられて。で、今に至ります。仕事の時とか、生徒会の皆が側《そば》にいる時は普通に会話してくれるんですけど」

「う〜ん、反応は悪くなさそうだけど……」

まあ、何はともあれ、滝沢君は勇気を持って一歩を踏み出した。なので、後は中村さんが答えを出すのを待つしかない。

後輩からの真っすぐな告白に顔を赤くして、恥ずかしさに耐え切れずに逃げ出す……どこか飄々《ひょうひょう》としてつかみどころのない中村さんだが、肝試しの際にも見せたように、可愛《かわい》らしい一面だってきちんと持っているのだ。

「とりあえず状況はわかったよ。後は海たちでそれとなく探るだろうから、滝沢君はひとまず生徒会の仕事に集中して」

「……すいません先輩、何から何までご迷惑を」

「まあ、乗り掛かった船だし、それなら最後まで責任とってお節介するよ」

それにしても、滝沢君がとても腰の低い丁寧な喋《しゃべ》り方と態度ということもあり、傍《はた》から見ると、俺が先輩風を吹かせまくっているように映ることだろう。

身長、運動能力、容姿、コミュニケーション能力、人望ｅｔｃ。……年齢以外ほぼ全てにおいて俺を上回っている滝沢君が、俺に対してペコペコしている姿は、きっと一部の人たちには驚きの光景だろう。

当然、その様子を見かけた他クラス・他学年の生徒たちのヒソヒソ話があちらこちらから耳に届くけれど、それも俺にとってはいつものことだ。

雑音なんか気にせず、俺のことを大事に想《おも》ってくれる人たちの声だけを聞き逃さないよう、耳を傾けていればいい。

「滝沢君、日替わりランチだけど、ＡとＢどれにする？」

「そうですね。午後は種目練習メインで体力的にもきつそうなので、ここはボリュームがありそうな……ん？」

あと少しで自分たちの番というところで、滝沢君が急に後ろのほうを振り向いた。

先程までのにこやかな表情から一変し、険しい顔で何かを探しているように辺りを見回して。

「……滝沢君、どうかした？」

「！　あ、いえ、誰かに呼ばれたような気がして……前原先輩に聞こえてないんだったら、僕の勘違いだったのかも。先輩、どうでした？」

「？　いや、俺は特に何も……」

改めて耳を澄ませてみるけれど、特にこれまでと変わったことは何もない。

天海さんや滝沢君を始めとして、なぜか学校の人気者の隣にいることが多い謎の冴《さ》えない男子生徒――聞き取れる情報としては、概《おおむ》ねそんなところだ。

「……ですよね。先輩、やっぱり僕の聞き間違いのようなので、忘れてください。……えっと、日替わりランチの話でしたよね。それじゃあ、自分はBにしようかな。ナポリタンとオムハヤシのセット」

「いいね。じゃあ、俺もそれにしようかな」

気を取り直して全員分の品を受け取り、多くの生徒で賑《にぎ》わう学食を縫うように歩き、海たちが待つ席へと戻っていく。

「……やっぱり特におかしいところはない、かな」

念のため慎重に周囲の声を拾ってみるが、すでに別の話題へと移ったのか、俺や滝沢君について話している人たちはいない。

滝沢君が一体何を聞いたのかはわからないけれど、これ以上何かあるのは勘弁して欲しいところだ。


昼の食事を終えてグラウンドに戻ると、予定通り、各競技の出場メンバーごとに分かれての種目別練習が始まった。

ここからはずっと海と一緒に練習が出来る……と言いたいところだが、その前に男女混合の二人三脚のペアに立候補して、正式に認められなければならない。

まあ、いの一番に『男女ペアで出たいです！』と張り切って手を挙げるようなコンビなんて、おそらく俺と海ぐらいしかいないので、すんなり収まることになる……と、思いきや。

「……あ、滝沢君も二人三脚なんだ」

「はい。生徒会の仕事もあるので、本来はリレーのみに出場する予定だったんですが……人数の関係上、どうしても掛け持ちが必要になりまして」

聞くと、滝沢君のクラスは男子の生徒数が他と較《くら》べて少ないらしく、どうしても出場しなければならなかったそうだ。

滝沢君がメンバーにいるのは心強いとして……意外だったのは、もう一人のメンバーの存在だった。

「…………むぅ」

「中村さん、一人でなにしてるの？　せっかくだし、私たちのトコにおいでよ」

「朝凪ちゃん……いや、でも……」

各クラス最低二人以上の参加が義務付けられている二人三脚において、海とあともう一人、11組から参加するのは中村さんだったのだ。

俺と海のカップル＋滝沢君の三人から微妙に距離を取りつつ、中村さんが俺たちのことをじっと眺めている。

一緒に話したいのなら、いつものように遠慮せずこちらに来ればいいのに……そんなに俺たちの隣にいる後輩の男の子のことが気になって仕方がないのか。

「じれったいなあ……中村さん、ほら、早く」

「あ、朝凪ちゃんちょっと——」

珍しくもじもじとした様子の中村さんの手をとった海が、半ば強引に俺たちの輪の中に加える。

その拍子に、ふと、生徒会コンビの目が合ったことに気付いた。

「ど、どうも、澪先輩」

「総司《そうじ》……う、うん、どうも」

……なんてむずがゆい空気を醸し出す二人なのだろう。

先日の告白もあるので、どことなく気まずい雰囲気になるのは仕方ないのだろうが、こまでじれったいのは、以前の俺と海でもなかったような。

確かに、この二人を間近で見ていると、お節介を焼きたくなってしまう。今さらながら、海の気持ちが痛いほどに理解できた。

「っと、そんなことより総司、こんなところで油なんか売って、仕事はいいのか？　会計のモッチーが『忙しいよ～！』って泣いてたぞ」

「望月《もちづき》さんには後で謝っておきます。……そういう澪先輩こそ、逃げてるくせに」

「うっ……」

ぼそり、と呟《つぶや》いた滝沢君の言葉に、思わず呻《うめ》く中村さん。

今のはさすがに効いたらしい。

「だ、だって、それはお前がいきなりあんなこと言うから……」

「あんなこと？　あんなことって、なんですか？　僕、先輩に何か言いましたっけ？」

「あう……お、お前っ、会長である私に口答えとは、なんて生意気なヤツっ……」

まとめ役の三年生から今後の練習について説明がされているものの、話そっちのけで、本来生徒の模範となるべき会長・副会長の生徒会コンビがコソコソとやり合っている。

喧嘩《けんか》しているようにも見えるが、二人の関係性を知っている俺や海の目にはじゃれ合っているようにしか見えない。

喧嘩じゃなく、甘嚙《あまが》みのようなものだ。

……この状態で、どうしてお付き合いを躊躇《ためら》っているのだろう？

「――それでは今からペア決めを行いたいと思いますが、予《あらかじ》め決めている人は……」

「『はい、男女混合で』」

二人が説明そっちのけでじゃれ合いに夢中になっている間に、俺と海は真っ先に手を挙げる。いきなり男女混合を希望する時点で恋人同士であることを宣言しているようで少し恥ずかしいけれど、確実に海と一緒に二人三脚をするためには仕方がない。

俺たちのあまりの張り切りように、他のメンバーたちからもくすくすと笑いが起こった。

狙ったわけではないが、一気に場が和やかな空気に包まれる。

「わかりました。では、他に希望がなければ男女混合部門の二人三脚については前原・朝凪ペアに決定ということで――」

「……いえ、ちょっと待ってください」

他に希望者もなく、すんなりと決まりかけたところで、一人の生徒の手が挙がった。

お手本のような綺麗《きれい》な姿勢で、真っすぐ腕を上に掲げているのは、滝沢君だった。

「え、総司、キミいったい何を……」

「いえ、せっかく新生徒会が発足してから初めて公に関わるイベントなわけですから、僕ら生徒会役員が率先してお祭りを盛り上げたほうがいいんじゃないかと……ということで、先輩、僕と一緒に出ましょう」

「は、はあ……⁉」

まったくその気がなかったのか、意表をつかれた中村さんの頬《ほお》がほんのりと赤く染まる。

すんなり俺と海で決まるかと思われた直後の『待った』に、周囲の視線が一気に俺たちへと集まる。

――え、なにこれ、どういう状況？

――さあ？　修羅場って感じじゃなさそうだけど……。

――仲がいいとは思ってたけど、もしかして会長と副会長って付き合ってんのかな？

俺と海の二人に対峙《たいじ》する滝沢君と、そんな彼の後ろで顔を赤くしてもじもじと手を動かしている中村さんの姿は、ヒソヒソ話の標的としてはうってつけだ。

「――海、真樹君」

「！　夕」

「天海さん、どうしたの？　リレーの練習は？」

「えへへ、なんかそっちが騒がしかったから気になっちゃって……えっと、もしかしてペア決めで色々あった感じ？」

「うん。俺と海で男女混合ペアに立候補したんだけど……滝沢君も中村さんと一緒に出たいって」

「ああ……そういえば男女ペアって一組しか出ちゃダメな決まりだったっけ」

出場する全メンバーが気の合う仲間同士で出場出来れば望ましいのだろうが、レギュレーションで決まっている以上、どうにかして話し合って決めなければならない。

……円満に、皆が納得する形で。

「海、その、どうする？」

「事情を知ってる身としては譲ってあげたい気持ちは山々だけど。……でも、真樹と私の二人で二人三脚出るから写真お願いね、って、もうお母さんに頼んじゃったからなあ。母さんも二つ返事でＯＫするぐらい張り切ってるし」

「気が早いなあ……まあ、俺も海と同じ気持ちだけど」

いくら後輩のためとはいえ、俺たちも譲れないものはある。

運動神経や能力の面では敵《かな》わないかもしれないけれど……やる気と相性だけなら、俺と海のペアは誰にも負けない。

「滝沢君」

「はい」

「一応訊《き》くけど、引くつもりはないんだね？」

「横やりを入れる形で申し訳ないんですが……はい。僕は再来年もありますけど、澪先輩と一緒に走る体育祭はこれっきりなので」

隔年開催である都合上、俺と同じく、一年生の滝沢君にとっても、好きな人と参加できる体育祭は今回きりだ。

俺も海も頑固なところがあるし、今回に限っては、滝沢君も決心は固そうだ。

基本は話し合いで決めるべきだが、それが難しい場合は。

「……じゃあ、ジャンケンで決める？」

「……ですね」

まあ、最終的にこういう展開になるだろう。

「ジャンケンって……真樹君、そんな運に任せる感じで決めちゃっていいの？　こういう時って『どっちの愛が大きいか勝負だ～！』みたいになるとてっきり……」

「愛って……つまりは実力勝負ってこと？　まあ、確かに夕の言う通り、そっちのほうがはっきりとした差が出るから、後腐れはなさそうだけど……私と真樹はともかく、今回ばかりは手を抜いてわざと負けそうな人がね。ね、中村さん？」

「うぇっ……は、はてなんのことやら……ぴひゅ、ふぃ～ひゅ～」

「澪先輩って、口笛そんなに下手くそでしたっけ……？」

お互いに真剣勝負で決着がつけばいいけれど、図星を突かれてあまりにもベタな慌てようの中村さんの様子から見るに、それでは滝沢君があまりにも可哀想《かわいそう》だ。

もちろん、ジャンケンでも細かい駆け引きや揺さぶりはあるけれど、基本的には誰に対してでも平等であると言っていいだろう。

「澪先輩、僕が勝ったら、一緒に二人三脚やってくれますね？」

「……ああもう、わかったよ。私の貧相な胸がそんなにいいなら、好きなだけ君に押しつけてやるさ」

「二人三脚ってそんないかがわしい競技だったかな……？」

とにかく話はまとまったので、まとめ役の上級生に一言断ってから、輪から離れた俺たち四人はグラウンドの隅へと移動する。もちろん、この場では部外者だが、成り行きで天海さんも一緒だ。

「まったく、真面目な体育祭に個人的な感情を持ちこんで……肝試しの時から思ってたけど、そんなに私と総司のことをくっつけたいのかい？　あんな下手な演技で私の嫉妬心を煽《あお》るような真似《まね》までして」

「あ、やっぱりバレてたのね」

「当たり前だろ？　……まあ、あの時はちょっと冷静な思考ができなくて、数日はずっと頭の中がカッカしてたけど」

俺たちも決して面白半分で相談に乗ったわけではないが、中村さんにも中村さんなりの考えや理由があって、なるべく告白をされないよう、そして仮に告白されても出来るだけ返事を引き延ばせるよう動いていたわけで。

「こんな所で話すようなことじゃないかもだけど……ねえ、中村さん」

「……うん」

「改めて訊くけど、滝沢君のこと、どう思ってる？」

「どうって、それはどういう意味で？」

「異性として、ちゃんと意識してるかってこと」

「ストレートに来るなあ……ああもう、わかった、わかったよ」

観念したように肩をすくめて、中村さんはぼそりと呟く。

「……す、好きだよ。一人のオスとして、ちゃんと。ほら、総司、これでいいんだろ？」

「先輩……はい、ありがとうございます。本当に」

滝沢君の前で初めて口に出した、中村さんの正直な気持ち。

ここにきてようやく、彼女も素直になることに決めたようだ。

「な、なんだよっ、皆して私をそんな目で見て……べ、別にいいだろ、趣味も合うし、こんなあまのじゃくな性格の私に素直にぶつかってきてくれるんだから。……ちょっと会わない間にすっかりイケメンになったから、びっくりしてちょっと避けちゃっただけで」

「やっぱりね。……でも中村さん、滝沢君のことそんなに好きだったのに、どうして告白しなかったの？　中学卒業したらしばらく会えなくなっちゃうのに」

「だ、だって、告白してもし失敗したら怖い……」

「「「…………」」」

なんて面倒くさい……俺が中村さんに対してそう思うのは、失礼なことだろうか。

「な、なんだよっ、当時はそう思っちゃったんだから仕方ないじゃないか……」

恋愛に対してここまで奥手な中村さんのことを、滝沢君は良くぞここまで追いかけて来たと思う。

「よ～しっ、なんかよくわからないけど、これにて一件落着？　だよね！　ってことで早速最初はグーから行こうか。代表者はそれぞれ真樹君と滝沢君でいいかな？」

「夕、ノリノリだね……まあ、私は真樹に全部委ねるよ。真樹、頑張ってね」

「なら、私も。総司、私とペアを組みたいなら、見事勝ち取ってこい」

お互いに大好きな彼女の声援を受けつつ、俺と滝沢君は向かい合う。

たかがジャンケン、されどジャンケン。大げさかもしれないが、こういうのは雰囲気が大事――だと思う。

「行くよ、滝沢君」

「はい、いつでもどうぞ。前原先輩」

「「――最初はグー！」」

妙に気合の入ったジャンケンポン、の掛け声の直後。

勝敗はあっさりと決まった。

俺がパー。

滝沢君がグー。

俺の勝ち。

よし、と反射的に小さくガッツポーズが出た。

「やった。真樹、えらいっ！」

「ありがとう、海。約束通り、勝ったよ」

「へへ、私は絶対勝つと思ってたよ。こういう時の真樹は、誰よりも持ってるから」

「そうかなあ……でも、とにかく良かったよ」

続いて、海に背後から抱き着かれる。遠慮なく柔らかいものが背中に押し付けられて、個人的にこちらのほうも嬉《うれ》しかったり。

「く……澪先輩、すいません。負けてしまいました」

「あはは、負けたなあ。昔からなんとなく巡り合わせの悪いところはあったけど、やっぱり持ってないよな、キミ。……まあ、私が良く知ってる総司って感じで逆に安心したけど」

対して負けてしまった生徒会コンビだったけれど、そこまで悔しがっている様子はない。

二人三脚に出られなくても、お互いの気持ちは通じ合った。勝っても負けても、この二人にはもう関係ないのだ。

練習中もしっかりと海とイチャイチャできる権利……ではなく男女ペアでの出場を勝ち取り、滝沢君と中村さんの仲もきちんと取り持って。

理想的な決着を迎えて、俺たちはほっと胸を撫《な》でおろした。

「……いいなあ、みんな。私……私も……」

「？　夕、どうかした？」

「！　あ、ううん、なんでも……えへへ、あんまりサボると怒られちゃうから、私もそろそろリレーの方に戻るね。海、真樹君、これから練習頑張ってね」

「あ、うん。天海さんも怪我《けが》しないように気を付けて」

「ありがと真樹君。それじゃ、また後でね～！」

　明るい笑顔とともに手を振って、立会の役目を終えた天海さんがリレー練習へと戻っていく。

　一瞬、物憂げな表情を見せていたのが少し気になるけれど……とりあえず、今はそのことより目の前の練習だ。

「真樹、せっかく勝ち取った権利なんだから、頑張ろうね」

「まあ、それがあの二人に対する最低限の礼儀だしね。……で、具体的にどうやって練習しようか？　反復練習が大事なのはわかってるけど」

　スピードやタイムも大事だけれど、二人三脚で大事なのはとにかくコンビネーションだ。いかにミスをせず、コースを走りぬくことが出来るか……俺の運動能力が足を引っ張っている現状、先頭で次走へバトンを繋《つな》ぐためには、そこがカギになってくると思う。

「う～ん、タイム自体はこれからの『特訓』でなんとかするとして……」

「なんとかするのね。……で、他には？」

「一番大事なのは二人で息を合わせることだから……じゃあ、練習以外でも二人三脚で過ごしてみるとか？　登下校の時とか、家で遊んでる時とかも足首縛ってさ、嫌でもお互いの体を理解するように日常生活から仕向けて――」

「却下です」

「え～」

「え～じゃない。というか何、そのマンガ的な発想は」

「いいじゃん。……じゃあ、やっぱりお風呂は一緒に入る？」

「…………」

「……そこは悩むんだ。真樹のえっち」

「な、悩んでませんっ」

だが、海の言わんとすることはわかるので、これからもっとお互いのことを知らなければならないだろう。

海がどんなフォームで走っているのか、リズムに癖はあるか、呼吸はどうしているか。

もちろん、俺が海のことを知ると同時に、俺の癖も海にもっと知ってもらう必要がある。

……日常生活のことではなく、あくまで運動時の話だが。

「まあ、今日は初日だし、ひとまず時間までグラウンド周りを走ろっか。……再集合までは一時間ちょっとあるし、それだけあればある程度の課題は見えてくるでしょ」

「……あのさ海、もしかしてこれから一時間ずっと走るとかじゃないよね？」

「え？　走るけど……あ、初日はランニング程度のスピードで走るから、そこは安心していいよ？」

「全然安心できないんですが……」

体力づくりの一環で今でもたまに海と一緒に早朝ランニングをすることはあるが、海にとっては『ランニング』でも、俺にとってはすでに7割〜8割程度の力を出さなければ追い付けない。

こういう時の海は、大体笑顔で厳しいメニューを課してくる鬼教官へと変貌する。

……もちろん、ちゃんと頑張った後の飴《あめ》はとんでもなく甘いから、俺としても必死に頑張っているのだが。


体育祭の練習が始まってから、二週間ほど。途中、三日間あったお盆休みを経て八月も下旬へと差し掛かると、いよいよ本番に向けた準備が着々と進んでいく。グラウンドには、各組の生徒たちの応援席となるスタンドが業者によって組み上げられ、またその脇では実行委員を務める生徒たちの手によって、入退場門の制作が行われ、保護者・来賓用のテントなどが次々と運ばれていた。

「――じゃ、行くよ真樹」

「うん。……天海さん、タイム計測よろしく」

「オッケー！　ではお二人さん、いつでもどうぞ」

そんな中、俺と海は相変わらず二人三脚の練習中だった。さすがに学校外で足首を固定するわけにはいかないので、早出での練習や放課後の居残り練習などで時間を確保している。

「「……せーのっ」」

二人で掛け声を合わせて、一歩目を勢いよく踏み出し走り出した。これまでの練習の成果もあり、俺と海のリズムはほぼ完璧なので、後はどれだけ全力疾走のまま、この状態を維持できるかだ。

いち、に、いち、に――早朝ということでほとんど人のいない貸し切り状態のトラックを、俺と海は駆けていく。

「二人とも頑張れ～、あとちょっと！」

「真樹、スピード落ちてる。もう少しだけ頑張って」

「うん、わかってる……けど」

本番でも使うことになるトラックの距離は一周およそ130mほどだが、普段スポーツをしていない身からすると、その距離を全力で走り続けるのは中々きつい。

それでもなんとか海に引っ張ってもらう形で、ゴール地点でストップウォッチを片手に待ち受けている天海さんの側《そば》を通り抜けた。

「はっ、はっ……夕、タイムのほう、どうだった？」

「えっと……あ、ほんのちょっとだけど縮まってるよ。0コンマ1秒」

自分一人で走ってそれだけ縮められたら大したものだが、これが二人三脚であることを忘れてはならない。

先程走った時もそうだったが、トラック一周を走るコース終盤で俺の方がバテてしまったせいで、海がまだ全力を出し切れないでいるのだ。

これ以上俺の走る速度を底上げするのは難しいから、後はスタミナと根性でカバーするしかない。

早くも息を整えた海と、その傍らでぜえぜえと肩で息をする俺。

体力の無さは自覚していたが、ここまで差があると、とても申し訳ない気持ちになる。

「こら、真樹ってばそんな顔しないの。まだ時間はあるんだから、もうちょっと頑張ればきっと大丈夫。だから、ね？」

「……うん。ありがとう、海」

だが、今さら後悔しても遅いので、とにかく本番まで出来るかぎり頑張るだけだ。

幸い、海と一緒にいることもあって、練習に対するモチベーションはとても高い。好きな女の子の前で、これ以上情けないところは見せられないのだ。

「二人とも、そろそろHR始まるから、一旦教室に戻ろ。私も出来る限りは協力するから、助けが必要な時はいつでも言ってね」

「ごめんね、夕。応援団の練習と、後はバックボードの準備だってあるのに」

同じチームの仲間ということで、率先して練習に付き合ってくれている天海さんだが、彼女も彼女で抱えている仕事は沢山あるので、あまり甘えてもいられない。

……他の人に余計な迷惑をかけないよう、俺が頑張らないと。

——あ、夕先輩だ、おはようございます〜。

——夕先輩、どーもです。

「うん、こちらこそおはよう！　今日も暑くなるみたいだから、水分補給はしっかりね」

グラウンドから教室へと戻る道すがら、天海さんが登校中と思《おぼ》しき一年生から声を掛けられているのに気づく。後輩からは『夕先輩』と呼ばれているようだ。

各組で二百人以上の生徒が集まる中でも、天海さんの存在感はやはり頭一つ抜けている。デザインを担当しているバックボードでも、もしくは応援練習や種目別練習でも、天海さんの周りには、上級生下級生、さらには男女問わず多くの生徒たちがいる。

去年は文化祭だったのでそれほどでもなかったが、他学年とも多く触れ合う機会のある体育祭ともなると、さすがに天海さんの持つ影響力は隠しきれるものではない。

本人は控えめにしているつもりでも、周囲の目は否応《いやおう》なく太陽のような存在の彼女へと向いてしまうのだ。

天海さんにとっては、きっとこのぐらいのことは慣れっこで、俺がわざわざ心配する必要はないのだろうが。

「？　どうしたの、真樹君？　私の顔に何かついてる？」

「あ、うん、頰《ほお》に白いペンキが……」

「え、ホント？　一応気を付けてたつもりなんだけど……海、お願い、とって〜」

「ん……はい、どうぞ」

「えへへ、ありがと。海、大好きっ」

「わかってるから、いちいち抱き着いてこないの」

「む〜、海のイジワル〜」

大変そうだが、今のところはその状況も楽しんでいるようなので、ひとまず俺の出る幕はなさそうだ。

海と天海さんの二人が楽しそうに笑っているのなら、俺はそれでいい。

……俺も彼女たちと同じよう、周囲の声を気にしなければいいのだ。


――ねえねえ、あの男子、よく夕先輩と一緒にいるけど、仲いいのかな？

――さあ。あ、でも噂《うわさ》によると彼女持ちらしいよ。ほら、朝凪先輩って、夕先輩といつもつるんでる人。今もほら、一緒にいる――

――うえ、両手に花じゃん。あんな見た目なのに。

――ちょっと、そんなこと言ってぇ、聞かれちゃうよお？

――あははっ。


本人たちはこそこそしているようだが、だとしたら俺のことを侮りすぎというものだ。

普段やることがないからと、教室の隅でクラスメイトの話に聞き耳を立てていた元ぼっちの地獄耳は、未《いま》だ健在なのだ。

そして、それは海や天海さんも。

一度意識すれば、気にしていなくても耳には入ってきてしまうのだ。

「聞こえてるんだよなあ……」

「同じ青組の一年の二人だね。……よし、顔はもう覚えた」

「あはは……二人とも悪気はないんだろうけど」

「それが逆に問題なのよ。悪気があったら猶更《なおさら》ヒドイけど」

本人たちにとっては世間話の一部なのだろうが、当然、話のネタにされた俺たちはいい気はしないわけで。

「……でも、どうして皆真樹君のことを悪く言うんだろう？　真面目だし、頑張り屋さんだし、彼女想《おも》いで、勉強だって出来るのに。ねえ海？」

「本当にね。私と夕が隣にいる時点でちょっとは気付けって」

「はは……まあ、人の印象なんて、大抵は外見とか肩書きぐらいしか判断する材料がないから、しょうがない部分もあるけど」

俺にとってはその他大勢がどう思おうが関係ないが、俺のことをきちんと評価してくれている二人にしてみれば、多少悔しい気持ちがあるのだろう。

だからこそ、この体育祭で少しでもその評価を覆せればと思う。

雰囲気が冴《さ》えなくても、顔が格好《かっこ》良くなくても、やれることはきっとあるだろうから。

三人でこっそりと愚痴り合っていると、いつの間にかそれぞれの教室の前まで来ていた。

あまり褒められたものではないが、こういう話でも、つい熱が入ると時間を忘れてしまう。

「――じゃあ、私は自分のクラスに戻るね。真樹、今日の午後はもっとやるよ」

「う……が、頑張ります」

「張り切ってるね二人とも。それじゃ、二人に負けないよう私も頑張らないと」

「夕はこれ以上やったってしょうがないから、本番までに怪我《けが》とかしないよう、張り切りすぎないように」

「え〜、まだまだやれるのに〜」

天海さんはこう言っているが、すでに組対抗リレーの練習では男子顔負けのタイムを叩《たた》きだし、他の種目でも概《おおむ》ねエースとして活躍中らしい。

青組のアイドル的存在であり、競技の主力であり、それでいて裏方でも活躍中で……天海さんのポテンシャルを考えると不思議なことではないが、俺としても海の意見には賛成しかない。

体力があるのはいいことだが、無駄にすり減らすのももったいない。本番に大爆発してくれれば、それで十分なのだ。

海と一旦別れて、俺と天海さんは自分たちのクラスへ。早朝練習を少し早めに切り上げたこともあり、教室内の人はまばらな状況だった。小道具係の山下さんや、クラス代表の荒江さん（早出とはなんと珍しい）など、体育祭関連の仕事も大詰めを迎えつつあるのだろう。

「あ、あの――」

「！　っとと……」

自分の席に戻ろうとしたところで、天海さんが俺の体操服の裾を握っているのに気付いた。

「？　なに、天海さん」

「！　あ、ごめんね、つい……一言だけ、言い忘れてたことが、その、あったっていうか」

振り向くと、慌てた様子で手を放した天海さんが、顔をほんのりと赤く染めて、俯《うつむ》き加減でなにやらもごもごと話している。

……天海さんにしては、珍しい姿だった。

「真樹君、その、さっきはありがと」

「え？」

「ほら、さっきの。ほっぺに白いペンキが付いてたの、気付いてくれたでしょ？」

「？　ああ……あのぐらいなら、別に改めてお礼なんていいのに」

というか、むしろあの方が天海さんらしくていいのではと思ったり。

俺だとダメだが、天海さんがやるなら可愛《かわい》いものだ。

「ううん、こういう時はちゃんとお礼しなさいってお母さんにも言われてるから。……だから、ありがとね、真樹君。気付いてくれて」

「あ、うん。そういうことなら、どういたしまして……でいいのかな？」

「うんっ」

はにかみつつ、天海さんはいつものようにまばゆいばかりの笑顔を返してくれる。

ただ、窓から差す朝日と相まって、天海さんの太陽のような微笑《ほほえ》みは、俺にとっては少々眩《まぶ》しすぎるかも。

「じ、じゃあ、私はこっちだから。ごめんね真樹君、変なトコで呼び止めちゃって」

「いや、全然……さっき海も言ってたけど、あんまり無理しないようにね」

「もう、大丈夫だから。……ふふ、まるで海がもう一人増えたみたい」

そう言ってクスクスと笑いながら、天海さんは山下さん・荒江さんコンビの輪の中へと加わっていく。

「ヤマちゃん、渚ちゃんおはよ～！」

「天海さん、おはよ。へへ、ほら見て、お待ちかねのアレ出来たよ」

「え、あれって……」

「ほら、じゃじゃーん」

「！　おー！　こ、これはもしかして応援合戦用の……」

「そういうこと。荒江さんと天海さん仕様にカスタムした学ランね。丈をちょっと長くして、そでにフリフリつけて、後は左肩にそれぞれワッペンでもどうかなって」

「見せて見せて～！　……あ、左肩に可愛いワンちゃんがいる～」

「そっちが天海さんので、虎のほうが荒江さんね。昨日団長さんから二人分もらったんだけど、あんまり可愛くないから、ちょこっと魔改造をね」

「魔改造のことを誰も『ちょこっと』とか言わねえんだよ……ってか、なんで私の分まで余計な手入れたんだよ」

　彼女たちの様子が少し気になるが、女子たちの会話に聞き耳を立てるのも気持ち悪い気がするので、ひとまずはこの辺でやめておくことにしよう。

　天海さんがいつも通りなら、俺はそれでいい。


　練習もいよいよ終盤ということで、午前の応援練習も次第に熱が入り、皆、真剣な顔で応援団長の話に耳を傾けている。

　――一年生、もうちょっとだけ声頑張って！　それじゃ聞こえないよ！

　――パネル出すタイミングが遅れてるよ。一人ミスするだけで途端に見栄えが悪くなっちゃうから、譜面を暗記するぐらいの気持ちで！

　すでに本番さながらの気合で声を張りあげている応援団の中で、一人、長い金髪を振り乱しながら、真剣に踊っている荒江さんの姿が目を引いた。

「他の団員の人たちとまったく遜色ない……というか、むしろ周りより断然動きにキレがあるような……」

「アイツ、普段はやる気なさげなのに、こういう時は真面目なんだ。……だからって、別に見直したわけじゃないけど」

荒江さんの運動能力の高さについては、俺も海も知っていたけれど、上級生ですらミスを連発する難しそうな演舞の振り付けをほぼ完璧にマスターできているのは、素直にすごいことだと思う。

応援団には天海さんもいるし、二人の動きにそれほど遜色はないけれど、体格がいい分、よりダイナミックに映る。

──キャ〜！　渚先輩、カッコいい〜！

──先輩、お願いだからこっち見て〜！

「……そこの一年、うるさいぞ」

──『『はい、スイマセンでした！』』

男子顔負けの動きを見せる荒江さんの姿に、主に下級生の女子たちから黄色い声援が上がる。

彼女的には今の状況にあまり納得はしていないようだったが、中学時代のことを考えると、こういった隠れファン的な存在がいることは決して珍しいことではない。

荒江さんですらこんなに一生懸命汗を流して頑張っているのだから、俺もそれを見習わなければ。

本番をある程度想定した各組の応援練習が終わると、午後はいよいよ種目別練習のリハーサルへ。

いよいよ、俺と海の練習の成果を、皆に見せつける時がやってきた。

「真樹、勝とうね」

「うん。結果はどうあれ、出来る限りのことをするよ」

他の組のペアを見ると、そのほとんどが運動部同士──帰宅部同士の俺たちは、今のところ完全ノーマークといったところか。

個人的には、そちらのほうが断然やりやすいけれど。

──位置について、よーい……

パン、という号砲が空に響いた瞬間、まずは第一走者の一年生男子ペアがスタートする。

ウチの高校の二人三脚はリレー形式となっていて、一年生↓二年生↓男女混合（二人三脚と三人四脚）↓三年生↓アンカーへと続いていく。

俺たちはちょうど中ほどといったところだが、リードを保つため、もしくは差を詰めるためには重要な位置だ。

途中バランスを崩しつつも、しっかりと走り切った一年生ペアが次の二年生ペアへと青のタスキを渡す。順位は三位だが、差はそれほど大きくない。

ここから頑張れば、逆転は可能だ。

「海、行こうか」

「おし、やったろうぜ真樹っ」

お互いに手をしっかりと握り合って立ち上がると、青組のスタンドの一部――天海さんが座っているあたりから、大きな声援が飛んだ。

「真樹君、海、頑張れー！」

「そこのバカップル～、勢い余って派手にスッ転んだら承知しないからね～！」

各組の声援が入り乱れる中、天海さんと新田さんの声が俺たちの耳にしっかりと届く。

ちなみに赤組の望はというと……応援はしないまでも、俺たちのことをしきりに気にしている様子なので、内心は心配してくれているのだろう。

「前原先輩、朝凪先輩、ファイトです。もし順位を落としても、僕のほうでなんとか挽回《ばんかい》しますから」

「もちろん、生徒会長であるこの私もね。キミたちも知っての通り、逃げ足には自信があるほうなんだ」

「すごい説得力」

そして、俺たち二人の後ろに控える滝沢君や中村さんからも。滝沢君は一年生ながらアンカーで、中村さんは三人四脚のメンバーの一人として俺たちの後を走ってくれる。心強い人たちだ。

一着、二着とほぼ同時にタスキを受けて、少し遅れて青組がやって来た。

「――ごめん、ちょっと遅れた！」

「大丈夫。……海、タスキよろしく」

「オッケ。よし、それじゃあ追いかけますか！」

ひゅっ、とお互いに小さく息を吸うのを感じた直後、俺たちは全く同じタイミングで飛び出した。

これまでの練習ですでにお互いのリズムは熟知しているので、掛け声を出す必要もない。チームワークなら、間違いなくバカップルの俺たちが一番だ。

「「はっ――はっ――」」

グラウンドを半周ほど回ったところだが、明らかに前方との差が縮まってきている。

一歩、二歩、そして三歩――先頭を追いかける俺たちの足音が聞こえたのか、二位を走る男女ペアが、一瞬だけこちらのほうへ目をやった瞬間――。

「！　真樹、前の人たち……」

「うん、大丈夫」

海の言葉に頷《うなず》いた俺は、カーブ付近でわざと大回りするようにコースを変更する。

俺たちに気を取られたその一瞬、歩幅がずれた二位ペアが大きくバランスを崩したのだった。

転倒まではいかなかったものの、俺たちにはそれで十分だった。

「！　海っ、真樹くんっ！」

「お、抜いたっ。やるじゃん！」

トップスピードのまま、俺たちは前のペアを鮮やかに抜き去って二位へ。残り距離的に一位を抜くのは難しいが、後は残りの仲間たちに任せよう。

「前原氏、朝凪ちゃん！」

「うんっ、はいよ、生徒会長！」

「中村さん、後はよろしく」

「あいよっ」

手を振って俺たちのことを呼ぶ中村さんに海がタスキを渡して、ひとまず俺たちはここでお役御免となった。

練習通り、ほぼノーミスで海のスピードに食らいつくことが出来た。タイムはさすがに測ってはいないけれど、おそらくこれまでの最速が出たはずだ。

「二位かあ。まあ、本番に向けてまずまずってとこね」

「海は相変わらずこういう時は厳しいなあ……俺的にはこれ以上ない出来だったけど」

「ふふ、そうだね。真樹、今までで一番良かったよ。……格好《かっこ》良かった」

俺だけに聞こえるようにそう耳元で囁《ささや》いてくれた海の言葉が、俺にとってはなによりも嬉《うれ》しい。

特訓の成果が出て、大好きな海にも褒められて……一瞬順位のことを忘れてしまうほどに、俺の胸は充実感と幸せでいっぱいだった。

その後、中村さんや滝沢君たちの頑張りもあり、俺たち青組は二位を保ったままレースを終えることに。順位は二位だが、アンカーを務める一年生の滝沢君と三年生の男子ペアの激走もあり、一位にわずか及ばずの二位だったので、展開次第では十分にトップを狙えるはずだ。

　本番を想定した練習レースを終えてスタンドに戻ると、上級生たちを中心に、大きな拍手で迎えられた。

　下馬評ではあまり期待されていなかったようなので、ほとんどの人は予想以上の結果に驚いているらしい。

「海っ、お帰り！　めっちゃカッコよかったよっ！」

「わぷっ……もう、夕は相変わらず手加減なしなんだから」

「天海さん、ただいま」

「真樹君もお帰り！　練習の成果が出たね、よかったね」

「委員長、お疲れ。正直見直したかも」

「どうも。でも、俺もたまにはこのぐらい頑張らないと」

　天海さんたちから祝福を受ける中、ふと、周りの声にも耳を澄ませてみる。

　──二人三脚、メンバー的にあんまり期待してなかったけど、意外にやるじゃん。

　──ね。出だしは微妙だったけど、途中の男女混合で流れが変わったっていうか。

　──そうそう。二年生の……名前はわからないけど、一人で走ってるみたいな感じで。

　名前まではさすがに認知されていないようだが、顔ぐらいはなんとなく覚えてもらえたと思う。

先日のような嫌な感じも、今はほとんどない。

それが、今日の俺にとっては何よりの収穫だった。


「ふ～、今日は一段と疲れた……」

今日一日の練習予定が全て終わり、俺は大きく息を吐いた。

中学以前まではほとんど競技や応援に参加せず、ただ集団の隅っこで使わない体力を温存していた俺だったから、ただの練習であっても、体にずしんとのしかかる疲労感は相当なものだった。

「真樹、ご苦労様。今日はよく頑張ったね」

「うん。俺すごい頑張ったんだけど……その、ご褒美的なやつっていうのは」

「ご褒美、あると思う？」

「また意地悪な訊《き》き方を……あるなしというより、ご褒美が欲しい」

本番まではまだ数日あるけれど、その残り数日に励むためにも、ここで海に沢山甘えて、モチベーションを高いレベルで維持したまま……まあ、単に海とイチャイチャしたいだけなのだが。

「もう、ウチの彼氏は相変わらずしょうがないなあ……明日も朝早くから練習だし、疲れた部分のマッサージぐらいだったら」

「……いいの？」

「いいよ。……ただし、私にもちゃんとマッサージしてくれるなら」

「それはもう、真心こめてやらせていただきます」

「ふふっ……真樹ってば、調子いいんだから」

先程までは体力の限界とばかりに疲れを感じていたくせに、これから帰って海とベタベタできると思うと、あっという間に元気を取り戻してしまう。

「よし。じゃあ、今日だけ特別に居残り練習はお休みにして、真樹の家でちょっとだけ遊んじゃおっか。お母さんにも後で連絡いれておくから、夜十時ぐらいまでならなんとか――」

善は急げとさっそくこの後の予定を変更していると。

「――朝凪ちゃ～ん……私の唯一無二の友人にして、我がクラスの絶対的アイドル様……」

ふと、そんなふうに海のことを呼び止める声が、後ろから聞こえてきた。

「？　中村さん、どうしたの。私、これから外せない用事があるんだけど」

「用事って、どうせこの後前原氏の自宅でイチャイチャするだけ……いやまあ、恋人同士のスキンシップが大事なのは私もわかるけども。ほら、私も彼氏持ちですから。一応」

ついこの間まで恋愛に対して臆病そのものだったくせに、いざ吹っ切れたらこの変わり身の早さである。

これでもかと胸を張って威張る中村さんの後ろで、滝沢君が困ったように苦笑し、俺たちのほうへペコペコと頭を下げている。

二人とも順調そうで何よりだが。

「ウチの会長がどうもすみません。……まあ、僕たちのことはともかくとして、実は朝凪先輩にご協力をお願いしたくて」

「滝沢君まで？　もしかして、生徒会の人たちに何かあったとか？」

「いえ、僕たち含めて健康なんですが、仕事の量がいよいよ尋常じゃなくなってきまして」

「……ああ、なるほど」

滝沢君から話を聞くと、詳細はまだ秘密だそうだが、どうやら体育祭の他、秋～冬以降に開催するイベントの企画が他校から持ち込まれ、そちらの打ち合わせのために、生徒会メンバーを派遣しなければならないらしく。

打ち合わせには副会長の滝沢君他、会計を務める一年生の生徒（確か、望月さんだったか）を派遣することになったそうだが、二人が別行事の進行で一時的に抜けることで、どうしても残ったメンバーでは対応しきれない部分があるらしく。

「前生徒会長にも頼もうかと思ったんだけど、三年生たちは受験勉強だろ？　お願いすればやってくれるだろうけど、さすがに無理はさせたくないし」

「まあ、そうだね。体育祭の練習やって、受験勉強があって、その上で生徒会の仕事もってなると……俺だったら断っちゃうかもしれない」

ということで、生徒会の内情を多少ながらも把握している海に白羽の矢が立った、と。

個人的なことを言わせてもらえば、俺たちにも俺たちなりの用事があって、出来ればそちらのほうを優先したい……のだけれど。

「真樹、どうする？」

「誘われてるのは海だから、海のしたいようにすればいいけど……中村さん、ちなみにだけど、俺も海と一緒に手伝うっていうのは……」

「もちろん、前原氏同伴でも問題ないよ。というか、人手はいくらあっても困らないからね。タダ働きだからコストもかからないし」

「ふむ……」

であれば、二人きりの時間は減るけれど、二人一緒の時間はこれまでと変わらずといったところか。

「海、そんな感じらしいけど、どうする？」

「ん〜……真樹はどうしたい？」

「俺は……まあ、放ってはおけない、かな」

「そっか。ふふ、じゃ、私と同じだ」

自他ともに認めるバカップルの俺たちだけれど、決して自分たちだけが良い思いをしていればいいとも思わない。

俺たちが今もこうして仲良くできているのは、自分たちの努力だけでなく、周りの人たちの気遣いや協力があってのことだから、こういう時こそ、その借りをお返しするべきだと思っている。

海と考えていることが同じなら、答えは一つしかない。

「……わかった。それじゃ、生徒会の仕事が落ち着くまでは臨時メンバーとしてお手伝いとして協力するってことで。事務仕事とか、雑用ぐらいしかできないだろうけど、それでもいい？」

「もちろん。ありがとう、二人とも。歓迎するよ」

「前原先輩、朝凪先輩、ご協力本当にありがとうございます」

こうして、体育祭を終えるまでの期間限定で、俺と海の生徒会加入が決まった。

体育祭練習に加えて、放課後遅くまで残っての生徒会活動――練習の時点でへとへとの自分に果たして務まるかは不透明だが、他の皆が頑張っているのだから、あまり甘えたことも言ってはいられないか。

本当にダメな時は、足手まといになる前に正直に申告して離脱しよう。

……そう、心の中で決意を固めた直後。

「あ、ちょっと待って。協力するのは私一人だけでいいかな？」

「……海？」

思わぬ人から『待った』をかけられて。

「……朝凪ちゃん、本当にいいの？　私たち的には朝凪ちゃん一人いればなんとかカバーできる計算だから、それならそれで全然構わないけど」

「そう？　なら、なおさら真樹は参加させられないかな」

てっきり二人で一緒に参加するものとばかり思っていたが、どうやら海なりの考えがあるようで。

「あの、海さん？　俺なら別に大丈夫だけど……」

「ダメです。今日は休みでも、真樹は明日以降バイトがあるでしょ？　この前中田さんに聞いたけど、今月は上旬にたくさんお休みもらったから、その分だけ月末にシフトが集中してるんだって？」

「……そういえば、そうだったような」

休日の遊びに学校行事にと何気に慌ただしい毎日を送っている俺だが、もちろん、その間に海とのデート代を捻出するため、少ないながらも労働に励んでいる。

日中を炎天下で過ごし、夕方から夜にかけては馴染《なじ》みのピザ屋でアルバイト……海が心配しているのは、きっとその点だ。生徒会活動にまで手を出したら、休む暇がない。

「真樹、私は一人で大丈夫だから。その分、真樹はお仕事に励んで、しっかり私とのデート代を稼いでくること。いい？」

「デート代って、俺たちの場合大体割り勘――」

「細　か　い　こ　と　は　、　い　い　の　っ　！　」

「はい、すいませんでした」

意外と頑固なところがある海なので、こうなってしまうと翻意させるのは難しい。

まあ、海が俺の体調を心配してくれてるのは間違いないので、ここは素直に海に従ったほうがいいか。

「ふふ、彼氏のバイトのシフトまで詳細に把握してる系彼女とは……前原氏、キミは本当に幸せ者だねえ。総司、私たちも見習ったほうがいいかな？」

「そこは澪先輩のお好きなように……それはともかく、前原先輩、そういうことなら俺も協力には反対です。嬉《うれ》しいですけど、無理はよくありませんから」

体育祭までの数日であれば俺的には頑張れそうな気もするけれど……頑張れそう、で安請け合いして逆に迷惑をかける可能性もあるわけで。

「……わかった。そういうことなら、俺は遠慮するよ。海、一人で押しつけちゃって申し訳ないけど、生徒会のお手伝い頑張って」

「うん、任せといて。あ、ちょっと時間は遅くなるけど、真樹の家にはちゃんと『遊び』に行くからそのつもりで」

「了解。じゃあ、夕飯用意して待ってる」

「うんっ」

二転三転としてしまったけれど、ひとまず今日以降の予定はこれで決まった。

海と一緒にいる時間が少し減ってしまうのだけは残念だけれど……その分は、より密度の濃い時間を過ごすことで取り戻すとしよう。

体育祭が終わるまでの、少しの辛抱だ。

「そういうことだから、私は中村さんたちとこのまま生徒会室に行くね。真樹、寂しいだろうとは思うけど、今日は一人で真っすぐ帰るんだよ？」

「こ、子供じゃないんだから、そのぐらいわかってるよ」

中村さんたちの輪の中に入っていった海のことを見送って、俺も体操着から制服へと着替えるために自分のクラスへと戻っていく。

さて、これからどうやって時間を潰そうか。

汗やグラウンドの砂で汚れた体を綺麗《きれい》なタオルで拭い、制服に着替えてから、俺は自分の席に座ってゆっくりと一息ついた。

中村さんたちに引き留められていたこともあり、クラスメイトのほとんどはすでに下校しており、今は一人……なので、多少だらしなく足を投げ出して座っても、咎《とが》められることはないだろう。

「そういえば、一人の放課後なんて久しぶりだな……」

一年の頃はまだそこそこあったけれど、海と恋人になって以降——特に二年生に進級してからは、俺の隣には常に誰かしらがいて、寂しさを感じる暇がなかったように思える。

隣に海がいて、そのすぐ側《そば》には天海さんや新田さんがいて、そしてクラスは離れてしまったけれど、たまに望も気にかけてくれて。

そして、最近は中村さんや滝沢君も。

もちろん、学校内だけではない。アルバイト先では店長がいて、頼りになる（？）大学生の泳未先輩もいて。

ペースは非常にゆっくりだし、クラスメイトとの関係もそれほど変わらずだが、徐々に俺の周囲の関係は変わりつつあった。

ぽつんと静かな教室にいても、以前までは感じていた寂しさや孤独感のようなものは、今はもうあまり感じない。

精神的にも、かなり安定している。

「喉渇いたな……水筒のお茶も飲み切っちゃったし、ジュースでも買いにいくか」

海の言いつけ通り真っすぐ帰っても良かったけれど、もう少しだけ校内をうろついてみたい気分になって、俺はカバンを持って教室を後にした。

学食の側に設置されている自動販売機へ向かう道すがら、居残り練習や小道具等の準備で忙しく動いている生徒たちを眺める。大変なのは傍《はた》から見ていてもわかるけれど、数人で作業を進めている人たちは、皆真剣ながらも、たまに談笑しつつ楽しそうに取り組んでいる。

大変だけど、楽しい。その感覚を肌で理解するのに随分とかかったけれど、何も知らないままに高校を卒業せずによかったと、今は心から思う。

「――おーい、真樹ぃ」

「あ、望。何気に今日初めての遭遇だね。……今は応援団の練習中？」

「おう。ウチの組は大分先輩たちが気合入ってるから、中々終わらなくてさ……真樹、ジュース買いに行くなら、俺も付き合うぞ」

「うん、それじゃあ一緒に行こうか」

学食へと続く渡り廊下へ出たところで、居残り練習中の望が声を掛けてくれた。相当頑張っているのか、額に巻いている鮮やかな赤の鉢巻きが、大量の汗で滲《にじ》んで、若干暗い色に染まっている。

大変そうだが、充実しているのか表情は爽やかだ。

……根っからのインドア派の俺には、ちょっと出せそうにない。

「なあ真樹、その、そっちのほうは……どうだ？」

「どうって、まあ、そこそこ団結してるとは思うけど、練習にもしっかり取り組んでるし」

「いや、そういうことじゃなくて……ほら、天海さんのことだよ。わかるだろ？」

「ああ、そっちね」

いつもの五人の中で唯一違う組になってしまったので、やはり気になるのは想《おも》い人のことのようだ。

先程までの通し練習でもそうだったが、持っているポテンシャルを十二分に発揮してる天海さんは、その容姿も相まって、すでに他の組にも知れ渡るほどになっている。

ただ、望が心配しているのは、そういうことではなく。

「……えっと、人気ではあるけど、積極的に絡んでくるような男子はいない……かな。もちろん、俺が見てる範囲でだけど」

「そ、そっか。……よかった」

　学年関係なく他生徒との交流の機会が多くなる時期だが、今のところ、天海さんにしつこく言い寄ったり、怪しい動きをしている生徒はいないように思う。練習では海や新田さんと一緒にいることが多いし、別行動の時でも、クラスメイトの山下さんや、近寄りがたいオーラを常に纏《まと》っている荒江さんがいるので、上級生でもおいそれとは近づけないのだ。

「いやさ、ウチの組でも天海さんのことは大分噂《うわさ》になってて、さっきも同じ応援団のヤツが『紹介してくれ』だの『付き合ってるヤツはいるのか』だのしつこくて……まあ、全部丁重にお断りしてやってるんだけどな」

「望も大変そうだね……まあ、天海さんと仲の良い男子って、何気に俺とか望ぐらいしかいないからなあ」

　その場のノリや付き合いで偶々《たまたま》遊ぶようなことはあっても、天海さんへ直接コンタクトを取ることが出来る男子は、今のところ俺と望の二人しかいない。さらに言えば、電話番号に関して言えば、俺一人だけだったり。

「にしても、天海さんのタイプって、いったいどんなヤツなんだろうな。タキが登場した時は大分焦ったけど、はしゃいでたのは新田だけで、天海さんはいつもの調子だったし」

「確かに……まあ、滝沢君のケースはまたちょっと特殊だけど」

　高校入学以来、色々なタイプの男子生徒と交流があったはずだが、天海さんの心の琴線に触れるような人は現れていない。

格好だけの男子などは論外としても、野球に打ち込む最近の望や、生徒会活動に励む滝沢君などは、恋愛対象に入っても決しておかしくないように思えるが。

「ともかく、今は何も考えずに様子見ってことでいいんじゃない？　天海さんも今は恋愛っていうより、俺たちとか、新しく出来た友達と遊ぶほうが楽しいみたいだし」

「焦らずのんびり行くしかない、か。やっぱり」

「多分ね」

俺だって、まっとうに『恋愛』と呼べるものは高校生になって……というか、海に出会ってからなので、一般的には少し遅めだろう。そして、海だって同じタイミングで俺のことを好きになった。

だから、その海の親友である天海さんも、きっとそう遠くない将来、誰かを好きになるタイミングが訪れるのだと思う。

きっかけ一つで状況が一気に動く可能性は、俺自身が体験したからわかる。

何もせず、放っておけばいいのだ。

「というわけで、近況報告としてはそんな感じかな。お互い」

「だな。……周りがうるさいからちょい焦ったけど、やっぱり真樹に相談してよかったわ。ありがとな」

「どういたしまして。……ジュース、どれ飲む？　望も頑張ってるみたいだし、やっぱり今日は奢《おご》るよ。バイト代も入ってきたばっかだし」

「いいのか？　じゃあ、今回はお言葉に甘えて――」

自販機に二百円を入れて、紙パックの乳酸菌飲料（俺）とお徳用サイズのスポーツドリンク（望）を一つずつ購入する。

渇いた喉と火照った体に、甘くて冷たいジュースの水分が染み込んでいく。

生き返る、と表現するのは大袈裟《おおげさ》かもしれないが、夕方になっても蒸し暑さの残るこの季節のジュースの味は、学生の俺たちにとっては格別だった。

「ん――ぷはっ。ふう、補給完了っと。悪いな真樹、結局奢らせちまって」

「いや、望にはいつもお世話に……はなってないかもしれないけど、ジュース一本ぐらいならたまにはね。じゃ、居残り練習頑張って」

「おう」

自販機脇のベンチで五分ほど座って休憩した後、望は一足先に赤組の練習場所へと戻っていく。

望とは本番では敵同士だけれど、友達として、この時ぐらいは個人で労《ねぎら》っても問題ないはずだ。

「……さて、やりたいことも出来たし、今度こそ寄り道せずに帰ろうかな」

紙パックの中身を飲み干したところで、俺もゆっくりと立ち上がる。こうして放課後の校内を一人でぶらぶらするなんて、ぼっちだった頃と較《くら》べれば大分成長したものだなと思うけれど、今の俺だとさすがにここまでだ。

後は、自宅で首を長くして海が遊びに来るのを待つことにしよう。

「今日の夕飯はどうしようかな……確か冷凍庫にまだ鶏肉《とりにく》が残ってたはずだから、それと後は作り置きの常備菜とお味噌汁《みそしる》とご飯で……ん？」

今日の献立のことをぼーっと考えながら学食フロアを後にしようとしたその時、ふと、視界の端に、綺麗な金髪の女の子の後ろ姿を捉えた。

天海さんだ。

「……こんな時間までバックボードの作業、かな？」

遠くから目を凝らしてみると、どうやら作業で汚れた筆やペンキ塗り用の刷毛《はけ》を水場で洗っている最中らしい。

本番当日にスタンド後方に設置する予定のバックボードだが、そちらの作業のほうもいよいよ佳境に入っているはずだ。

頑張っているんだな――と、真剣な表情の彼女の邪魔にならないよう、遠くから見守っていたつもりだったが……心配の眼差《まなざ》しを強く向けすぎていたのか、俺の視線に気付いた天海さんが、顔を上げて俺の方を見る。

こうなると、さすがに無視するわけにはいかない。

「ど、どうも……ごめんね、作業中に」

「あ、ううんっ。もうちょっとで私も今日は上がるところだったから……それより珍しいね、用事以外でこの時間まで真樹君が学校にいるなんて。海は確か生徒会のお仕事でしよ？」

「うん。俺も真っすぐ帰るつもりだったんだけど、まあ、たまにはジュースでも飲んでから帰ろうかなって……天海さんはバックボードの作業だよね？　順調？」

「う～んと……まあ、大体は。本番前日ぐらいまでには仕上がると思うけど……まだ途中だけど、ちょっとだけ見てく？」

「え、いいの？　他の人たちの邪魔にならない？」

「私以外のメンバーはちょっと前に上がっちゃったから平気だよ～。それに、真樹君……とか海とか、他の人の感想もちょうど聞きたかったとこだし」

この後の予定もあるけれど、時間的にはまだ余裕なので、多少見る程度なら問題はないか。

それに、天海さんがどんな絵を描いたのかも、興味がないと言えば嘘《うそ》になるわけで。

「そういうことなら、ちょっとだけ」

「ふふ、そうこなくちゃ。……それじゃ、一名様ご案内ってことで」

天海さんの案内で、俺は体育館裏にある青組の作業スペースへ。

すると、そこには、大きな板状の木製ボードをいくつも組み合わせて構成された迫力のある『青』があった。

「おお……天海さん、これって龍《りゅう》ってことでいいんだよね？」

「うん。青組にちなんで、青い龍にしてみました。ちなみに使ってるペンキとか絵の具は白と青の二色だけだったり」

「色の濃淡だけで表現するってことね」

天海さん的にはまだ完成ではないようだが、個人的な感覚で言えば、このままスタンドに掲げられても問題ないほどの迫力はあると思う。

水中（というか海中？）から激しい飛沫《しぶき》を迸《ほとばし》らせて、天高く空へと上昇している青い鱗《うろこ》の龍の様子を描いたそれに、俺は思わず圧倒されていた。

デザインを天海さんが担当しただけあって、さすがの一言である。

「それで、どうかな？」

「いや、控えめに言ってもすごいよ、コレ。……写真撮って、海に送ってもいい？」

「ふふ、完成前だけど、それでよければ」

体育館裏に現れた青龍を興奮気味にスマホに収める俺を見て、天海さんが穏やかな笑みを浮かべている。

夏休みに入って早い段階から作業を進めていた彼女からすれば、無事にいい反応をもらえてきっとほっとしたことだろう。

自分の作品に自信はもっていても、いざ誰かに見せるとなると、誰だって多少は不安になったり、緊張したりするものだ。

それがたとえ、仲の良い友人であったとしても。

「でも、これで完成じゃないいんだね。あとはどんなことするの？」

「えっと、お鬚《ひげ》とか鱗の質感と、あとは細かい水しぶきの表現とか……係の皆は『もうこれで十分だよ』って、『無理しなくても大丈夫だから』って言ってくれたんだけど、どうしても納得いかなくて」

「……もしかして、それで一人で居残り作業をやってた、とか？」

「……え、えへへ」

ばつが悪そうに苦笑した様子を見るに、おそらく図星だったのだろう。

この絵がキャンバスに描いたものなら問題ないのかもしれないが、今回の場合は木板をいくつも組み合わせて作る巨大なバックボードなのだ。より質感を持たせるために鱗一枚一枚に陰影をつけたり、よりリアルな水しぶきを表現するのは、予想以上に時間がかかると、素人の俺でも思う。

天海さんが言っている感じだと『あともう少し』のように聞こえるが、天海さんが納得する形の完成度を求めるとなると、むしろここからが作業の本番のような気が。

それがわかっているから、きっと他のメンバーは『十分』だとしたのだろう。

そして、その意見には俺も同意だ。

この出来で『妥協したな』という感想を抱く人は、多分ほとんどいない。これ以上を求めるとすると、それはもう『こだわり』とか『自己満足』の域だ。

それがわかっているから、天海さんも一人で作業していたわけで。

「天海さんも、海に似てなかなか頑固だよね」

「そうかも。ずっと隣にいたから、やっぱり多少は影響されちゃうかも」

そう言って、天海さんは筆を持ち直し、再び一人で巨大な龍へと向かって行く。

別にこれを完成形としても、誰も文句は言わない。誰に聞いても天海さんは頑張ったと答えるはずだ。

しかし、それでも天海さんはそれを良しとしない。

やるからには、全力。しかもそれは、他人から見てではなく、自分の中にある限界ギリギリまで頑張るという意味の。

海も天海さんも、そういう意味では不器用な生き方をしている。

そして、そんな二人に感化されまくっている俺も、また同じように。

「天海さん、その、俺も手伝っていい？　まったくの部外者だけど」

「！　え……そ、そんな、悪いよ。私が好きで勝手にやってることなのに、真樹君のこと巻き込めないし……」

「じゃあ、このまま一人で意地になって続けるの？　本番までもう日もなくて、作業時間だって限られてるのに」

「う……で、でも、海にも悪いし」

「……確かにね」

とはいえ、やはり放ってはおけない。

他の人ならいざ知らず、俺と海の二人は。

俺はすぐさまスマホを取り出した。

『(前原)海さん』
『(朝凪)は～い？』
『(前原)忙しいところ申し訳ないんだけど……』
『(朝凪)んーん。ちょうど今一段落したとこ』
『(朝凪)で、なに？』
『(前原)これ、本番でスタンドに飾るバックボードなんだけど』
『(前原)【先程撮影した龍の画像】』
『(前原)天海さんの話だと、仕上げはまだこれかららしく』
『(朝凪)……ああ、夕のいつものヤツ』
『(朝凪)去年の文化祭でも、それが原因で徹夜したなあ……』
『(前原)え、そうだったの？』
『(朝凪)うん』
『(朝凪)夕、絵に関してはかなりこだわるほうだから』
『(前原)そうだったんだ……』
『(朝凪)でも、他の係の人は？　まさか、もしかしていないの？』
『(前原)そのまさかです』

『(朝凪)　ったく、ウチのお姫様は相変わらず無茶《むちゃ》するんだから』
『(朝凪)　わかった。じゃあ、私が終わるまで真樹は仕上げ作業を手伝うんだね？』
『(前原)　……そのために、海にお伺いをと思いまして』
『(朝凪)　このうわきもの』
『(前原)　なんでそうなる』
『(朝凪)　ふふ、冗談だよ』
『(朝凪)　でも、こういうのはこれっきりだから、それは忘れないように』
『(朝凪)　相手が夕でも、他の女の子と二人きりなのは変わりないんだから』
『(前原)　……だよね。新田さんにも似たようなこと少し前に言われた気がする』
『(朝凪)　そ？　まあ、新奈も何気に色んなとこに気が付くからね。良い子だよ』
『(前原)　海が新田さんを褒めた……？』
『(朝凪)　ふふ、いつもアイツにアイアンクローだけかましてるわけじゃないから』
『(朝凪)　終わったら、私もそっちに行くから。一緒に帰ろ』
『(前原)　ありがとう、海』
『(朝凪)　へへ、いいってことよ』

少し長いやり取りを終えて、俺はまだ使われていない筆を手に取った。
俺に絵心はないけれど、天海さんの指示に従って動くことぐらいはできる。

「……真樹君のばか」

「そうかもね。海と天海さんの二人に似て」

「むう……とりあえず、右下のところをお願いしていい？　白いペンキを、筆で適当に散らしていく感じで。一枚一枚が大きいから、派手にやっちゃって大丈夫」

「了解」

そうして、天海さんと二人での作業が始まる。

普段はお喋《しゃべ》り好きの天海さんだけれど、今回ばかりは黙々と作業に没頭し、俺に話し掛ける時も、絵の仕上げについての細かい指示のみ。

あっという間に、時間が過ぎていく。

「——よし、とりあえず今日はこんなもんかな。真樹君、今日はお手伝い、本当にありがとね。協力してくれたおかげですごく捗《はかど》っちゃった。……どう？　さっき真樹君が撮ったヤツより、大分いい感じになったと思うんだけど？」

「……まあ、確かに」

作業はまだ残っているけれど、仕上げが終わったところとそうでないところを比較すると、迫力が大違いだ。

最初のうちは、作業をしていても『ここまでやる必要はないのでは？』という考えが頭の片隅にあったけれど、いざ見える形で提示されると『……やっぱりやってよかったのかも』と思わされる。

何度感じたかわからないけれど……さすが、天海さんだ。

偵察がてら、他の組の様子もちらりと確認させてもらったけれど、素人目から見ても、青組の出来栄えは群を抜いていると思う。

「じゃ、そろそろ帰らなきゃだし、お片付けしよっか。真樹君、海のほうは今どんな感じだって？」

「えっと……ひとまず今日の仕事は終わったから、後五分ぐらいしたらそっちに迎えにいくね——だそうです」

「そっか。あ、二人の邪魔にならないよう、今日は一人でさっさと帰るから安心してね？」

「今さら気を遣われてもなあ……まあ、そこは天海さんに任せるよ」

「えへへ、了解です隊長」

「た、隊長ぉ？　また俺に変な呼び名がつこうとしてる……ってか今日の俺は隊長じゃなくて助手って感じじゃない？」

「そうかな？　ニナちが真樹君のこといつも『委員長』って呼ぶから、私も似たようなあだ名っぽい呼び方したくて」

「……却下で」

「え～」

「え～じゃないです」

天海さんと二人きりで会話するなんて中々ないことだけれど、思いのほか、言葉に詰まることなくすらすらとお喋りできている。

海との友達付き合いがスタートしたのとほぼ同時、『友達の友達』として始まった天海さんとの関係だけれど、少しずつ、俺の中で、天海さんも気の置けない存在になりつつあった。

……もちろん、あくまで友人として。

その後も他愛《たあい》のないお喋りを続けつつ、作業道具を全て片付けて、本日の仕上げ作業はひとまず終了となった。

初めのうちは海のいない放課後の暇をどう潰そうか考えていたけれど……自分の足で探してみれば、意外と見つかるものだ。

「真樹君、今日はお疲れ様。明日以降は係の皆に頭下げて一緒に作業してもらえるよう頼んでみるから」

「了解。……当日の完成版、楽しみにしてる」

「うん、期待してて。……あ、真樹君、ちょっと頭、こっちに向けてもらっていい？」

「え？　えっと、こう？」

「そうそう。さっき使ってた白いペンキの汚れが髪の毛についてるっぽくて……あ、やっぱりそうだ。えへへ、取ってあげる」

「あ、ちょ――」

ふと、俺の髪に触れようとした天海さんの顔が至近距離にまで来ているのに気付いて、俺は咄嗟《とっさ》に後ずさりしてしまう。

　会話のほうは問題なく出来るようにはなったけれど……相変わらず、天海さんの距離感の詰め方には困ったものだ。

「あ……ご、ごめんなさいっ。海とかニナちに散々言われてるのに、私ったらまた勘違いされるようなこと――」

「いや、今回はどんくさい俺のほうも悪かったし……その、髪のペンキをとってくれようとしたのはひとまずありがとうございますというか」

「うん、それはまあ、どういたしまして……」

　さっきまでは普通の友人のように接することができていたのに、俺が露骨に避けるような反応をしたせいで、一気に場の雰囲気が気まずいものになってしまう。

　こういう場合、もう少し自然に、やんわりと申し出をお断りすることもできたはずだが……やはり、まだまだコミュニケーション修行が足りないらしい。

「えと……んと……じゃ、私は予定通り一人で帰るね。真樹君、また明日ね」

「え？　あ、ああ、うん。また明日……」

　まるで去年の今頃に戻ったかのようにたどたどしい会話を交わすと、天海さんは俺から逃げるようにその場から去っていく。

　俺の行動のせいで変な空気にしてしまったけれど、それと同時にこうすることしか今の俺にはできなかったと思う。

天海さんとは友達で仲も良好だけれど、天海さんは女の子で、しかも今や校内で知らない人はほとんどいないほどの有名人になりつつある。

これがもし海や新田さんといった、親しい人たちだけのクローズドな場ならともかく、ここは多くの人の目に触れる可能性のある学校なわけで。

「とりあえず、誰かに見られてる感じはないと思いたいけど……どうか変な噂《うわさ》とか立ちませんように……」

何事もなく、とにかく平和に——下校時刻が近づいていることを示すチャイムが校内に響き渡る中、俺はそう頭の中で祈り続けていた。

※※※

「——ったく、やっと見つけた。こんなところに放り出してんじゃないよ、まったく」

図書室の一番奥の机にぽつん、と一人寂しく置き去りにされた鞄《かばん》を拾い上げて、僕はこっそりと悪態をついた。

最近出たばかりの漫画の最新巻を貸す……のはいいのだけれど、僕が用事を済ませて戻ってくるのを待てないからといって、鞄ごと持っていくことはないだろう。

そして、図書室で目的のものを読んだ後、用済みとばかりに放置して、僕一人を残して勝手に帰ってしまうのも。

『すまん。色々考え事してたら、お前の鞄のこと忘れちまってて』

メッセージだけ見たら謝ってるようにも見えるけれど、その画面の向こうで、意地の悪い笑みを浮かべている『友達』の姿が目に浮かぶ。

憂さ晴らし目的でサンドバッグにされているのは、すぐにわかった。詳しい話は聞いていないものの、どうやら、体育祭準備期間中に仲良くなった（本人談）一年生の女の子にあっさりと振られたらしく、そのせいでここ数日、特に機嫌が悪かったのだ。

友達である彼とは中学校時代からの付き合いだが、そのころから何も変わっていない。いつもつるんでいる集団の中で周りと較《くら》べて体格がいいだけでお山の大将を気取り、自分にも魅力があるのではないかと勘違いして、分不相応なグループの女の子に声をかけては、気持ち悪がられて露骨に避けられるの繰り返し。

そんなどうしようもない連中の、さらに一番下にいるのが、僕という存在だった。

「……っ」

照明が消され、薄暗く静かな図書室で一人、制服に着替えているのがみじめになって、目の奥が微《かす》かにつんと痛む。

自分の周りには、なんでこんな連中しかいないのだろう。小学校から今に至るまで何気に無遅刻無欠席で、成績だって上から数えたほうが早い程度の順位は常にキープしていて。

これまで真面目一辺倒に頑張って、コミュニケーションだってそれなりに出来るはずなのに。

……今まで学校が楽しいと思ったことなんて、ただの一度もない。常に誰かにうっすらとバカにされ、いじめにはならない微妙なラインのいじられ方をして、心の中で泣きつつも、顔には必死に作り笑いを貼り付ける。

そんな人間関係など、今すぐに切り離すべきだ。頭ではそう理解している。

けれど……未《いま》だに僕は、今の立場から抜け出せないでいて。

足掻《あが》こうとする気力も、いつの間にかもう残っていなかった。

どんなにくだらなくても、『一人ぼっち』ではなかったから。

「……失礼しました」

無人の図書室に対して丁寧に頭を下げてから、僕はさっさと下校すべく、昇降口へと向かう。体育祭本番がすぐそこまで迫っていることもあり、下校時刻直前になっても、校舎内は応援練習の掛け声やその他の会話でそこそこ賑《にぎ》わっている。

「喉渇いたし、ジュースでも買って帰ろうかな」

鞄を探して歩き回っていたせいでカラカラになった喉を潤すべく、学食の脇にある自販機へ。帰りの途中や駅の構内にもあるけれど、学校で買うのが最も安いのだ。バイトなどもしていないから、こういう日々の積み重ねは、意外に馬鹿にならない。

それに、この時間なら、一人で歩いていても目立つことはないだろうし。

「……ん？」

と、白い自販機が視界の端に見えた瞬間、遠くから男女の話し声が聞こえてくるのに僕は気付いた。

――真樹君、今日はお疲れ様。……、……。

――了解。……してる。

「あれは……天海さんと、前原君……かな」

会話から察するに、おそらくクラスメイトの二人で間違いないだろう。

天海さんは一人で居残り作業をすると言っていたのでわかるが、なぜ仕事のない彼がこんな時間まで。

「まあ、僕にはもう関係のない話か。……彼はもう僕とは別世界の人間だし」

少し前までは嫉妬じみた考えをもったり、彼に対して素っ気ない態度や嫌味《いやみ》なことを言ったりもしたけれど、考える度に惨めになる気がして、それ以上は彼のことは考えず、また彼の周囲の人間ともなるべく距離を置いていたのだ。

どうして彼ばかり。

「……いや、もうやめよう。これ以上は、ダメだ」

しかし、そう自分に言い聞かせてその場から離れようとしても、足は、視線は、彼ら二人のほうをしっかりと向いたままで。

「……いいなぁ、オレも、あんなふうに可愛《かわい》い女の子と楽しく――」

ふと、そんな言葉が口からこぼれ落ちた瞬間。

――あ、真樹君……。

咄嗟にポケットからスマホを取り出した僕は、決定的瞬間を撮影してしまう。

天海さんが、前原君に向けて極端に顔を近づけて何かをしている……自分と二人の距離が少し離れているせいで詳しくはわからないが、明らかに『友達』同士の距離感ではないのも確かである。

見る角度によっては、もしかしたら——。

とある想像が頭をよぎった直後、僕は咄嗟に自販機の陰に身を隠して、二人に見つからないよう息をひそめる。

思わず撮ってしまった。

校内では知らない人はいないほどの美少女である天海さんと、冴《さ》えない見た目と薄い存在感のクラスメイトの男子。

隠し撮りだ。常識的には良くないことをしているのはわかっている。

……けれど。

「朝凪さんっていう彼女がいるのに、天海さんともコソコソとだなんて……ダメだろ、そんなの」

結局、僕はその場で今しがた撮れたばかりの画像を消去する気には、どうしてもなれなかったのである。

5. 悪評(?)広まる

八月が終わり、九月。いよいよ新学期を迎えた。先月までは日差しやスイカ、向日葵《ひまわり》など、家に飾られているカレンダーも夏を連想させるものばかりだったけれど、それを一枚めくると、夜の空に浮かぶ満月やススキの絵がお目見えする。

外は相変わらずの猛暑で、季節の変わり目を実感するようなことは、まだないけれど。

「あの時から、ちょうど一年か……」

朝、ベッドから起きて朝食の準備をしながら、まだぼんやりとした頭で俺はそう呟《つぶや》く。

去年の今頃から季節は巡って、高校生活二度目の秋。

『友達になってくれない？』

クラスメイトの女の子の一言から始まった一年の間で、俺の周囲を取り巻く人間関係は、180度変わった。

一人で自分の殻に閉じこもるしかなかったあの頃から、一人、また一人と俺の名前を呼んで手招いてくれる人が加わっていって。

学校が楽しい、と言っている学生の気持ちが、昔はわからなかったけれど。

　今は新しい朝を迎えるのが、ちょっとだけ楽しい……かもしれない。

「真樹《まき》、おはよ。今日からまた授業だね。課題はちゃんとやった？」

「もちろん。海《うみ》の方は大丈夫だった？」

「……昨日は丸一日夕《ゆう》のお家《うち》にお邪魔していました。ちなみに、なぜか新奈《にな》もいたね」

「やっぱり。とりあえず、お疲れさまでした」

　学生にとっては割と恒例の夏休み最終日の修羅場だが、海もしっかりと体験してきたらしい。

　苦笑いを浮かべた様子から、昨日の天海《あまみ》家の様子がわかるような気がして、俺は海のことを労《ねぎら》うように、優しく頭を撫《な》でてあげる。

「えへへ……真樹ってば、最近頭撫でるの上手になってきたね。こうやってされるの、すごく気持ちいい」

「そう？　なら、よかったけど」

　夏以降、ますます海とのスキンシップが増えてきたことで、少しずつだが、ようやく海の体のことを理解し始めてきたと感じる。敏感なところ、凝っているところ、撫でてあげると気持ちよさそうな反応を見せるところ……などなど。

　天海さんや新田《にった》さんといった『友達』が知らない海の秘密を、『恋人』である俺一人だけが知っている。

　そして、海だって俺のことはほぼ全て知っている。

「そういえば、海も今日からはブレザーなんだね。暑くない？」

「暑いよ？　暑いけど、もう秋だからね。……もう一年、経《た》っちゃったね」

「……だね」

「どう？　真樹はこの一年、あっという間だった？」

「半々、かな。入学から半年は地獄みたいに長くて、そこから半年は光が通り抜けた感じ」

「あはは、まさに半々だね。ちなみに今は？」

「ずっと光の中です」

「そっか。じゃ、私と一緒だ」

海と友達になってからもうすぐ一年、恋人になってからおよそ九か月……海との日常は、油断しているとすぐに過ぎていく。

今だってそうだ。俺的には恋人と束《つか》の間《ま》のお喋《しゃべ》りをしているだけのつもりなのに、時計を見ると、もう登校しなければならない時間をお知らせしている。

実時間一時間、体感はたったの五分か十分……たまに時間の流れが平等なのか疑いたくなってくるほどだ。

「さて、時間だし、そろそろ学校行こうか？」

「うん」

ごく自然に手を取り合って、俺と海は一緒に自宅を出た。付き合い立て当初は恥ずかしさから大っぴらにはしていなかったけれど、それに慣れたころには、誰に冷やかされようとも堂々と、固く指と指を絡ませあって放すようなことはない。

海は俺の彼女なのだ。恥ずかしがる必要なんて、ない。

夏休み明け最初の授業だが、お盆明けからほぼ毎日、体育祭練習で登校していたので、休みボケのようなものはない。

ただ、しっかりと二学期モードに切り替わるのは、今週末に開催される体育祭本番が終わってからだ。

「！　ふ、二人とも、どうもおはようさんです……」

「おはよ、夕。私は日付変わる前に帰っちゃったけど、その後、どうだった？」

「ついさっきまで頑張って、なんとか」

「よし、偉いぞ親友。ひとまず、よく頑張った」

「えへへ～、もっと褒めて～」

親友同士の二人は去年から相変わらずだが、彼女たちもずっと順調だったわけではない。

本音をぶつけ合ったこともあったし、初めて溝が出来たこともあったけれど、それでも今、彼女たちはこうして仲睦《むつ》まじくしている。何とかなっている。

終わりよければ……なんて、そんなことを言うつもりはないけれど。

今はこれできっといいのだと思う。

「お、またいつもの光景だ。これがあると、学校が始まったって気がするカモ」

「よう真樹、それに朝凪《あさなぎ》と天海さんも」

「！　あれ、ニナちに関君《せき》だ。おはようだけど、珍しい組み合わせだね。……はっ、もしかして私が知らない間に……！」

「「あるかそんなこと、いやマジで」」

二人から同時に反論が上がった。……が、意外にお似合いな組み合わせな気がするのは俺の気のせいだろうか。まあ、これもあくまで友達としては悪くないだけで、恋人として考えるとまた違うのか。

一年経って色々と学ぶことはあったけれど、人間関係の機微は本当に難しい。

「じゃ、俺は応援団の朝練があるから、先行くわ。四人には悪いけど、やるからには負けねえからな」

「恋愛では惨敗してるから？」

「ぐえっ」

「の、望《のぞむ》っ……！　新田さん、それは言っちゃダメなヤツ」

「おっと、これは失礼」

「……新田、お前はマジで一度ぶっ飛ばされろ」

「はいはい。ほれ、早く練習いっておいで」

五人の中ではもはや恒例となったやり取りも終わって、俺の中で改めて二学期が始まったような気がする。

新たな気持ちと、新しく出来た仲間……と呼ぶのは小恥ずかしいけれど、友達と一緒に、また一年、楽しく過ごせればいいと思う。

……だが、いつも通りの日常を過ごしている中で、ふと、それを邪魔するかのような雑音が、俺の耳に届いた。


——ねえほら、あそこのヒト。

——本当だ。へえ～、あんなツラして、随分モテモテなこと。

——一人は彼女で、もう二人は○○ってやつ？

——ちょ、それはエグイって。


周囲に気取られることのないよう、海や天海さん、新田さんもいつも通りだが、心なしか表情はムッとしている。

「ちょっと前まで落ち着いてたんだけどなあ……いつの間にか私も委員長ハーレムの中に加わってるし。委員長、心当たりない？」

「どうかな……特に悪目立ちするようなことは、した覚えないけど。だよね、海？」

「うん。私と真樹は恋人同士だから、その点であれこれ言われるのは構わないんだけど……どっかで変な噂《うわさ》が立ったりしてんのかな？　夕、バックボード係の後輩とか先輩たちから話聞いたりしてない？」

「え？　ど、どうかな……係の人たちは皆優しいから、そんなこと一切……なかったと思いたいけど」

　ということで、今のところ思い当たる節は、特に思い浮かばない。

　男一人（俺）と、女子三人（海、天海さん、新田さん）の組み合わせなので、それを見て単純に面白おかしく言っているだけなら、腹立たしくはあるけれど、ただの悪口として聞き流すこともできるが。

　今までも似たような話は一年生の時にも断続的にあったけれど、今回は体育祭が絡んでいるせいで、話の規模が他学年にも及んでいるのか、中々にしつこい。

　少し前の二人三脚の頑張りで、一度は抑えきったと安心していたのだが。

「普通は無視一択なんだけど……新田さん、ちょっとだけ探りって入れられる？」

「いいよ。私が知らない時点で同学年が話の出所じゃないはずだから、下級生と付き合いのある子に、それとなく訊《き》いてみる」

「じゃあ、私も生徒会のお手伝いのついでに滝沢《たきざわ》君とか、他のメンバーの子たちに訊いてみよっかな。真面目な子たちばかりだから、そういう嫌な噂は知らないと思うけど」

　犯人探しではないけれど、原因があるなら知っておいた方が対策も打ちやすい。

　……体育祭を直前に控えたこのタイミングで、大変迷惑なことをやってくれたものだ。

「私……は、海とニナちでやってくれてるし、いつも通りのほほんとしてようかな。渚《なぎさ》ちゃんとかヤマちゃんにも変な心配かけたくないし」

「だね。今の状況だと、どうやっても天海さんは目立っちゃうし」

天海さんには普通に過ごしてもらって、その間に、俺たちのほうで悪評（？）の出所を探る――こういうのは、役割分担だ。

もちろん、なぜかこの悪評の主役（でいいのだろうか）である俺も。

やることを確認して別れた後、俺はクラスメイトの天海さんと一緒に教室へ。

……見た所、クラスメイト達はいつも通りだ。一緒に入って来た俺と天海さんのことをちらりと見はするけれど、半年が経ち、このクラスでは割と普通のことになりつつあるので、『ああ、また前原《まえはら》か』ぐらいにしか思われていない。

いつも通りだけど、今はそれが俺のことを安心させてくれる。

「あ、天海ちゃんおはよ。疲れた顔してるけど、もしかして徹夜で課題やってたクチ？」

「え？　あ、う、うんっ。えへへ、いや～夏休みがあまりにも楽しくて、ついつい後回しにしちゃいまして。渚ちゃんもそうでしょ？」

「オマエと一緒にすんな。私は七月には全部終わらせてる」

「え、マジ？　……荒江《あらえ》さんって、普段ダルそうにしてるけど、普通に真面目だよね。真面目ギャル？」

「ヤマ、お前はちょっと黙れ」

傍《はた》から見ていてヒヤヒヤするが、今のところギリギリ『普段通り』にやれている。

こういう時、荒江さんの反応が気になるが……まあ、彼女は基本的に俺たちに干渉しない主義のはずなので、バレたとしても放っておくしかない――

「あ、そうだ。おい、前原――」

「！　……え、えと、なんでしょう？」

「だから、そんな嫌そうな顔すんなって。……始業式が終わった後、ちょっと面貸せ。言っとくけど、逃げたらぶっ飛ばすからな」

「逃げなくてもぶっ飛ばされそうな……」

「あ？」

「いや、なんでもないです」

突然の荒江さんからの呼び出しに、さすがのクラスメイトたちもざわめく。

ついに前原がシメられる時が――いや、そう思わせておいてまさかの逆パターンも――というところで、荒江さんの強烈な睨《にら》みが発動して、ざわめきが一瞬のうちに収まる。

すっかり、２年10組の番長的な存在（もしくは裏番）として定着している。

「体育館裏な。わかってると思うけど、一人で来いよ」

「…………」

「ったく、心配すんな。大したことじゃない。ただ私がアイツのことが苦手なだけだ」

「……そういうことなら」

内緒話にしろ、ということでなければ、後で海にもきちんと話せばいいだけの話だ。

ただ、『大したことじゃない』ことをわざわざ荒江さんが俺へ話そうと思った時点で、あまりいい内容でないことは確かだが。

「じゃ、そういうことで」

そう言って荒江さんが自分の席へ戻ると、事の成り行きを見守っていた山下《やました》さんと天海さんが当然とばかりに話しかけようとする……が、いつになく荒江さんが難しい表情をしているので、どうしていいか迷っているようだ。

「あの、渚ちゃん……真樹君と、その、どんな話――」

「お前には関係な……いや、知りたきゃ後で前原に訊け。私は知らん」

やはり、天海さんにも関係がある話のようだ。

荒江さんから持ち掛けられた突然の話……気にはなるけれど、それと同じだけなかったことにしたい思いもあったり。


ＨＲ後、体育館でつつがなく二学期の始業式が行われた。いつもと変わり映えはないので、特に話すべきことはないけれど、先程の件もあり、部活動の表彰も、体育祭に関する連絡事項なども、俺の頭はどこか上の空で、まともに話を聞くことができなかった。

始業式が終わり、生徒たちが一旦自分たちの教室に戻っているところで、俺はひっそりとクラスの列から抜け出して、約束の体育館裏へ。

人気の少ない日陰で待つこと少し。違うタイミングで抜け出していた荒江さんが、俺のことを見つけて近づいてきた。

「……よう」

「どうも。それで、話っていうのは……」

「ああ。時間もないし、手短にいくぞ」

荒江さんが、持っていたスマホを俺のほうに差し出してくる。

「……この画像なんだが、お前、心当たりあるか？」

「！　これって……」

彼女のスマホ画面に映し出されていたのは、制服姿の俺と体操服姿に青い鉢巻きを巻いた天海さんのツーショット。逆光気味であるのと、咄嗟《とっさ》に撮影されたせいで微妙にブレが生じているが、誰が誰かの判別はそう難しくない。

間違いなく、俺と天海さんだ。

そして、問題なのはここからだ。

「荒江さん、これ、誰からもらったの？」

「体育祭練習で話すようになった後輩の女子からだな。青組の一年の女子の間で、出回り始めてるらしいぞ。……天海先輩が彼女持ちの男と放課後にキスしてる、ってな」

「……それは、ひどい話だ」

今朝、荒江さんが天海さんに対して言葉を濁したのは、これが理由だった。

この件に関しては新田さんや海も探りを入れている状態なので、遅かれ早かれ天海さんにもバレてしまうだろう。

どうしてそんな根も葉もないウソ話が……と言いたいところだが、その証拠として提示されている画像のせいで、面白おかしく拡散されてしまったか。

広まっている画像内で、なんと、俺と天海さんはキスをしてしまっている……とまでは断定できないけれど、角度的にそう言われても不思議ではない絶妙な形で収まってしまっているのだ。

「前原……その、一応だ。一応確認だが、お前はその……天海とそういうことは、したのか？」

「してないよ。あと、この画像合成加工されてるし」

「！　……そうなのか？」

「多分だけど。ほら、よく見ると、微妙に背景が繋《つな》がってないでしょ？　俺と天海さんの境目のあたりとか」

「あ……ああ、確かに」

おそらく何らかのスマホアプリ等でそう見えるように元画像をいじったのだろうが、俺と天海さんをくっつけようとしすぎて、逆に細かい粗がいくつも散見される。

しかし、画像が若干粗いせいで、ぱっと見はキスしているように感じる……というからくりだ。

そうなったのはおそらく偶然だろうが、ずるいことをしてくれたものだ。

そして、これが撮られたタイミングは、おそらく先日、俺がバックボードの仕上げ作業を手伝っていた時のものだろう。

あの時は気付かなかったけれど、俺たち以外に、おそらく誰かがいたのだ。

天海さんと俺の顔が接近したのはほんの一瞬だったけれど……まさか、その一瞬が命取りになろうとは。

だが、これでなんとなく原因は分かった。後は、このことを俺たちで共有して、どうするかの方向性を相談するだけだ。

「とりあえず、私からの話ってのはこれだけだ。……まあ、なんだ、余計なことに時間取らせて悪かったな」

「いや、俺たちもちょうど困ってたとこだったから……ありがとう荒江さん。俺たちのこと心配してくれて」

「別に、そんなんじゃねえよ。最近天海のせいで逆に周りが騒がしくてウザくてしょうがなかったから……んだよ前原、笑ってんじゃねえよ」

「ごめん。でも、荒江さんがあまりにもツンデレすぎて――」

「あ　？　」

「そ、それは相変わらず怖いんだけど……」

これ以上は本当にぶっ飛ばされかねないので抑えておくが、やはり荒江さんは友達思いのいい人だ。

天海さんのために、ここまで動いてくれる人なんてなかなかいない。

……ツンの部分があまりにも鋭すぎるのだけが玉《たま》に瑕《きず》だけれど。

「じゃあ、また後でな」

「うん、また」

荒江さんと別れた後、俺はすぐさま、先程荒江さんからもらった画像とともにメッセージを送る。

去年であれば一人で耐えるしかなかったが、今の俺には相談に乗ってくれる恋人がいて、友達がいる。頼りになる後輩だって出来た。

一人で背負い込む必要はない。思いつく人全員に相談して、皆で立ち向かえばいいのだ。


始業式後に始まった午前の練習をそのまま消化して、昼休み。学食にある生徒会専用席に、俺たち五人と、そして場所を提供してくれた新生徒会長の中村《なかむら》さんと、副会長の滝沢君の、合わせて七人がテーブルを囲んでいた。

議題はもちろん、荒江さんから情報提供のあった画像と、その出所について。

「ごめんね皆……今週末には体育祭本番だっていうのに、私の不注意で――」

「夕、それは言いっこなしでしょ？　確かに夕と真樹の二人も脇が甘いところがあったかもだけど、それでも悪いのはこの画像を流した誰かさんなんだから」

新田さんや海が仕入れた情報もまとめると、やはり今回の俺への悪評は、この画像の存在が端を発しているということで間違いない。

これを辿《たど》って行けば、いずれ噂《うわさ》の出所――この元画像を撮影し、合成加工した張本人へと行きつくはずだが、これがそう簡単な話でもなく。

「夕ちん、覚えてる限りでいいけど、心当たりってある？　例えば夏休み中に誰かから告白されて断ったとか」

「ううん。学校にいる間は渚ちゃんとかヤマちゃん、後は同じバックボード係の子たちと一緒のことがほとんどだったし、呼び出しもなかったよ」

「だよねえ……委員長は？」

「どうだろう……ないわけじゃないけど、あるわけでもないというか」

どうしてオマエみたいなのが――という陰口ややっかみは去年の文化祭の時点でかなりあったけれど、それもあくまでクラス内のごく一部の内輪話で、放っておけば勝手に収まっていたのだ。

今回も同じように勝手に沈静化するだろうと高をくくっていた部分はあったのだが。

「ふむ、普通なら放っておく一択だけど、それだと前原氏の悪いイメージは払拭されないまま、か。人気者と友達になるってのは、意外と大変なんだねえ。それが異性だったらなおさらだ。……私も気を付けておくべきかな？　なあ総司《そうじ》」

「澪《みお》先輩だと逆にこの状況を楽しんで嬉々《きき》として犯人探しに勤《いそ》しみそうですけどね。……その時はもちろん僕も全力で協力させてもらいますが」

「俺も今日初めて真樹から聞かされたけどよ……こんなことして、何が楽しいんだろうな。真樹のことをバカにして、天海さんのことも嫌な気分にさせて。なんでそんなことしたかは知らねえけど……あまりにも趣味が悪すぎる」

ぽろりとこぼした望の一言に、その場にいる全員が頷《うなず》いた。

人間なのだから、誰だって一度は嫉妬の感情を持つことはある。勉強、スポーツ、友人や恋人の有無、お金のこと……俺もそうだが、ほとんどの人は経験したことがあるはずだ。

しかし、だからと言って、その嫉妬を直接的・間接的問わず、実害のある形でぶつけていいわけではない。隠しきれなかった時点で、その人は負けなのだ。

さらに言うと、今回ひどいのは、虚偽の画像や情報を拡散して、俺や天海さんに対して一方的に悪いイメージを、事情を知らないその他大勢に植え付けようとしている。

……どんな理由があっても、許されるものではない。

「で、結局俺たちはどうすんだ？　犯人探ししたいっていうんなら、俺も手伝うけど……真樹、お前はどうしたい？」

「ん～……放っておくと取り返しのつかないことにもなりそうだし、出来れば根元から原因を取り除きたいところだけど……ここまで話が広まってると、大本を突き止めるのは難しいかもだし」

件《くだん》のツーショットが撮影されてからそこまで経《た》っていないはずだが、今回俺たちのもとに舞い込んできた情報元が複数だった時点で、すでに色々なところに拡散されている可能性が高い。その上、噂の性質上、聞き込みをしたところで正直に答えてくれるかどうかも不透明なので、場合によっては情報が錯綜《さくそう》して原因が特定し辛《づら》くなることも。

「放っておくのは調子づかせて逆効果で、わざわざ真っ向から否定するのも犯人を構ってるようであまりいい手とは言えない……か。新奈、なんかいい方法ない？」

「そう言われてもねえ……」

そこで俺たちの会話は一旦途切れてしまい、俺たちが囲むテーブルに静かで重い空気が漂い始める。

やはり、今までのように何があっても気にしないよう努めて、先日の二人三脚の練習時のように地道に評判を取り戻していくしかないか……いや、それでは嘘《うそ》だったはずの噂話を認めてしまったように映りかねない気も。

果たして、俺たちが取るべき行動は……沈黙の中、それぞれが考えを巡らせていると。

「――あの、前原先輩」

「！　滝沢君、どうかした？」

「その件、僕にお任せしてもらうことは可能でしょうか？」

「え？」

意外にも沈黙を破ったのは、この場ではあくまで外野であるはずの滝沢君だった。

真っすぐに挙げられた手と、俺を見る真剣な眼差《まなざ》しに、すぐに彼が何かをしようとしているのに気付いた。

意外だったのか、彼の隣にいる中村さんも、そんな彼の姿を見てしきりに瞬《まばた》きをしている。

「えっと……ごめん、もう一回言ってもらっていい？」

「犯人探しを、『僕に』やらせてくれないでしょうか」

「僕に、ってことは、もしかして滝沢君一人でやるってこと？　俺たちは協力しなくてもいいの？」

「はい。一人のほうが僕的に動きやすい……というか、先輩方がいるとやりにくいので、出来れば何もせず、目の前の体育祭に集中していただければと」

どうやら何か考えがあるらしいが、この件ではほぼ部外者である後輩一人に丸投げするというのも、先輩として申し訳ないような……突然の申し出にどうしていいか困惑していると、さらに援軍とばかりに中村さんも俺たちへ頭を下げてきた。

「前原氏、私からもお願いしていいかな？　この子が何をしようとしているのかは私も知らないけれど、彼なりに君たちのことを助けたいと強く思っているようだから。……そうだろ、総司？」

「はい。今まで先輩方にはとても良くしていただいたので、その恩をここで少しでもお返ししたいんです。皆さんいい人たちばかりなのに、つまらないウソで貶《おとし》められるなんて、後輩の僕からしたら耐えられない。……久しぶりに、僕も怒っています」

今までずっと柔和で落ち着いた雰囲気だった後輩が、俺たちの前で初めて悔しさに唇を噛《か》んで感情をあらわにしている。

この状況に、彼も彼で思う所があるらしいが……もしかしたら、彼も過去に似たような経験があったりしたのかも。

「滝沢君はこう言ってくれてるけど……皆、どうする？」

「私は真樹の意見を尊重しようかな。皆でやるか、滝沢君を信じて待つかの二択だけど、どっちにもメリットデメリットはありそうだし。夕は？」

「……私も、真樹君にお任せしようかな。まあ、今回は私のせいでもあるから、偉そうなこと言う立場にないよね、っていうのもあるけど」

「私は別にどっちでも……まあ、強いて言うなら早く誤解が解けるほうがいいかも」

「タキがやりたいってんなら、任せてみてもいいんじゃね？　コイツがめちゃくちゃ優秀なのは、最近の仕事ぶりとか見てるとわかるし」

明確な滝沢君支持は望の一票のみで、後は俺に答えを委ねる形なので、やはり最終的な決断は俺次第か。

……難しい判断ではあるけれど。

「それじゃあ滝沢君、申し訳ないけど、お願いしてもいいかな？」

「了解です。あ、もちろん状況は逐一連絡させてもらいますので、ご安心ください」

いったいどんな手法で犯人探しをやるかは気になるところだが、そこはあまり詮索せず、後のお楽しみとしておこう。

とにかく、頼れる後輩の指示通り、俺たちは体育祭に向けて残りの練習に精いっぱい励み、そして高校生活一度きりの本番を目いっぱい楽しむだけだ。

夏休みから続いた練習期間が終わって、九月最初の週末。いよいよ体育祭本番を迎えた。

前日の土曜日から休みなく会場設営をしたこともあり、観客や来賓の受け入れ態勢は万全だ。

現在時間は、まだ早朝ともいっていい午前七時だが、グラウンド内にはすでに大勢の生徒が集まって、業者の手による最後の作業を見守っている。

赤・青・黄・白の四つの組に分かれた生徒たちが陣取るスタンドの後ろに設置される、バックボードの設置作業の真っ只中《まただなか》だった。

本番前日ギリギリまで続いた生徒たちの力作がお披露目されると、それぞれの組に所属する生徒たちから歓声が響いた。

「望のところは赤鬼かあ。和風っぽいタッチで、古い巻きものとかに載ってそうな……」

「学校にも資料が結構あるから、それを参考にデザインしたんだってよ。文化系の部活やってるヤツいなくて苦労したらしいけど、その割には頑張ったんじゃないかと思うぜ」

組分けの都合で中々いい人材が見つからないところもあったようだが、赤組の他、黄組や白組も、しっかりとクオリティの高いものに仕上げているように見える。いや、たとえ出来がそれほどでなかったとしても、皆で作り上げたものなら何の問題もない。

赤、黄、白、と順番にバックボードが組み上げられ、いよいよ俺たち青組の番だ。

俺が見た時点ですでにほぼ完成といっていい出来だったけれど、あれから天海さんがメンバーにお願いし、前日もギリギリまで仕上げ作業に勤しんでいた結果、あの青い龍《りゅう》がどのように変わったのか。

「おお……」

完成版の青組バックボードが組み上げられた瞬間、俺はそう呟《つぶや》くことしかできなかった。

天海さんが言っていた通り、確かに、以前見たものよりも格段に仕上がっている。鱗《うろこ》一枚一枚がキラキラと輝き、かといってただ綺麗《きれい》なだけでなく、牙や爪には龍らしい荒々しさもしっかりと表現されている。

……青と白のたった二色で。

「皆、どう、かな？　個人的には作業時間が足りなくてどうかなって思ったんだけど」

「え？　これ以上があるの？　夕ちん、それはさすがにエグすぎるって。他の組の子たちも呆気《あっけ》に取られてんじゃん」

新田さんの言う通り、初めて公式にお目見えとなった青組バックボードの仕上がり具合に、ただただじっと見つめることしかできないといった様子である。

他の組も負けないぐらいしっかりと出来ているけれど……他と較《くら》べて浮いてしまうほど、天海さんが細部までこだわった絵は群を抜いた作品に仕上がっていた。

「海、どう？　私、頑張ったよ」

「いや、頑張ったっていうか、頑張りすぎでしょアンタは……でも、すごいよ夕。夏休み中から今まで一か月、よく頑張ったね」

「うん、ありがと海……えへへ」

組み上げ途中までは心なしか不安そうな顔をしていた天海さんも、今はほっとした表情で海に頭を撫《な》でられている。

初めての仕事に、慣れない画材や絵の大きさなど、おそらく完成まではかなり大変だったはずだから、その苦労が報われて本当に良かったと思う。

「あ、真樹君も、ほんの少しだったけど手伝ってくれてありがとね。ほら、真樹君がやってくれた水しぶきのとこだけど、『すごくいい出来だ』って他のメンバーも褒めてたよ」

「俺がやったのなんてパネル一枚もないぐらいだけど……まあ、少しでも皆の力になれたのなら、よかったけど」

「……みんな」

「え？」

「あ、ううんっ、なんでもない。えへへ、真樹君がよかったのなら、私もよかったなって思っただけ」

天海さんがぼそりと何かを呟いたような気がしたけれど、意識をバックボードのほうに取られていたこともあり、その一瞬を確認するまでには至らず。

特に変わりなく振る舞っているように見える天海さんだが……やはり、あの画像の件を内心では気にしているのかもしれない。

いつも通りでいようと決めても、普段通りに過ごすのは難しいものだ。

「とにかくっ、こうして準備は出来たんだし、後は今日の体育祭を楽しもう！　そして、やるからには絶対に勝つんだから！　ほら、皆、こっちに集まって円陣組も。ね？　景気づけにどかんと一発っ」

「この四人で？　夕がしたいんだったら私は構わないけど……真樹、ほら、あなたもさっさと手出して」

「俺は強制参加なのね……でも、海が言うなら、はい」

「朝から張り切ってる感じでちょっと恥ずいなあ……まあ、こういうノリも中々ないだろうし、たまにはいっか。関、ついでにアンタも参加しときな」

「一応今日は敵同士なんだけど……五人の健闘を称《たた》えるってことなら」

そうして、天海さんの手の上に、俺たちは一人ずつ手を重ねていき、小さな円陣を作った。

天海さんと俺の嘘のキス画像や、それに端を発した根も葉もない噂《うわさ》や悪評など、俺たちの周囲の環境は未《いま》だに収まりを見せていないけれど。

そういう時こそ、俺たちは一つに結束しなければ。

「ということで、真樹君、掛け声お願いします」

「え？　お、俺？　どう考えても天海さんがやる流れっぽかったから、お願いされても全然準備できてないんですが……」

「大丈夫大丈夫。掛け声なんて『がんばるぞ、おー』とか『さぁ行こう！』とか簡単でいいんだから。ねえ、海？」

「まあ、なんだかんだで私たち五人のリーダーだしね。夕がやるより、そっちのほうがある意味らしいかも」

「だね。あ、委員長、噛んだら全員にジュース奢《おご》りね」

「新田、お前は余計なプレッシャーかけんなっての……真樹、どうしてもってんなら俺がやってもいいぜ。こういう時のアドリブは慣れてるし」

「ありがとう、望。でも、今回は俺がやるよ」

この五人の輪が出来た当初、俺、前原真樹は、あくまで恋人である海の添え物的な立ち位置にいるとばかり思っていた。

けれど、こうして一緒に行動する時間が長くなるにつれ、いつしか、皆は俺のことを慕って集まっているのだと気付いた。

海も、天海さんや新田さんも、そして望も、いつも俺の考えや思いを尊重してくれる。時には揶揄《からか》われたり、呆《あき》れられたりもするけれど、基本は俺のことを優しく見守ってくれているのだ。

本当の意味でこの五人のリーダーかと言われると自信は全くないけれど、少しずつでも頼られる存在になれればと、実は秘《ひそ》かに思っていたり。

「それじゃあ……結果はともかく、やるからには精いっぱい頑張ろう。……お、お～！」

「「「「……ぷふっ」」」」

「な、なんで皆そこで笑っちゃうの？　柄じゃないことは分かってるんだから、もうちょっとだけ頑張ってよ」

「ふふ、ごめんごめん。でも、一生懸命な真樹が可愛《かわい》くって、つい」

「あはは、委員長ってばたかが掛け声で緊張しすぎ。マジウケるんですけど」

「真樹君、そんなに恥ずかしがらなくても、ちゃんと最後まで付き合ってあげるから」

「すまん真樹。でも、俺はそういうのも悪くないと思うぜ？」

微妙に恥ずかしがったせいで締まらない感じになってしまったが、まあ、これはこれで、きっと俺たちらしい形なのかもしれない。

「ったくもう……とりあえず、皆頑張れ。でも無理はせず、怪我《けが》にも気を付けて」

「「「「了解」」」」

終始和やかな雰囲気のまま、俺たちの高校生活最初で最後の体育祭の幕があがろうとしていた。

「――これまでの練習の成果を発揮し、生徒一同、二年に一度しかない我が校の体育祭を最大限盛り上げることを誓います」

新生徒会長の中村さんによる開会宣言が終わり、まずは午前の部がスタートした。

午前のメインは、二人三脚やムカデ競走、障害物や借り物競走などの競技が中心……っまり、早速俺たちの出番ということだ。

『二人三脚に出場する生徒は、入場門に整列してください。繰り返します――』

体育祭本部のテントに設置された放送席から呼び出しがかかった瞬間、続けざまにぽんぽんと背中を叩《たた》かれる。

ちょうど俺の席の後ろに陣取った、天海さんと新田さんだった。

「真樹君、頑張ってね」

「委員長、コケんなよ〜」

「順位はどうなるかわからないけど、いつも通り頑張ってみるよ」

二人に背中を押してもらう形でスタンドを降りると、すでに俺のことを待ち構えていた海が小走りでやってきた。

「真樹、どこも変わりない？　足が痛いとか、気分が悪いとか」

「うん。ちょっとだけ緊張してるけど、それ以外は万全だよ。トイレもちゃんと済ませたし」

「よし。……えと、手、繫《つな》ぐ？」

「……ん」

二人並んで入場門へと向かう中、俺と海はしっかりと指を絡ませ合って、これから始まる競技に向けて気持ちを高めていく。

手を繫いだ瞬間は、お互いに緊張で少し手が震えていたけれど、それぞれの体温をしっかりと感じてからはそれもなくなって。

　これなら、これまでの練習通りのパフォーマンスを発揮できそうだ。

「前原氏、朝凪ちゃん、お待たせ。……ふふん、こんな目立つ場所でも二人は相変わらずだなあ。羨ましいよ」

「前原先輩、朝凪先輩おはようございます」

「二人とも、お疲れ」

　そして、同組で一緒に戦う生徒会コンビも少し遅れてやってくる。

　新生徒会としては初めての大きな公式行事に、さすがの二人もやや慌ただしく動いている様子だ。

「中村さん、今日は本当に手伝わなくてよかったの？　体育祭が終わるまでって約束だから、全然こき使ってくれて構わないのに」

「正直キツいけど、それじゃあ朝凪ちゃんが楽しめないだろ？　前原氏と付き合ってから最初で最後の体育祭なんだから、なるべく彼の側《そば》にいてあげな」

「そう？　でも、もし何かあったら遠慮なく声かけてね。いつでも手伝うから……真樹と二人で。いいよね？」

「もちろん」

　まだ付き合いは浅くとも、中村さんと滝沢君の二人も俺たちにとっては大事な人たちなので、困った時はお互いさまで、助け合わなければ。

……特に、滝沢君には、現在進行形で動いてもらっているし。

周囲に気取られないよう、俺はこっそりと滝沢君に話しかけた。

「あのさ、滝沢君、あの件のことは……」

「…………」

特に何も言わなかったけれど、しっかりと俺のほうに頷《うなず》きを返してくれたので、手は打ってくれているのだろう。

ありがとう、とだけ彼に伝えて、俺は海の待つ入場列のほうへと戻った。

——次は組対抗二人三脚競走です。選手、入場！

放送係のアナウンスをきっかけに、出場選手が所定の位置につく。

走る順番やライバルとなる選手たちは以前の予行練習時と変化はなかったものの、どの組もあの時から練習を積んでいるはずなので、当然油断は禁物だ。

……もちろん、俺と海も同じように練習に励んできたわけだが。

現在までの順位は、序盤ながらも得点トップの赤組が頭一つ抜けつつあり、二位以下を他三組で争っているといった状況なので、ここで離されないためにも、一つでもいい順位を目指しておきたいところだ。

ストッキングで作った紐《ひも》で足首同士をしっかりと固定し、俺と海は立ち上がった。

「真樹、結果はどうあれ、楽しもうね」

「うん。楽しみつつ、出来れば勝てるように」

「そういうこと。……よし、じゃあ、行きますか！」

繋いでいた手を放し、代わりにがっちりと肩を組んでから、俺と海のバカップルコンビはスタートラインに立つ。

レースはすでにスタートしており、第一走者でわずかに躓《つまず》いた影響で、俺たち青組は現在最下位……とはいえ、それほど大きな差も開いていないので、俺たち次第で順位はどうとでもなる。

「前原先輩、朝凪先輩、頑張ってください。あと二秒……いえ、一秒だけでもトップと差を縮めてくれれば、僕と三年生の先輩でなんとかします」

「……んっ」

頼りになる後輩へしっかりと頷きで返して、俺は前走者のペアからタスキを受け取った。

「海」

「ん！」

海の言葉が返ってきたと同時に、最初の掛け声もなく、俺たちは飛び出した。

練習通りのスタートダッシュが決まり、すぐに三位のチームを抜き去る。

「お、やるじゃんかバカップル！」

「海っ、真樹君っ、いけ〜！」

グラウンド内で入り乱れる声援の中、しっかりと耳に届いた新田さんと天海さんからの声援を背中に受け、俺と海はあっという間にトップスピードに到達する。

シンクロするかのように歩幅と回転をぴったりと合わせて、前の組にプレッシャーをかけていく。

あともう少しで二位に追いつき、残すは先頭を……といきたかったところだが、ゴールはもう目前だった。

「前原氏、朝凪ちゃん、来～いっ！」

スタートラインでこちらに向けて手を振る中村さんを目掛けて、俺と海は全速力で突っ込んでいく。

走り出してから、あっという間の十数秒だった。

「中村さん、お願い！」

「おうよ！　後はこの中村に任せな！」

一位は無理だったけれど、タスキリレーは隣の組と並んでの同率二位。

ひとまず、全力は出し切れた。後は、他の皆の頑張りを見届けるだけだ。

「真樹、お疲れ。練習の成果が出たね」

「まあ、海のきついメニューにも耐え抜きましたから」

直前までは緊張していたけれど、こうして終わってみると、すごく清々《すがすが》しい気持ちだ。

グラウンド中から上がる叫び声にも似た声援に、観客席から沸き起こる歓声と、レースを一層盛り上げる放送席の実況アナウンス。

さらにスタンド側に目を向ければ、四色に分かれた生徒たちの応援パフォーマンス。

今まで行事に真剣に取り組んでこなかったことを後悔するぐらいの盛り上がりが、今、俺の目の前には広がっていて。

「……あのさ、海」

「なに？　……ご褒美なら、後でちゃんと」

「あ、そうじゃなくて……もちろんご褒美も嬉《うれ》しいんですけど」

「……うん」

「ありがとう、海。俺にこの景色を見せてくれて」

「どういたしまして。どう？　私たちのアルバムには追加できそうかな？」

「それはもう、もちろん」

保護者席にいるであろう空《そら》さんが、俺と海の活躍をしっかりと収めてくれているはずなので、先日の夏休みの海水浴や俺の誕生日と合わせ、後日振り返るのがとても楽しみだ。

——さあ、次はいよいよアンカー勝負です！　赤組がこのまま逃げ切るのか、それとも二位の青組の逆転はあるのか。

そして、実況のアナウンスがレースをさらに盛り上げる。

「滝沢君、後は任せた！」

俺の声援に軽く右拳を突き上げた副会長の姿に、青組スタンドの一部からはちきれんばかりの黄色い声援が沸き起こる。

いつになく真剣な表情を見せる滝沢君の姿は、どことなく、いつかの天海さんを思い起こさせるようだった。

6. 二つの決着

真夏のように暑い空の下、それに負けない白熱した競技が続いた午前の部はあっという間に終わり、昼休憩。

一旦グラウンドから離れた俺たちは、敷地内の木陰で涼みつつ昼食を共にしていた。

俺と海の頑張りを撮影するために体育祭の観戦に来ていた空《そら》さんが、わざわざお弁当を作ってきてくれたのだ。

空さん曰《いわ》く『私も入れて三人前のつもり』らしいが……海が機転を利かせて天海《あまみ》さんと新田《にった》さんの二人を誘って助かった（望《のぞむ》は午後の部最初の応援合戦のため別行動）。

つまり、そのぐらいのボリュームということである。

「──皆、ひとまずお疲れさまっ！　カンパイ！」

「夕《ゆう》ちん、それはさすがに気が早くない？　まあ、確かに午前の部の私たちは相当頑張ったと思うけど」

二人三脚を始めとして、新田さんや天海さんのムカデ競走や、その他の種目についても奮闘し、現時点で青組は二位につけている。トップを走る赤組とは少し得点差があるけれど、十分健闘しているはずだ。

よく冷えた麦茶が、ものすごく美味《おい》しく感じる。

「真樹《まき》君、観客席で見てたけど、二人三脚、すごく速かったじゃない。海とのコンビネーションもバッチリだったし。あ、写真これね」

「あ、どうも……ありがとうございます」

おそらくゴール直前の俺たちを撮影したのだろう、デジカメの画面の中心に、唇を嚙《か》みしめて前の走者を追いかける俺と海の姿が。

こうして客観的な構図で自分のことを見るのはまだまだ恥ずかしいけれど、今まで撮影した写真の中では最も格好《かっこ》いい……とまでは言わないけれど、様になっているように思う。

「真樹、私にも見せて。……へえ、お母さんにしてはよく撮れてるじゃん」

「あら、海ってば失礼ね。何回もやってれば、私だってそれなりに出来るようになるわよ。まあ、最近買ったばかりの新しいデジカメのおかげだけど」

「え？　空さん、カメラ新調したんですか？」

「ええ。ちょっと高かったけど、まあ、この先長く使うことになるだろうし、いいかなと思って」

「そ、そっすか……」

手に持った瞬間、やけに真新しさを感じる手触りと軽さだなとは思っていたが……娘と一緒とはいえ、その最初の記念すべき被写体に俺も加わって良かったのだろうか。

「ところで夕ちゃん、今日は絵里《えり》さん、いらっしゃらないの？　もし良ければ一緒に応援できればと思ってたんだけど……」

「あ、ごめんなさいおばさん。ウチのお母さん、今日は珍しく用事があって……来たかったみたいですけど、昔の仕事でお世話になった人と会うとかで。お父さんは出張中だし」

「あらそう、残念ね。それじゃあ、後で絵里さんにお渡しするために夕ちゃんの活躍もいっぱい撮らないと。……ではまず、おにぎりを美味しそうに食べる夕ちゃんで一枚」

「むぐ？　むぐぐ？」

「……夕、おにぎり食べるかピースするかどっちかにしな」

そんなやり取りもあり、場の空気がますます明るく、賑《にぎ》やかになっていく。

これで心配事が何もなければ、きっともっと楽しいものになるのだろうが。

空さんのお弁当が美味しく、あっという間に重箱に入ったおかずやおにぎりを空にした俺たちは、空さんにお礼を言って別れた後、午後の部に備えて一足先にスタンドへ。

小道具係の山下《やました》さんから各自使用するパネルを受け取ってから、俺が自分の席へと戻ろうとすると。

「——あ、あの、ちょっといいっすか」

「？　はい」

呼び止められたので振り向くと、そこにいたのは二人組の男子生徒だった。

体操服の胸の刺繍《ししゅう》の色から、一年生であることには間違いないが……と一瞬考えたものの、すぐに二人三脚で同じチームメイトのコンビだったことを思い出す。

「……えっと、なに？　なんか俺に話したいことでも？」

「いえ、別に大したことじゃないんすけど……二人三脚の時、俺たちのカバーをしてくれてありがとうございましたって伝えたくて。なあ？」

「うん。スタートはいい位置だったのに、俺たちが途中で躓《つまず》いちゃって……先輩たちが追い上げてくれたおかげで、そこまで俺たちのせいにされなくて済んだっていうか」

「もしかして、誰かに『お前らがミスしなきゃ……』みたいなこと言われたとか？」

「「……」」

俺の言葉に、二人が無言で頷《うなず》く。

俺と海の他、その後に続く中村《なかむら》さんの頑張りや、アンカー組の滝沢《たきざわ》君の大活躍もあって、二人三脚の順位は赤組と同着の一位――午前の部で青組スタンドがもっとも盛り上がった瞬間だったが、中には嫌味《いやみ》なことを言う人もいるようで。

「そんなの、気にする必要ないよ。確かにタイム的にはもうちょっと縮められたかもしれないけど、だからって単独トップでゴールできたかなんてわからないし」

もし俺たち青組チーム全員がノーミスで走っても、ライバルが同じくノーミスで走り切ったら全く意味がない。勝負に『たられば』はないのだ。

「俺たち皆頑張ったし、そのおかげで同着一位もとれた。……俺はそれでいいと思うし、そうあって欲しいって思ってるよ」

「そっか……そうっすよね」

「すいません、こんなくだらない話で呼び止めちゃって」

「ううん、いいよ。きついけど、午後の部も一緒に頑張ろう」

「「……はいっ」」

　穏やかに対応した俺の様子に安心したのか、男子二人組はほっとした様子で自分たちの席へと戻っていく。

　――なあ、やっぱりあの先輩って、いい人だよな。

　――うん。本性隠してる感じには、あんまり見えないし。ぱっと見ハーレムっぽい感じはして羨ましいのはあるけど。

　――はは。あの人の周りにいる女子の先輩たち、皆可愛《かわい》いもんな。

　多少の嫉妬は抱かれているようだが、彼ら程度なら全く問題ない……というか、そのぐらいはむしろあったほうが正常な気がする。

「真樹、よかったね」

「うん。頑張ってれば、見てくれる人はいるってことだ」

　数はまだ少ないかもしれないが、俺たちは自分のやるべきことをすればいい。

　そのことを、先程の彼らは改めて教えてくれたのだ。

　心強い援軍が新たに加わってさらに気分をよくしたところで、ちょうどよく午後の部開始を告げるチャイムが鳴る。

午後のスタートを飾るプログラムは応援合戦——ちょうど、各組の応援団が学ラン姿に着替えて出てきたところだった。

その中で、我が青組で最も声援を受けていたのは、もちろん。

——荒江《あらえ》先輩、かっこいい〜！

——こっち、こっち見てください〜！

——写真、写真一枚だけ撮らせて〜！

なんだアレは、とでも言いたげな表情でため息をつく荒江さんだが、それもそのはず、先日まではごく一部だった彼女のファン層（一年生中心）が、いつの間にか一クラス分はくだらないほどの人数にまで膨れ上がっている。

確かに、派手な学ラン姿と胸に巻いたサラシ姿は、元々持っている背格好もあり男子顔負けだが、ここまで後輩女子たちの心を鷲摑《わしづか》みにするとは。

男子人気は天海さんだが、女子人気に関しては荒江さんが圧倒的だった。

「んふふ〜、渚《なぎさ》ちゃんってば、いつの間にかすっごい人気者さんだね？」

「……ったく、もう二度とやらねえからな」

「私たちの代は今年で最後だから大丈夫だよ〜。あ、後でヤマちゃんと三人で一緒に写真撮るから、終わってもそれ脱いじゃダメだよ」

「なんでお前がそんなこと勝手に決めて……あ〜もう、ったく、暑いんだから五分で済ませろよな」

「！　うんっ、ありがと！　渚ちゃん大好き！」

「ああもうっ……コレ暑いんだから一々抱き着いてくんじゃねえって……！」

　数か月前は険悪な雰囲気だったはずの彼女たちも、今はこの通り。

　多分、あとさらに半年もすれば、『友人』どころか『親友』になっていても、天海さんの人たらし力の高さから考えると、決して不思議ではない。

「天海、そろそろ出番だから私たちも行くぞ。……あと、前原《まえはら》」

「え？　俺？」

「お前しかいないだろ。他に誰がいんだよバカが」

「ひどい言われよう……で、なに？」

「あの画像の件で話がある。体育祭の片付けが終わったら、天海たちと一緒に生徒会室まで来い。……確かに伝えたからな」

「⁇　生徒会室って、なんで……あ、ちょっと荒江さん――」

　俺の反応を待たずに、用件を言うだけ言った荒江さんは、次の出番に備えてさっさと入場門へと走り去っていく。

「な、なんなのアイツ、私の大事な彼氏に向かってバカだのなんだの……真樹、あんな奴《やつ》なんか無視しちゃっていいからね」

「まあ俺もいつもの悪い癖が出ちゃったし……話はともかく、なんで場所が生徒会室なんだろ？　確かに人目にはつきにくいけどさ」

生徒会室を使うということは、つまり、荒江さんが滝沢君か中村さんのどちらかに使用する旨を伝えていることになる。

すぐにでも滝沢君に話を聞きに行きたいところだが、今は運営本部のテント内で午後のプログラムに向けて忙《せわ》しなく動いているはずだし、俺たちも俺たちで応援合戦の準備があるので、とにかく時間が過ぎるのを待つしかない。

「……とにかく、今は目の前のことに集中しよう。極力俺たちには干渉しないはずの荒江さんが俺のことを呼び出すってことは、それなりのことがあったはずだし」

「かもね。……アイツのことだから、ほぼ目星はつけてて、生徒会室に犯人を無理矢理《むりやり》引っ張ってくるとか」

「どうかな……でも、荒江さんならやっても不思議じゃない……」

問題解決に関して、荒江さんは俺たちと較《くら》べて少々強引なところがありそうなので、放課後に迷惑な画像と噂《うわさ》を流した張本人と対峙《たいじ》する可能性は十分にあり得る。

……そう考えると、なんだか体がソワソワとして落ち着かない。

「まあ、荒江っちも『全員で来い』っぽいこと言ってたし、私らで固まって行けば平気でしょ。片付け終わりなら、関《せき》も呼べば来るだろうから」

そう広くはない生徒会室に五人で押しかけるのも迷惑かもしれないが、もしものことを考えるとそのほうが安全だ。望がいて、滝沢君がいて、さらに荒江さんもいれば手荒なことにはならないだろうし。

「だから、ね？　夕ちん、そんな心配そうな顔しなくていいから。いざとなったら朝凪《あさなぎ》が守ってくれるだろうし」

「私が？　……まあ、確かに夕が万が一の時は私が守るけど。新奈《にな》を盾にして」

「いや、そこは私も守れや」

いつものやり取りに、場の空気が少しだけ和んだ。

新田さんのこういう所は、素直に尊敬できる。

「ふふ、もう、ニナちってば……でも、ありがと。ちょっとだけ元気出た」

「そ？　なら、よかったけど」

「うん。よかった。えへへ、それじゃ、私も行ってくるね」

「……また皆してうっすら俺のこと真似《まね》する」

いつもの調子に戻ったところで、ひとまず俺たちは午後の部へと臨むことに。

全ての決着は、その後だ。


応援合戦から始まり、部活動対抗リレー、組対抗の綱引きや棒倒し、騎馬戦など、多くの生徒がグラウンド内に入り乱れてさらに大きな盛り上がりを見せる午後の部も、いよいよ最終種目の組対抗リレー競走を残すのみとなった。

こちらは各学年の代表者男女一名ずつの計六人で争われ、例年ここで順位が逆転することも多い、体育祭最後を飾るにふさわしい種目だ。

――さあ、レースもいよいよ終盤、第六走者のアンカーを残すのみ！　いったい最初に優勝へのゴールテープを切るのは、どこのチームになるのでしょうか！

第五走者がスタートしたところで、順位は一位赤、二位白、三位黄色に、四位が俺たちのいる青組。序盤にバトンの受け渡しミスがあったこともあり出遅れてしまったものの、途中の天海さんや滝沢君の頑張りもあり、最下位ながらも、ほぼ団子状態でレースは進んでいる。

「頑張れ、頑張れ皆……」

俺も固唾《の》を呑んでレース展開を見つめるなか、ついにバトンは最終走者へ。

ほとんどが三年生でメンバーを固める中、唯一、赤組は、二年生をアンカーに持ってきていた。

……なんと、望だった。

「関、アンタはこけろ！　もしくはバトン落とせ！」

「関、お願い。私たちに花を持たせると思って」

「関氏っ、空気読みって知ってるかい？」

「…………」

青組スタンドにいる顔見知りの女性陣たちから集中砲火を食らう望だが、彼の性格上まったく手加減はしないだろう。まあ、野次《やじ》自体も冗談半分だが。

「――シッ！」

望によるお手本のようなバトンの受け渡しとスタートダッシュに、赤組以外の三つのスタンドからはため息が漏れ出た。

――赤組強い、強い！　というか、陸上、サッカー、ラグビーと来て、最後に野球部のエース！　来年はもう少し平等な組分けを期待したいところです！　他の三組は健闘したと言っていいでしょう！

放送席からも思わずそんな感想が出て、組対抗リレー、および体育祭は赤組の完全優勝で幕を閉じた。

最終的に一位とはポイント差がついてしまったものの、青組は前半の順位をキープし続けての二位――優勝は出来なかったけれど、十分な結果だったのではないだろうか。

「結局二位のまま変わらずか……でも、楽しかったね、真樹」

「うん。まあ、きつかったけどね。……ふわあ、やばい、なんか急に眠くなってきたかも」

「私も、今回はさすがに疲れちゃった」

二人三脚を海と一緒に走ると決めてから数週間……夏休みの途中からほぼ毎日、休みなく練習に費やしたけれど、その甲斐《かい》は十分にあったと思う。

特訓の成果で体力もついたし、身体も引き締まって……さらに言えば、海とのコンビネーションも鍛えられて、さらに二人の絆《きずな》が深まったような感覚もある。

俺にとって『初めて』とも言える体育祭だったが、改めて、真剣に取り組んで良かった。

「……生徒の皆様、お疲れさまでした。明日の振替休日でしっかりと体を休めて、来週からの授業に向かって行きましょう。……それでは、解散！」

生徒会副会長の滝沢君の閉会宣言も終わり、これにて、一か月ほど費やして準備をしてきた体育祭が、ついに終わりを迎えた。

高校生活最初で最後の体育祭なので、もう少し余韻に浸りたいところだが……グラウンドの片付けが全て終わっても、俺たちの決着はまだ完全にはついていないわけで。

「真樹君、あの……」

「天海さん……うん、わかってる。行こう、皆で」

バックボードやスタンドが業者の手によって全撤去され、いつもの学校風景に戻ったところで、俺たちは荒江さんが話し場所に指定した生徒会室へ。

まだ生徒のほとんどが残っている校内でも、生徒会室周辺はいたって静かで、それまで喧噪《けんそう》に包まれていたはずのグラウンドが別世界のように感じる。

確かに、ここなら多少声を荒らげるようなことになっても誤魔化《ごまか》せそうな……いや、俺たちはあくまで話をしに来ただけなので、何があっても冷静にしていなければ。

コンコン、と生徒会室のドアを小さくノックすると、向こう側から中村さんの声が聞こえてきた。

『――はい？』

「中村さん、俺です、前原です。……その、ウチのクラスの荒江さんに言われて、ここに」

『どうぞ。……あ、まだ私しかいないから安心して。総司《そうじ》からちゃんと話は聞いてる』

「失礼します」

「やあやあ、皆さんお揃《そろ》いで」

ドアを開けると、中村さんが俺たちのことを出迎えてくれる。すでに制服姿に着替えており、また次の行事に向けた仕事に取り掛かっているらしい。大変な役職だ。

「総司とあの小麦ギャ……えっと、そうそう、荒江渚だったかな。二人が来る前に私は席を外すから、全部終わったら呼んでくれ。図書室にいるから」

「ごめん、中村さん。この前のクラスマッチといい、今回といい」

「いいさ。私も総司と付き合っている以上、今後同じようなことが起こるとも限らないわけで、傾向と対策を考えるのにはちょうどいい話でもあるから。……あ、机は端に寄せておいたほうがいいかな？」

「暴れたりとかはしないから……そのままで」

「あいよ。では、ごゆっくり」

書類の入ったファイルを小脇に抱えて、中村さんが生徒会室を出ていく。

これで、ひとまず場は整った。後は荒江さんと滝沢君のどちらか、もしくは両方が来るのを待つのみとなった。

「……夕、先に言っておくけど、感情的にはならないようにね。もし怒っちゃったり、イライラが抑えられなかった場合は、私の服の裾を握りしめること。わかった？」

「大丈夫、もうクラスマッチの時みたいなことはしないから。……でも、もし何かあった時は、お願いしていいかな？」

「うん、任せて。新奈、そういうわけだから協力よろしく」

「あいよ～。ってか、今回は私もわりとばっちり受けたから、逆に私が言いすぎちゃうかもね」

期間はそれほど長くはなかったものの、それでも俺たちが不快な思いをしたのは確かなわけで、俺含めて、皆犯人には言いたいことが山ほどある。

嘘《うそ》を流して広まるのはあっという間だが、悪評により傷ついた名誉を回復し、周りの声を完全に沈めるためにはかなりの時間を要する。

やった側は単なる悪戯《いたずら》や冗談だったとしても、やられた側には相当な負担が強いられることを、これからきちんと伝えなければ。

……話が分かる人ならいいけれど。

そこから静かに待つこと、およそ数分。生徒会室に向かってくる複数人のシルエットが、ドアのすりガラス越しに映った。

『――前原先輩、いらっしゃいますか？』

「滝沢君……うん、こっちは大丈夫」

『わかりました。では……』

ノックの後、まず入ってきたのは、滝沢君と荒江さんの二人。

やはり、滝沢君と同じく、荒江さんも今回の件で動いてくれていたらしい。

「前原に天海と、新田、それから……ったく、お前ら随分と大所帯で来たな。いくらなんでも過保護すぎじゃないか？」

「良いでしょ別に。私たちだって、それなりに迷惑したんだから」

「ふうん……ま、私には関係ないから勝手にすりゃいいけど。副会長、後は任せた」

「わかりました。説明の前に、皆さん、ひとまず座りましょう。……もちろん、そこのアナタもです。大山《おおやま》先輩」

「…………」

滝沢君と荒江さんの二人のすぐ後ろから入室し、さらに、逃げ場を塞がれるように二人の間に挟まれる形で席についたのは。

「大山、君」

「……どうも」

俺と天海さんの顔を一度も見ずにぼそりと呟《つぶや》いた小柄な男子生徒は、一年の時からクラスメイトの大山君だった。

滝沢君と荒江さんの二人が、彼を連れて来たということは、つまり。

「あの……私と真樹君のことを隠し撮りしたのって、大山君だったの？」

「まあ、そうなるね。僕は撮っただけで、下手な加工をして一年生に拡散したのは友達の一人だけど」

「友達、ね……で、その友達っていうのは？　今はいないみたいだけど」

「……僕だけ売って、さっさと逃げたよ。もう学年も名前も連絡先も、住所すら割れてるのに、往生際が悪いよね。バカだよ、アイツらマジでさ」

俯《うつむ》いたまま、大山君は俺の質問に対して自嘲気味に答える。

大山君の言葉を信じるなら、あくまで彼がやったのは俺と天海さんの隠し撮りのみで、悪評自体は無関係らしいが。

……とりあえず、このまま俺たちで尋問し続けても時間がかかりそうだ。

「えっと、滝沢君、お願いしてもいいかな？」

「はい。とりあえず僕から経緯を説明させてもらいますね」

なぜ滝沢君と荒江さんが一緒に動いていたのか、どのような経緯で大山君のことをあぶり出すことが出来たのか。

色々と疑問はあるけれど、まずは滝沢君から詳細を聞いてからだ。

滝沢君の話によると、荒江さんとは初めから一緒に動いていたわけではなく、それぞれ別々に原因を探るべく、噂《うわさ》の火元と思われる一年生の女子グループへ接触していたらしい。

滝沢君は自分の容姿など、持てるものを最大限に利用し。そして荒江さんは、体育祭きっかけで出来たファン（？）の女子生徒に協力を依頼して。

そうして、ほぼ同時に、今回の噂の大本へつながる情報を持つ、一年生の女子生徒に行きついた、と。

可愛《かわい》らしい容姿で、一部の男子には人気の高い子らしいけれど、とてもおしゃべりで口が軽く、知り合いのプライベートなことなども隠さず喋《しゃべ》ってしまうことから、同学年の女子の間ではあまり良く思われていない人物だそうで。

荒江さん曰《いわ》く、『ちょっとフレンドリーに接してやったらすぐに吐いた』だそうで——スピーカーすぎるのは問題だけれど、そのおかげであっさりと件《くだん》の犯人——大山君と、そんな彼の友人（らしい）へとたどり着くことが出来たことだけは、よかったのかもしれない。

それから後の展開は、おそらく、先程大山君が白状した通り。

大山君は頑《かたく》なに『友達』だと言っているけれど、土壇場で他人に全ての責任をなすりつけるような奴《やつ》を、やはり俺はそう呼びたいと思わない。

今は逃げていても、彼らもまた、近いうちに反省しなければならない。……が、ひとまず今は目の前の大山君だ。

「大山君、その……」

なぜあの時、俺たちの近くにいたのか。どうして隠し撮りをしたのか。撮った画像をなぜ友達に渡してしまったのか。

そして、一連の行動が偶然だったのか、はたまた意図的にそうしたのか。

仮に意図的だったとして、その動機は。

訊《き》きたいことは山ほどあるけれど、どこから始めるべきか悩んでしまう。

「……別に、訊きたいことがあるなら何でも言ってみれば。この状況で、今さら自分可愛さに嘘なんかつかないし。前原君のそういう所、実は前からイライラしてたんだ」

「……大山君」

俺のことを睨《にら》むように見つめる大山君の表情でなんとなく察してしまったが、滝沢君や荒江さんもいるので、しっかりと白状してもらおう。

「じゃあ、訊くけど」

「どうぞ」

「どうしてこんなことしたの？」

「……簡単に言うと、ただの嫉妬かな。隠し撮りに関しては、本当に偶然というか、咄嗟《とっさ》のことだったけど」

「なら、それ以外は自分の意志だった？」

「まあね。『こんな写真があるんだけど』……って自分から友達に見せた。でも、まさかそいつが加工までして面白半分に噂を拡散させたのは……まあ、正直僕もドン引きしたよ」

諦めたように肩を落として、大山君は自らの気持ちを打ち明け始める。

俺と体格はそう変わらないはずだが、荒江さんと滝沢君に挟まれて縮こまる彼の姿は、いつもより一回り小さく映って見えた。

「前原君や天海さんのことは気の毒だと思ったけど、良心が痛むとか、そういうのは全然なかったよ。むしろ、ちょっとだけすっとした気分だった。それ以上にいい思いしてるんだから、たまには痛い目も見てくれないと……ってね」

「……なにそれ、キモ」

開き直ったのか、ヘラヘラとした表情で喋る大山君に、新田さんが汚いものを見るような表情で、そう呟く。

ストレートに辛辣な言葉だが、これに関しては新田さんに同意せざるを得ない。

俺たちも言葉にしていないだけで、感想を問われれば、きっと似たような言葉を口にするはずだ。

「去年までは、前原君のことなんてどうでもよかったんだ。いつも一人ぼっちで、何考えてるかわからなくて、空気も読めなくて滑稽で。席が近かったから、目が合った時は仕方なく話してただけでね。クラスの奴らは僕らのことを同じカテゴリに分けてたみたいだけど、こっちからしたら一緒にすんなって話だった。顔には出さなかったけど、ムカついてた」

当時の俺は大山君に対して多少の親近感を覚えていたけれど、それが逆に大山君のプライドを傷つけていたのかもしれない。

体格や言葉遣い、クラス内での立ち位置が似通っていても、内面が同じだとは限らない。

去年一年間クラスメイトで、進級しても同じクラスにもかかわらず、俺と大山君が友達になれなかったのは、おそらくそこが関係していたのだろう。

「自分もクラスでは『下』の方だったけど、それでも『底辺』じゃない、前原君っていう自分よりももっと『下』がいるって信じてた。僕の高校生活もわりと惨めなのは認めるけど、孤独ってわけじゃなかったし、まあ、偶《たま》には楽しいこともあったから」

「でも、それも去年の文化祭までは、だよね」

「……そうだね。そっか、僕、もう一年近く君に嫉妬してたわけか」

海と『友だち』になってもうすぐ一年というところだが、その日を境に、それまでは何の面白みもなかった俺の生活が、一気に色づいていく。

最初は海一人だけだった交友関係に、天海さんが加わり、新田さんが加わり。

文化祭が終わり、クリスマスシーズンになると、望とも仲良くなった。クリスマスに、初詣、バレンタインに、海の誕生日——俺にとって、ここまでの一年は初めてだらけで、その全てが記憶に深く刻まれている。

キラキラとして、とても温かい気持ちにさせてくれる思い出の数々。

しかし、そうして俺の生活が変わっていく一方で、大山君は。

「まあ、こうなったのは自業自得だし、前原君のことは一旦忘れようと何度も思ったよ。話しかけられてもなるべくあしらって、できるだけ無視するようにして……でも、僕がそう努めようとするたび、嫌がらせみたいに前原君の周りばっかり賑《にぎ》やかになる」

劇的に明るくなっていく他人と、一向に惨めで暗いままの変わらない自分。

俺の場合、望や天海さんなど、校内でも特に目立つ人が常に側《そば》にいてくれたから、余計にその差が色濃いものに見えてしまったか。

大山君の持つ鬱屈とした気持ちとやり場のない苛立《いらだ》ちや嫉妬に関して、気持ちはわからないでもないけれど……だからといって、彼のやったことを全面的に許せるほど、俺はお人好《ひとよ》しではない。

「まったく、どこをどうしたらここまで差がつくんだろうね。そんなに違いはない……というか、去年の時点まではははっきり前原君のほうが状況は最悪だったはずなのに。ほんのちょっと巡り合わせが良ければ、きっと僕だって今頃――」

「いや、それはないよ」

そして、このまま黙って言いたい放題にさせておくわけにも。

「絶対、とはまでは俺も言うつもりはないけど、でも、今のままの大山君じゃ難しいっていうのだけはわかるよ。申し訳ないけど」

「どうして？　そんなのやってみなきゃ――」

しかし、大山君の声がそれ以降続くことはなかった。

俺以外の、その場にいる全員の反応を見てしまったから。

「いや、マジかよこのメガネ君……」

「真樹に関しては俺の目の節穴っぷりも大概だけど、さすがにお前よりはマシだぜ」

「大山君、えっと、それはさすがにごめんなさい……」

「……こっちから土下座してやめてくれってお願いするレベルかも」

俺もそれなりに怒ってはいたけれど、特に海たち四人の不機嫌ぶりは相当のものだった。

大山君が何を勘違いしているのか知らないけれど、俺がお情けでこの四人の輪の中に入れてもらっていると考えているのなら、それは大きな間違いだ。

確かに、去年の秋以降に訪れた出会いに関して言えば、運や巡り合わせによるものが大きいことは認める。あの時、海が俺に声を掛けてくれなければ、俺の運命が変わることはなく、さらにぼっちをこじらせていたであろうことも。

しかし、そうはならなかった。

「大山君は知らないかもしれないけど、俺、頑張ったんだよ。恥ずかしいことだって沢山あったし、あまり人に言いたくない気持ちをさらけ出したり、好きな人の前で泣いちゃったり。時には迷惑だって沢山かけたし、失敗することもあったよ。

……でも、それでも俺なりに頑張ったから、皆こうして俺のことを慕ってくれてるんだと思う。海も、天海さんも、新田さんも望も、それから今ここにいる滝沢君と荒江さん……は、ごめん、荒江さんはちょっと言いすぎたかもしれないけど、」

「……前原、お前ぶっ飛ばされてえのか」

「ま、まあまあ渚ちゃん、真樹君も悪気はないから、ここは抑えて……ね？」

「ったく……」

荒江さんを宥《なだ》める天海さんに心の中でお礼を言いつつ、改めて話の続きへ。

「――だから、やっぱりもう一度言うけど、俺と同じような状況に大山君がなるのは難しいと思う。少なくとも、大山君が考えを改めない限りは、ずっとね」

出来るだけ声のトーンを抑えて、努めて冷静に現実を突きつける。

僕と大山君は、まったく違うタイプの人間なのではないかと。

そんな俺の言葉に、その場のほぼ全員が納得するように頷《うなず》いた。

「……前原君、変わったね。昔は絶対そんなヤツじゃなかったのに」

「うん、変わったよ。それぐらい、俺にとっては大事な出会いだったから」

そう言って、俺は隣に寄り添ってくれている海の手をとった。

誰かと時間を共にする楽しさと、ひとりぼっちの寂しさを忘れさせてくれる温《ぬく》もりを教えてくれた、誰よりも大切で、大好きな女の子。

その子のためなら、これから何があっても俺は頑張ることができる。

「とりあえず、俺が言いたいことはそんな感じかな。……ってことで、大山君、もう出て行ってくれて構わないよ」

「え、いいの？」

「うん。理由もなんとなくわかったし、噂のほうもさすがにこれ以降は沈静化するだろうから。……皆は何かある？」

「別に。ってか、疲れたからもう帰って寝たい」

「俺も。……まあ、俺はこれから部活だけど」

「真樹がいいなら、私からは特に何もないよ。今回は私も部外者だし」

新田さん、望、海はＯＫ。で、残るは天海さん一人。

「夕、どうする？」

「私も別に……あ、えっと、やっぱり一言だけいいかな？　どうしても、言っておかなきゃいけないことが」

そう言って、それまで俺たちから一歩引いた場所に立って様子を窺《うかが》っていた天海さんが、初めて前に出る。

一瞬、親友である海が心配そうな視線を向けるけれど、これまでのように怒っている様子は見られないので、以前荒江さんと取っ組み合いになった時のような事態にはならないだろう。

「あのね、大山君」

「は、はい……」

「もう、そんなに怖がらないで。本当に、たった一言だけで終わりだから」

すう、と小さく深呼吸すると、天海さんはいつもと変わらない明るい笑顔で告げる。

「――大山君、次はダメだよ？　お友達にも、ちゃんと伝えておいてね？」

「……え」

「わかった？」

「…………は、はい、わかりました」

「えへへ、よかった。じゃあ、また休み明けにね。バックボード係、一緒に頑張ってくれてありがとう」

「あ、いや、僕は別に……そ、それじゃ」

慌てた様子でカバンを提げ、天海さんから逃げるようにして生徒会室を出ていく大山君のことを見送って、今回の件はひとまずの決着となった。

なったはず、なのだが。

「……おい、天海」

「？　渚ちゃん、どうかした？　そんなビックリしたような顔して」

「お前、悪いモンでも食ったか？」

「もう、いくら私が食べるの大好きでも、さすがにロッキーみたいなことしないよ。あ、ロッキーっていうのは、ウチで飼ってるゴールデンレトリーバーのことね」

「いや、そういうことじゃ……おい新田、お前がなんとかしろ」

「なんでそこで私に振るかなあ……ゆ、夕ちん、なんかいつもと雰囲気違うけど、やっぱりあのメガネ君のことイヤだった？」

「大山君のこと？　う〜ん、確かにやったことはダメだし、こういうのはこれっきりにして欲しいかなとは思うけど……イヤとか気持ち悪いとか、そういうふうには思わなかったかな。係の仕事も、サボらず真面目にやってくれてたし」

「そ、そっか。夕ちんは優しいね」

天海さんの様子がいつもと違うのに、彼女以外の全員が気付いていた。

こういう時の天海さんは、いつも自分の感情を素直に表現する。今回で言えば『怒り』

になるのだろうが、ダメなことはダメだとズバリ言うし、時には周りの制止すら振り切る勢いで対峙《たいじ》する相手に向かっていくことも。

クラスマッチの時に荒江さんとやり合ったのが、記憶に新しい。

だから、大山君に対しても、同じような事態になるかもしれないと、俺や海などは念のため身構えていたのだけれど。

——大山君、次はダメだよ？

いつもの笑顔でそう言い放った天海さんの言葉が、なんだか怖く感じる。

もうこれっきりにして欲しい——そう天海さんは言っていたが。

もし、大山君やその友達連中が同じ過ちを繰り返した時、天海さんはいったい何をするつもりなのだろう。

思わずそう考えてしまうほど、先程の天海さんは、いつもと違う、冷たい雰囲気を纏《まと》っていたような気がする。

「ふ〜。さて、噂《うわさ》の件はこれでもう大丈夫だろうし、私たちも早いところ帰ろうよ。あ、ねえねえ皆、せっかくだし、帰りにファミレス寄って打ち上げでもやらない？　体育祭お疲れ様でした会ってことでさ。どう？　渚ちゃんと滝沢君も一緒に」

「……私はそういうの嫌いだからパス」

「天海先輩、誘っていただいてありがたいんですけど、僕のほうはこれから澪《みお》先輩と一緒に残務処理をしないといけないので」

「そっか、残念。……えっと、他の皆は？」

「せっかくだし、私は夕に付き合うよ。ずっと緊張してて喉渇いちゃったし」

「夕ちんが行くなら、私も行こっかな。家に帰っても冷蔵庫に食べるモンないし」

「！　えへへ、ありがと二人とも。関君は確か部活だから……じゃあ、いつもの四人だね」

「……俺の参加は決定してるのね」

「ふふっ、だって、真樹君は海と常にセットだし」

舌をぺろりと出してお茶目《ちゃめ》な表情を見せる天海さんには、これまでと特に変わった様子は見られないけれど。

しかし、ついさっき天海さんが見せた一面は、決して気のせいには思えなくて。

「……真樹、帰ろっか」

「うん。だね」

本来なら、もう少しスッキリとした気持ちで家路につけると思っていた。心無い噂を流した犯人たちは特定され、休みが明ければ、また新たな気持ちで日々を過ごせるのだと。

もちろん、皆の協力のおかげで、目的はほぼ達成されたはず……なのだけれど。

「次はない、か」

「？　真樹、何か言った？」

「あ、いや、なんでも。ちょっと独り言」

個人的には微妙なモヤモヤが残る、そんな夏の終わりだった。

エピローグ１　『友だち』から一年

天海《あまみ》さんたちとのファミレスでのささやかな打ち上げが終わり、海《うみ》と一緒に自宅マンションに戻ってくる頃には、辺りはすでに暗くなっていた。夏休みが始まった頃はまだ明るさも残る時間帯だったが、九月にもなると、日の入りの時間も早く、また、暑さも和らぎ始めている。

「ただいま。……ふ〜、これでようやく休める」

「ふふ、お疲れ様。今日はよく頑張ったね。これから準備するのも面倒だし、真樹《まき》のバイト先にお願いして出前頼んじゃおっか」

「そう言ってくれると助かるけど……海、今日はいつまでいられる？」

「真樹が望むならいつまででも、って言いたいところだけど、いつもの時間までには帰ってきなさいって、母さんが。気持ち的にはお泊りしたいんだけど……まあ、今日はこの前と違ってお泊りセットも準備してないし」

内心少しだけがっかりとしてしまったが、俺が朝凪《あさなぎ》家に泊まるのとは違い、海が前原《まえはら》家にお泊りするのは相変わらず特別な時だけということらしい。

……まあ、普段からお泊りを認めてしまうと、自他ともに認める俺たちバカップルの性質上、何かと理由をつけて入り浸ってしまいそうなので、やりたい放題にならないためにも、ある程度の我慢は大事か。

高校卒業まであと一年半――本当の意味で海と四六時中やりたい放題できるように、今はあくまで真面目で健全なお付き合いを心がけたいところだ。

もちろん、許される範囲内ではお互いにベタベタするけれど。

「あのさ、海」

「ダメ」

「まだ何も言ってないじゃん」

「だって、どうせエッチなこと考えてるし」

「考えてない……とは言わないけど、ちょっと甘えたいなって」

「甘えたいって、具体的には？」

「……ひ、ひざまくら、とか」

「また微妙なラインを突くなあ……仕方ない、今日の真樹の奮闘に免じて、特別に耳かきもつけたげる」

「いいの？　……へへ、あ、ありがと」

「ふふ、もう、にやけちゃって。彼女のひざまくらと耳かきがそんなに嬉《うれ》しいの？」

「それは……はい、めちゃくちゃ」

「じゃあ、私の胸に甘えるのと、どっちがいい？」

「……どっちも、なんていうのは」

「ダメです」

今回はどちらか一方ということで、ひざまくらと耳かきをお願いすることにした。

先にソファに座った海が、ぽんぽんと自らの太ももを軽く叩《たた》く。

「真樹、ほら、おいで」

「うん。……あの、お腹《なか》側に顔向けてもいい？」

「いいけど、あんまり匂い嗅いだらダメだからね」

「わ、わかってるから」

「え〜、どうかな〜？　真樹って結構匂いフェチなとこあるし」

「それは海だってそうだろ」

「私はいーの。ほら、遠慮せずどうぞ」

揶揄《からか》われつつ白いすべすべな肌触りの太ももに頭を載せると、海が優しい手つきで俺の髪をくしゃくしゃと撫《な》でてくれる。

今日はとても疲れたけれど、海がこうしてくれるだけで、全てが報われる。

やっぱり、俺にとっては、このひと時がなによりも大切でかけがえのない時間なのだ。

「真樹、終わったら起こしてあげるから、眠かったらそのまま寝てていいからね」

「ん、ありがと、海……」

以前までは母親にすら触られたくないと思っていた敏感なところも、海になら全てを委ねられる。

まだ耳掃除は始まったばかりだが、あまりの心地良さに抗《あらが》うことができず、すでに海の膝の上でされるがままだった。

「ね、真樹」

「なに？」

「私たち、もうすぐ一年だね」

「友達になってからね。そう考えると、本当にあっという間だったな」

「ね。去年まではあくまでただのクラスメイトだったのに、気付いたらもう色んなこと知られちゃって」

「お互いにね」

俺も海も独占欲が強く、寂しがり屋の甘えん坊なところがあるけれど、まさか一年でここまで関係が進展するとは、去年の今頃は思いもしなかった。

ゆっくりと友情を育むという選択肢もあったのだろうけど、海と早いうちに恋人関係になったことを、俺は決して後悔していない。

友だちとして、くだらない冗談で笑い合っていた時も楽しかったけれど、やっぱり海とは、恋人として甘い時間を過ごすほうがその何倍もいい。

多分、俺はもう朝凪海という女の子なしでは生きてはいられない体になってしまった。

我ながら、なんて甘ったれでわがままなヤツなのだろうか。

そう自覚しつつも、決して海の甘やかし沼から抜け出すことが……いや、抜け出すどころか積極的に中へ中へとハマろうとしている。

とにかく、それぐらい俺は海のことが大好きだった。

「海……その、こんな俺だけど、これからもよろしく」

「しょうがないなあ。まあ、そんな真樹だから、私は好きになっちゃったんだけど」

「そっか。海、俺のこと好きか……へへ」

「ふふ、またにやけて。真樹ってば、本当に私のことが好きすぎるんだから」

「うん。俺は海さえいれば、他はなにもいらないよ……海じゃなきゃ、俺はダメなんだ」

魅力的な女の子は他にもいるのだろうけれど、やはり俺には海しかいない。

天海さんでも、新田《にった》さんでも、泳美《えみ》先輩や二取《にとり》さんたちでも。

友達も大事だが、もし誰か一人を選ばなければならないとしたら、躊躇《ためら》いもせず俺は海が欲しいと即答する。

「……海、ごめん、気持ち良すぎてそろそろ耐えられないかも」

「ふふ、我慢しないでいいよ。……おやすみ、真樹。少しの間だけど、ゆっくり休んでね」

「うん、じゃあ、お言葉に甘えて……」

ほのかに香る海の甘い香りと心地良い太ももの感触と体温を感じながら、俺はあっという間に眠りに落ちていく。

「――ねえ真樹、もう寝ちゃった？」

「……」

「――お願いだから、これからもずっと私の側《そば》にいてね」

「……」

「――他の女の子のとこに行っちゃったら、私、きっと、もう二度と……」


意識が落ちる寸前、海の囁《ささや》く声が聞こえたような気がするが、押し寄せる睡魔に抗えず最後まで聞き取ることはできなかった。

エピローグ２　引き出しの奥のメッセージ

夏休みが終わり、娘の夕《ゆう》が学校に行き始めると、天海《あまみ》家にも束《つか》の間《ま》の平穏が訪れる。

ただでさえお喋《しゃべ》りで賑《にぎ》やかな性格の我が子だが、例年、夏は時折騒がしく感じてしまうほど元気で、夏休みが始まり、補習が終わった後の七月末は、飼い犬のロッキーと一緒になって家中を駆け回っていたんじゃないか思うぐらいだった。

友達との泊りでの海水浴に、先日行われたばかりの体育祭でも重要な役割を任されて、遊びに学校行事にと張り切る娘のことを、遠くからそれとなく見守っていたのだが。

「それじゃお母さん、行ってきますっ」

「行ってらっしゃい……って、あら夕、今日は随分早いのね。海ちゃんたちと約束？」

「ううん。珍しく早く目が覚めたから、気分転換も兼ねて早めに出てみようかなって。えっと、やっぱり変……かな？」

「別に？　思い付きで行動するところは相変わらずなのね」

「む～、お母さんってばヒドイ～！　私だって今のところ無遅刻無欠席で通ってるんだから。……ギリギリだし、年に数日は大目に見てもらってるけど。えへへ」

「……これは来月の三者面談が心配ね。まあ、とにかく行ってらっしゃい」

「は～い。それじゃロッキー、お留守番よろしくね」

「──ワウッ！」

末っ子（的存在）のロッキーの頭を撫でてから、娘は元気よく学校へと向かって行く。

親の私に気を遣っているのか、私や夫の前ではいつものように楽しげにコロコロと表情を変えてみせるけれど、玄関を出て、周りに誰もいないことを確認すると、寂しい顔を浮かべていることに私は気付いていて。

実のところ、その兆候は少し前……おそらく六月か七月の初めあたりにはあって、八月を過ぎるころにはほぼ確信していた。

食欲はあるし、顔色も悪くない。体の調子を崩したとは考えにくいので……そうなるとおそらくは人間関係の悩みか。

娘のキャラクター的にクラスで孤立したり、いじめられるような状況には陥りにくいだろうとは思うが、親として、やはり娘のことは心配である。

「もしかして、また誰かと喧嘩《けんか》でもしたとか……でも、この前までやり合ってたっていう荒江《あらえ》さんとはすっかり仲良しさんだって言ってたし」

原因は未《いま》だはっきりとはしないけれど、このことについて、もしあの子が話したくないと思っているのであれば、親としては今と変わらず見守っていくほかない。

娘もあれで頑固な性格だから、無理に訊《き》いてへそを曲げられても困るし。

「……とりあえず、お掃除でもしながら考えますか」

気分転換も兼ねて、私はひとまず散らかった家の掃除を始めることにした。綺麗《きれい》好きの夫はともかく、娘は私に似ていい加減なところがあるので、普段の天海家は、しっかり者家族の朝凪《あさなぎ》さんの家に較《くら》べて、結構散らかっていることが多いのだ。

キッチン周りやリビング、客間、夫婦の寝室と順番に綺麗にしていき、そして、最後に娘の部屋へ。

「夕、入るわね――って、もう、やっぱりこんなに散らかして。……って、私が言うのもなんだけど」

早めに学校に行くのは構わないけれど、時間に余裕があるのならまずは自分の部屋の片づけをやってくれると親としては手間が省けて助かる。

机の上には参考書やノートが無造作に広げられ、ベッドの上には昨夜着ていたと思われる寝間着が放り出されて……娘も来年には成人扱いなのだから、出来れば日常生活からしっかりしてもらいたいところ。

と、そんな感じで、だらしない娘の生活態度について時折ぼやきつつ、部屋のカーペットに掃除機をかけ、参考書や漫画本を本棚の元の位置に戻すべく片付けていたその時。

ふと、机の下に、一枚の便箋のようなものが落ちているのを見つけた。

「？　これ、なにかしら……ゴミ、ってわけじゃなさそうだけど」

引き出しの奥にしまったまま、何かの拍子に落ちてしまったのだろうか。きちんと四つ折りにはされているけれど、紙全体はくしゃくしゃで、まるで一旦丸めて捨てたものを拾い直したような……こういうのは、捨てていいものかどうか判断に迷う。

「これ、もしかして手紙……？」

いくら書きかけや失敗作であっても、手紙は手紙。娘にもプライバシーはあるので、母親であっても気を付けなければならないが。

宛てられた子の名前を見て、私は続きを読まずにはいられなかった。

ところどころボールペンで塗りつぶされている箇所もあるけれど、大部分は、まだ読むことが出来る。

娘の筆跡で記されていた手紙の内容には、こんなメッセージが残されていた。

８月６日

（真樹《まき》君へ――　）

17歳のお誕生日、おめでとう！　本当なら去年の分もお祝いしなきゃなんだけど、その時はまだ友達じゃなかったので、この手紙で二回分、お祝いさせてもらうね。真樹君、本当におめでとう!!『！』二個で二回分にしてみました。えへへ。

真樹君、いつもいつも私や海のことを、ニナちや関《せき》君のこともだけど、皆のことを気にかけてくれて、ありがとう。真樹君的には、多分海のためを思ってやってくれてるんだろうけど、そのおかげで今の私たちがあるので、すごくすごく感謝しています。

一年生の初めの頃、真樹君のこと、ちょっととっつきにくい人かもって思ってました。でも、こうしてきちんと友達になって、一緒にお昼を食べたり、たまに皆と一緒に放課後に遊んだり……そうしているうちに、真樹君が、本当はとっても優しくて、相手のために色々考えて行動してくれていることに気付きました。

本当ならもっと早く気付いて、私のほうから助け舟を出すこともできたのに、結局は海に頼ってしまいました。そのことについては、本当にごめんなさい。っと、お祝いの言葉なはずなのに、こんな話しちゃってごめんね。

真樹君、ありがとう。まだ友達になって一年経《た》ってないはずなのに、なんだかもう何年もずっと仲が良いみたいに感じてるんだ。なんでだろ？　真樹君が海の、親友の彼氏さんだから、私がつい錯覚してるだけかな？　きっとそうなんだろうけど、でも、それもちょっと違うような？

ともかく、それもこれも真樹君が優しすぎるのが悪いんだと思います。なんて。

でも、それが真樹君のいいところだよね。他の人たちみたいな、表面的、って言えばいいのかな？　な優しさじゃなくて、ちゃんと皆の気持ちを考えて、しっかりとぶつかってくれるから、きっと、海も、ニナちも、関君も、私も、こうして真樹君の側にいるんだと思うよ。

真樹君は、よく『みんながいるのは海のおかげであって、俺はただのおまけだよ』なんて言うけど、■は——き■■■■■■■

メッセージは途中で途切れてしまっていたけれど、娘がそこで書くことをやめてしまっ

た理由は、なんとなく察せられた。

　おそらく初めのうちは誕生日を祝うため、プレゼントと一緒に渡すつもりで用意しようとしていたのだろう。書かれたのはおよそ一か月前で、宛名は高校に入って新しく出来た『友達』の名前が書かれている。

　プレゼントと一緒に、日頃の感謝をつづったメッセージを渡す。

　ベタだけど、とても気持ちが伝わるし、個人的には好きだ。

……メッセージの内容と、そして、相手が親友である海ちゃんの想《おも》い人でなければ。

「これは、見なかったことにしておいたほうが良さそうね。……ごめんなさい、夕」

　一人浮かない顔で学校に向かっている最中であろう娘に心の中で詫《わ》びて、元々しまっていたと思われる引き出しの奥の奥に、その便箋をそっと戻した。

　そして、わかってしまった。

　何がそこまで娘のこと悩ませてしまっているのかを。


——ねえ、お母さん。

——なに？

——その、私にも、できるかな？　海みたいに、自分の全然知らない顔が出てきちゃうような、そんな男の子が。

——そんなの、決まってるじゃない。あなたは私とお父さんがいっぱい愛し合って出来た子供なんだから、きっと大丈夫よ。

——そっか。へへ、そうだよね。……なら、よかったけど。

初恋が来ない、と打ち明けてくれた娘との会話を、ふと思い出す。

娘のことだから、すぐにでも『その日』が来るとは思っていた。気にしなくても、いつの間にか『そういう人』は出てくると。

……しかし、まさかこんな展開になろうとは。

思いのままに書いてしまったことで、娘は『それ』を自覚してしまった。

間違っているとわかっていても、捨てることもできず、ただ引き出しの奥にそっと隠しておくことしかできない気持ちを、あの子はこれからどう処理していくつもりなのだろう。

大人の私でも、こればかりは何が正解か、多分、これからも一生わかることはない。

あとがき

クラスで2番目に可愛《かわい》い女の子と友だちになった、第6巻を読んでいただき、まずはありがとうございます。そして、お疲れさまでした。作者のたかたです。前回が十一月の発売でしたので、およそ半年ぶりの新刊ということで、私自身も張り切って書かせていただきました。

……少し、張り切りすぎてしまった感がありますが。

普段よりもページ数の多かった今巻ですが、実は、これまでとは違うことがもう一つだけございました。

もしかしたらお気づきの方もいらっしゃるかもしれませんが、実は一ページあたりの行数が普段の17行から18行に増えていたりします。

ページあたりの行数が増え、さらにそのページ自体も普段より増量——ということで、字数的には薄めの文庫本二冊分ぐらいになってしまいました。

作品に関して、いつも大抵のことは受け入れてくれる担当さんですが、さすがにこの時ばかりは申し訳なさでいっぱいでした。しかし、今巻に関してはどうしてもキリのいいところまで進めたかったので、なんとかお願いして先述の形式となりました。

スニーカー文庫編集部の皆様、いつも以上に今巻はご迷惑をおかけしました。

……今後ともよろしくお願いいたします。

さて、今巻に関する話はこの辺にしておいて、次はシリーズに関する諸々《もろもろ》のお礼や近況についてです。

まずは、先日の二月二十五日の生配信でも発表された通り、当作品について、『次にくるライトノベル大賞２０２３　文庫部門第１位』となりました。投票をしてくださった読者の皆様、この場を借りて、改めて御礼申し上げます。

タイトルこそ『2番目』ではありますが、多くの方が『クラにか』を1番に推してくださったというのは、やはり素直に嬉《うれ》しいです。

新刊が出る度、皆様に新しいことを告知したり、お礼したりすることがあるのは、あとがきのページを埋める上で大変たすか……というのは冗談で（いや、本当です）、本当に幸せなことなのだなと実感しています。

もちろん、告知することがある分だけ、水面下では私のもとに大小問わず様々な企画や依頼もあるわけで、書籍の刊行と合わせての作業はそれなりに大変ではあります。

ですが、仕事が大変な分だけ、それと同じくらい、いや、それ以上に嬉しいことがあるのも確かです。頑張った分だけ皆様から反応があり、それが沢山積み重なって、より多くの人の目に『クラにか』が留まり、そしてついには秘《ひそ》かに目標としていたアニメ化企画も少しずつ動き出して——ということで、中々目まぐるしい日々が続いておりますが、今後とも自分なりに頑張っていければと思います。もちろん、心と体の健康も忘れずに、ですが。

ということで、読者の皆様も、どうか健康に気を付けて日々をお過ごしください。

また、前回告知させていただきましたアニメ化企画ですが、こちらに関しての新情報等につきましては、もう少々お待ちいただければと思います。去年の九月に発表しておよそ八か月経《た》っており、読者の皆様の中にも『そろそろ……』と思われている方がいらっしゃるのは承知しておりますが、しっかりとしたアニメになるよう、慎重に作業を進めておりますので、引き続き作品の公式X（旧Ｔｗｉｔｔｅｒ）アカウントとフォローしていただき、続報をお待ちいただければと思います。

告知やアニメ関連の話はひとまず以上ということで、次は六巻本編の内容について少しだけお話しできればと思います。いつもより長いあとがきとなっておりますが、もう少しお付き合いくださいませ。

（※　これ以降、本編についての話がありますので、まだ最後まで読んでいない方は念のためご注意ください）

四巻から少しずつ心境の変化が訪れていた夕《ゆう》ですが、ようやく……と言っていいのか、真樹《まき》への気持ちを明確に自覚しつつあります。

一見すると好みや性格に違いのある海《うみ》と夕ですが、親友と公言するだけあり、やはりどこかで似通っている部分もあったのでしょう。もちろん夕もわざとやったことではないのですが、気付いた時にはもうどうしようもない所まで来てしまった……という印象です。いいな、と思っていた人に好きな人がいたり、もしくはすでにお付き合いしている方がいると知った時、皆様はどういった反応をするでしょうか。

誰にも言わずにひっそりと忘れるように努めるか、玉砕覚悟で告白してみるか。中にはもう少し大胆な考えの方もいらっしゃるかもしれませんが、人知れず身を引く方が多いかと思います。恥ずかしながら、私も似たような経験はありましたし。

有難いことに次巻も出させていただくことになっておりますが、七巻はそういった話がメインになってくるような気がしております。そして、カクヨム版の更新を待っていただいている方には申し訳ないのですが、おそらく次で、書籍版の展開がカクヨム版を追い越すことになりそうです。

書籍を一冊出すごとにカクヨム版でも一章分を更新して、なるべく書籍版が追い付かないように……と考えて作業をしていたのですが、先程も少し触れました通り、いよいよカクヨム版の更新作業にまで手が回らない状況ですので、そちらについても気長にお待ちいただければと思います。

海と真樹の出会いから一年が経過（作品中）するというタイミングで再び海と夕の関係性が……というところで少々不穏な空気も漂っておりますが、ひとまずは彼らのことを見守っていただければと思います。

それでは最後に、いつものように関係各所の皆様へのお礼で締めさせていただきます。

スニーカー文庫編集部、および担当様。今巻は特にお世話になりました。これからは書籍の刊行の他、アニメその他の企画についてもございますので、今後とも力を貸していただければと思います。

そして、引き続きイラストを担当していただいた日向《ひゅうが》先生、お忙しい中、変わらず綺麗《きれい》なイラストをありがとうございました。先日の謝恩会で初めてお話させていただきましたが、初対面にもかかわらず気さくに話し掛けてくださり、人見知りの私にとっては非常にありがたかったです。また機会があれば、じっくりお話できればと思います。

また、現在『アライブ＋』にて好評連載中の『クラにか』コミカライズを担当していただいてる尾野《おの》先生、およびアライブ編集部の皆様。一読者として、更新を毎回楽しみにしております。私が遠方に住んでいることもあり、中々日頃の感謝をお伝えすることが出来ておりませんが、今後ともよろしくお願いいたします。

グッズ関連やアニメ化企画等、新刊が出るたびに、シリーズに少しずつ関わる人たちが多くなり、その度、こうしてお礼をさせていただく機会が増えたように思います。

そのきっかけとなった真樹と海の二人には、感謝してもしきれないほどです。

読者の皆様、これからも応援よろしくお願いいたします。

それでは、また次巻でお会いしましょう。

ありがとうございました。

クラスで２番目《ばんめ》に可愛《かわい》い女《おんな》の子《こ》と友《とも》だちになった６

著　たかた

角川スニーカー文庫　24151

2024年５月１日　初版発行
2024年７月25日　再版発行

発行者　山下直久

発　行　株式会社KADOKAWA
〒102-8177 東京都千代田区富士見2-13-3
電話　0570-002-301（ナビダイヤル）

印刷所　株式会社暁印刷
製本所　本間製本株式会社

Printed in Japan　ISBN 978-4-04-114918-8　C0193

★ご意見、ご感想をお送りください★
〒102-8177 東京都千代田区富士見 2-13-3
株式会社KADOKAWA　角川スニーカー文庫編集部気付
「たかた」先生
「日向あずり」先生

角川文庫発刊に際して

角川源義

第二次世界大戦の敗北は、軍事力の敗北であった以上に、私たちの若い文化力の敗退であった。私たちの文化が戦争に対して如何に無力であり、単なるあだ花に過ぎなかったかを、私たちは身を以て体験し痛感した。西洋近代文化の摂取にとって、明治以後八十年の歳月は決して短かすぎたとは言えない。にもかかわらず、近代文化の伝統を確立し、自由な批判と柔軟な良識に富む文化層として自らを形成することに私たちは失敗して来た。そしてこれは、各層への文化の普及滲透を任務とする出版人の責任でもあった。

一九四五年以来、私たちは再び振出しに戻り、第一歩から踏み出すことを余儀なくされた。これは大きな不幸ではあるが、反面、これまでの混沌・未熟・歪曲の中にあった我が国の文化に秩序と確たる基礎を齎らすためには絶好の機会でもある。角川書店は、このような祖国の文化的危機にあたり、微力をも顧みず再建の礎石たるべき抱負と決意とをもって出発したが、ここに創立以来の念願を果すべく角川文庫を発刊する。これまで刊行されたあらゆる全集叢書文庫類の長所と短所とを検討し、古今東西の不朽の典籍を、良心的編集のもとに、廉価に、そして書架にふさわしい美本として、多くのひとびとに提供しようとする。しかし私たちは徒らに百科全書的な知識のジレッタントを作ることを目的とせず、あくまで祖国の文化に秩序と再建への道を示し、この文庫を角川書店の栄ある事業として、今後永久に継続発展せしめ、学芸と教養との殿堂として大成せんことを期したい。多くの読書子の愛情ある忠言と支持とによって、この希望と抱負とを完遂せしめられんことを願う。

一九四九年五月三日

静かに過ごしたいのに、
なぜか《S級美女》と
学園ハーレム
ラブコメに!?
なぜかS級美女達の話題に俺があがる件
脇岡こなつ
ill. magako
《S級美女》と呼ばれる女子高生・姫川沙羅、小日向凛、高森結奈。彼女たちが噂しているイケメンは学校一地味な俺!? 静かな高校生活を送るため、彼女たちに嫌われようと動くのだが全てが裏目に出てしまい……。

スニーカー文庫

みょん Illust. ぎうにう
男嫌いな美人姉妹を
名前も告げずに助けたら
一体どうなる？
1巻 発売後 即重版!
早く私たちに
溺れればいいのに
──濃密すぎる純情ラブコメ開幕。
学年一の美人姉妹を正体を隠して助けただけなのに「あなたに隷属したい」「君の遺伝子頂戴?」……どうしてこうなったんだ?　でも“男嫌い”なはずの姉妹が俺だけに向ける愛は身を委ねたくなるほどに甘く──!?

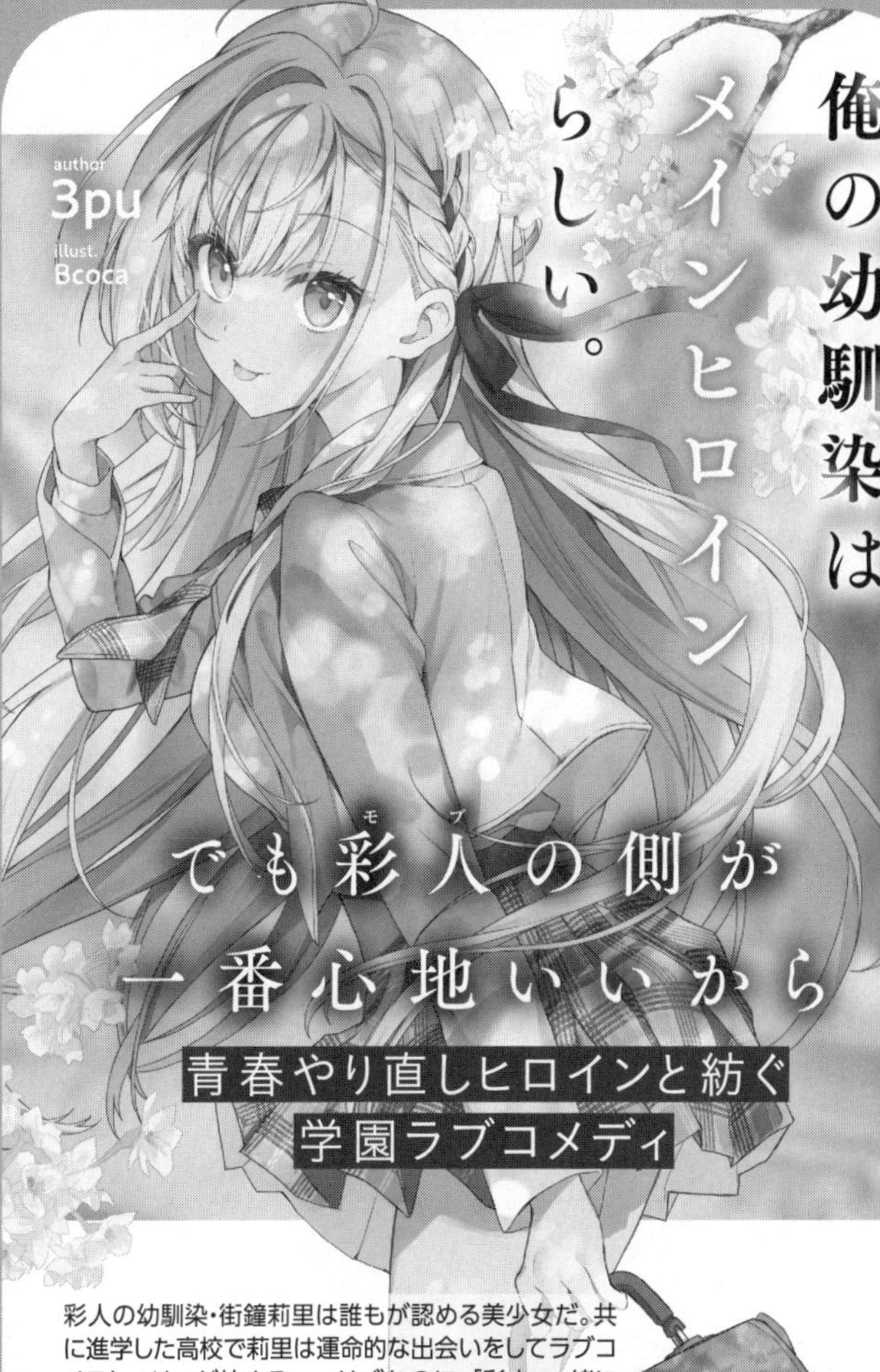
俺の幼馴染はメインヒロインらしい。
author
3pu
illust.
Bcoca
でも彩人《モブ》の側が一番心地いいから
青春やり直しヒロインと紡ぐ
学園ラブコメディ
彩人の幼馴染・街鐘莉里は誰もが認める美少女だ。共に進学した高校で莉里は運命的な出会いをしてラブコメストーリーが始まる……はずなのに。「彩人、一緒に帰ろ!」なんでモブのはずの自分の側にずっといるんだ?
スニーカー文庫

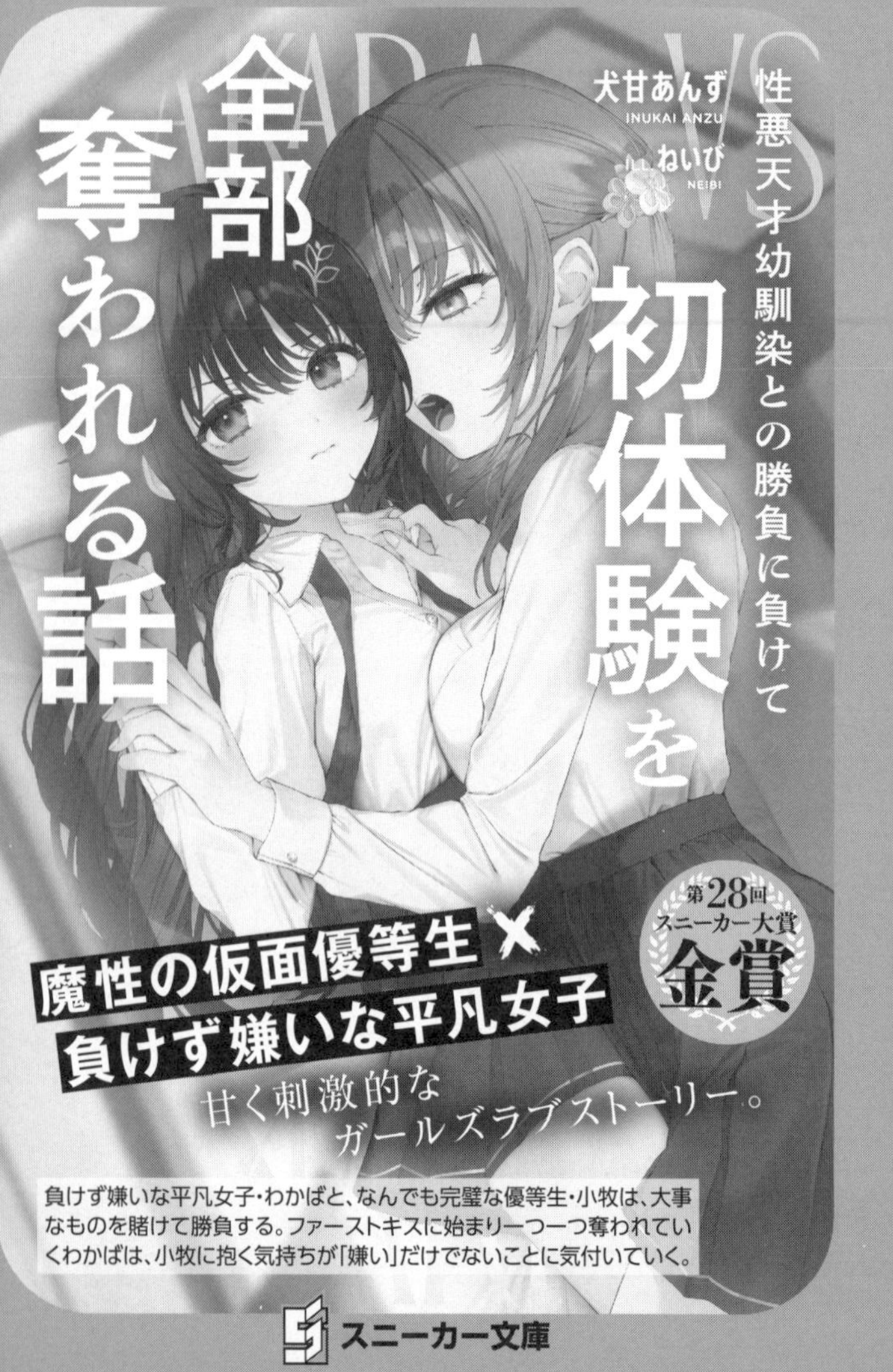

性悪天才幼馴染との勝負に負けて
初体験を
全部奪われる話
犬甘あんず
INUKAI ANZU
ILL. ねいび
NEIBI
第28回
スニーカー大賞
金賞
魔性の仮面優等生×
負けず嫌いな平凡女子
甘く刺激的な
ガールズラブストーリー。
負けず嫌いな平凡女子・わかばと、なんでも完璧な優等生・小牧は、大事なものを賭けて勝負する。ファーストキスに始まり一つ一つ奪われていくわかばは、小牧に抱く気持ちが「嫌い」だけでないことに気付いていく。
スニーカー文庫

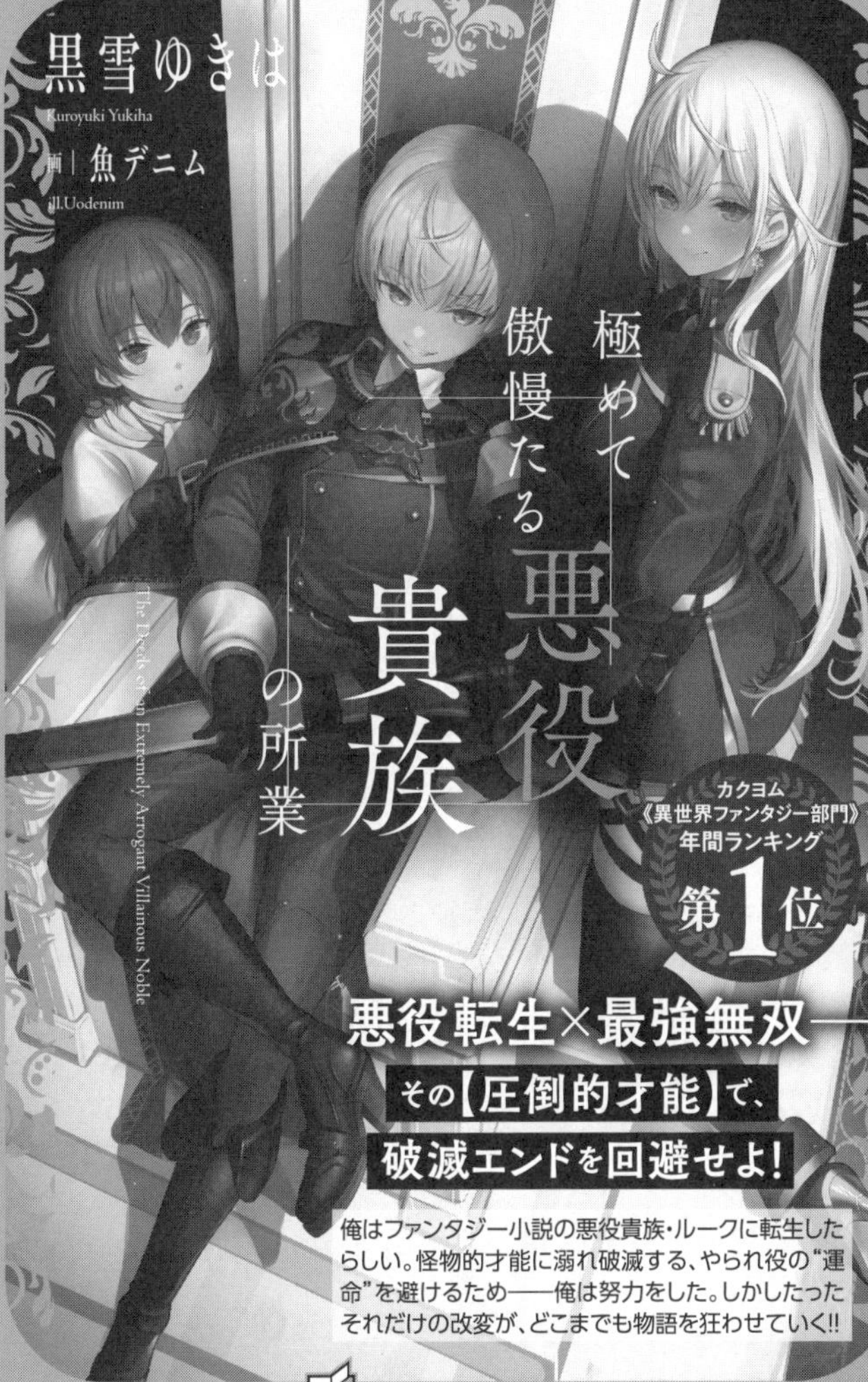
黒雪ゆきは
Kuroyuki Yukiha
画｜魚デニム
ill.Uodenim
極めて傲慢たる悪役貴族の所業
The Deeds of an Extremely Arrogant Villainous Noble
カクヨム
《異世界ファンタジー部門》
年間ランキング
第1位
悪役転生×最強無双――
その【圧倒的才能】で、
破滅エンドを回避せよ!
俺はファンタジー小説の悪役貴族・ルークに転生したらしい。怪物的才能に溺れ破滅する、やられ役の“運命”を避けるため――俺は努力をした。しかしたったそれだけの改変が、どこまでも物語を狂わせていく!!
スニーカー文庫

きみの紡ぐ物語で
世界を変えよう。
第30回
スニーカー大賞
作品募集中!
大賞 300万円
+コミカライズ確約
金賞 100万円
銀賞 50万円
特別賞 10万円
締切必達!
前期締切
2024年3月末日
後期締切
2024年9月末日
詳細は
ザスニWEBへ
https://kdq.jp/s-award
イラスト／カカオ・ランタン